Hubert Sühr

Der Banker und der Staatsanwalt

Roman

Verlag

Die Handlung und die handelnden
Personen sind frei erfunden.
Jede Ähnlichkeit mit lebenden oder bereits
verstorbenen Personen ist zufällig.

Bibliografische Information der Deutschen Nationalbibliothek
Die Deutsche Nationalbibliothek verzeichnet diese Publikation in
der Deutschen Nationalbibliografie; detaillierte bibliografische
Daten sind im Internet über http://dnb.d-nb.de abrufbar.

1. Auflage 2014

ISBN 978-3-944264-45-5

Jede Verwertung des Werkes außerhalb der Grenzen des Urheber-
rechtsgesetzes ist unzulässig und strafbar. Dies gilt insbesondere für
Übersetzungen, Nachdruck, Mikroverfilmung oder vergleichbare
Verfahren sowie für die Speicherung in Datenverarbeitungsanlagen.

© 2014 Südwestbuch Verlag
Gaisburgstraße 4 B, 70182 Stuttgart
Printed in Germany

Titelbild: September Eleven von Claudia Sühr
Lektorat: Dr. Gregor Ohlerich, Obst & Ohlerich, Freie Lektoren Berlin
Satz und Umschlagsgestaltung: Julia Karl / www.juka-satzschmie.de

Druck und Bindung: E. Kurz + Co., Druck und
Medientechnik GmbH, Stuttgart, www.e-kurz.de
Dieses Buch wurde auf chlor- und säurefreiem Papier gedruckt.

www.swb-verlag.de

Für Mary und Claudia

Inhalt

1 Besuch 9

2 Carefree 16

3 Challenge 47

4 Prime 70

5 Subprime......................... 112

6 Crash 212

7 Occupy 249

Nachwort......................... 290

1 Besuch

Aufdringlich tönte der Gong und der Missklang der elektronischen Sequenz vibrierte hinter seiner Stirn. Signale von Telefon und Handy waren ihm vertraut. Sie starteten Gespräche, bei denen er die Distanz bestimmte. Das vorsintflutliche Gerät an der Wohnungstür dagegen leitete stets den nächsten Angriff auf seine Intimsphäre ein.

Der Dämmerschlaf umfing ihn noch mit lustloser Trägheit. Ein Blick auf den schwarzen Elektronikwecker, ein billiges Werbegeschenk, das ihm irgendwann ein Geschäftspartner gegeben hatte, zeigte »07:29 Uhr«. Schon einige Minuten hatte der innere Kampf gedauert, endlich den Weg unter die Dusche zu nehmen. Hätte er nicht, ausnahmsweise ohne Disziplin, auf sein morgendliches Jogging verzichtet, stünden jetzt Croissant und Kaffee als verdienter Abschluss des Trainings vor ihm. Das gönnte er sich zu Beginn jeden Tages in dem Stehcafé nebenan. Er liebte diese kühlen Morgen, an denen sich die wenigsten zur körperlichen Aktivität zwangen und den Genuss von Anstrengung und Belohnung verpassten. Doch seit ein paar Wochen war seine Kondition nicht mehr vorbildlich. Ein ungewohnter Stress hatte seinem Körper zugesetzt.

Philipp zog sich ein T-Shirt über und drückte auf den Knopf der Sprechanlage. Er konnte sich nicht vorstellen, wer so früh am Morgen zu ihm wollte.

»Ja, bitte?«, fragte er mit belegter Stimme in den Hörer der Sprechanlage.

Niemand meldete sich. Stattdessen klopfte es an die Wohnungstür und eine Männerstimme rief laut und entschieden:

»Aufmachen, Polizei!«

Unbewusst legte er die Hand auf die Klinke, ohne sie herunterzudrücken. Sein Auge schob sich langsam über den Türspion und blickte auf abwartende Mienen.

Zögernd öffnete Philipp die Tür, ohne zu verstehen, was vor sich ging. Er war kein ängstlicher Mensch und gewohnt, unangenehme Situationen zu meistern und schnelle Entscheidungen zu treffen. Das war seine tägliche Aufgabe als Führungskraft der Bank. Das überraschende Auftreten von Polizisten verband er als unbescholtener Bürger allenfalls mit einer Geschwindigkeitsüberschreitung oder Alkohol am Steuer. Philipp aber hatte das Gefühl, dass ein Film abliefe, der weit entfernt von seinem wirklichen Leben spielte. Vielleicht ein Schutzmechanismus seines müden Körpers. Er reagierte unbewusst und ließ die ganze Mannschaft hinein.

Sie fragten nach seinem Namen und überreichten ihm ein Schriftstück. Er hielt es wie einen Fremdkörper, als etwas gänzlich Ungewohntes in den Händen, während die Männer – er hatte sie noch nicht einmal gezählt – und eine Frau sich an seinen Bücherregalen und seinem Schreibtisch zu schaffen machten.

»*Beschluss*«, las er.

Die Prägnanz des Wortes, das einer Drohung gleichkam, holte ihn in die Wirklichkeit zurück. Seine Gedanken kreisten um die wenigen Jura-Vorlesungen, die er als Betriebswirt hatte absolvieren müssen. Wie die meisten Kommilitonen hatte er sie nicht ernst genommen. Die Juristen konnte er schon in einfachen Gesprächen nur schwer verstehen. Sie hatten den Stil des neunzehnten Jahrhunderts perfektioniert und Vorstellungen entwickelt, die im Geschäftsleben unbrauchbar waren.

Er las weiter in dem seltsam gegliederten Schreiben:

»*In dem Ermittlungsverfahren der Staatsanwaltschaft
Frankfurt, Aktenzeichen 357 Js 378007,*

gegen

*Philipp Berressem,
geboren am 17. Juli 1969,
wegen Untreue*

*wird aufgrund der §§ 94, 95, 98, 103, 162 StPO – gemäß § 33
Abs. 4 StPO ohne vorherige Anhörung – die Durchsuchung der
Geschäftsräume der Advanced Investment Bank in 60311 Frankfurt, Taunusanlage Nr. 102 sowie der Wohnung des Beschuldigten Philipp Berressem in 55116 Mainz, Römerbergterrasse 2, 3.
Stock, zur Sicherstellung des im Artikel der Tageszeitung »Handel
& Börse« vom Mittwoch, den 15. Oktober 2008, Seite 25 genannten Berichts der »Heros Consulting« über die Risiken des US-Immobiliengeschäfts der Advanced Investment Bank in Frankfurt
sowie der Unterlagen, die dieser Bericht zur Grundlage hatte, einschließlich aller Korrespondenz, Vermerke, Aufzeichnungen und
Protokolle der befassten Bereiche, des Vorstands, des Aufsichtsrats
und des Kreditkommitees einschließlich sämtlicher Datenträger,
auf denen Daten über die genannten Unterlagen elektronisch oder
auf andere Weise gespeichert sind, sowie die zur Sichtbarmachung
dieser Daten erforderlichen Geräte angeordnet.*«

Philipp starrte auf das billige graue Öko-Papier. Wer konnte ein solches Deutsch verstehen?

Der Beschluss richtete sich auch gegen den vollständigen Vorstand seiner Bank. Dann folgten einundzwanzig Seiten sogenannter »*Gründe*«. Wenn er es richtig verstanden hatte, wollte man ihn für die US-Immobilien-Abschreibungen der Advanced Investment Bank verantwortlich machen und glaubte, er habe vorsätzliche Untreue begangen. Er war sich aber sicher, nie einen Griff in irgendeine Kasse getan und für die Bank in der Vergangenheit überdurchschnittliche Gewinne gemacht zu haben. Nicht ohne Grund hatte der Vorstand ihn in das obere Management befördert und ihm hohe Boni gezahlt. Dass der amerikanische Markt jetzt auf diese Weise abstürzen würde und selbst Lehman Brothers vom Strudel hinab gezogen worden war, hatte niemand voraussehen können.

Unterschrieben hatte ein »*Richter am Amtsgericht*« namens »*Schnell*«, nicht ohne schriftlich darauf hinzuweisen, dass gegen diesen Beschluss das Rechtsmittel der Beschwerde zulässig sei. Philipp nahm sein Handy vom Wohnzimmertisch und drückte die Kurzwahl seiner Sekretärin.

»Keine Telefonate bitte«, sagte freundlich einer der Beamten.

Weil ihm sonst nichts einfiel, entgegnete er:

»Ich brauche einen Anwalt.«

»Den können Sie anrufen, aber bitte keine Gespräche mit der Bank. Dort wird ohnedies niemand Zeit für Sie haben.«

Der Beamte klärte ihn auf, dass gleichzeitig die Bank, insbesondere Philipps Handelsabteilung, das Controlling, die Revision, die Datenverarbeitung und der Vorstandsbereich durchsucht würden. Die Durchsuchung und Beschlagnahme bei ihm zu Hause erfolge nur sicherheitshalber. Es könne ja sein, dass sich auch hier wichtige Unterlagen befänden.

»Ein Riesenaufgebot mit zweihundertfünfzig Beamten stand im Eingangsbereich der Bank und an die dreißig Journalisten einschließlich Fernsehen vor der Tür«, hatte ihm später seine Sekretärin erzählt.

Dort irrten einige Mitarbeiter verstört umher und wehrten Versuche der Journalisten und des Fernsehens ab, Statements zu erhalten. Eine geschlagene Stunde hatte es gedauert, bis jemand von der Presseabteilung der Bank verfügbar gewesen war. Die nach und nach eintreffenden Vorstände wurden zu ihrer Überraschung in ihren eigenen Zimmern von Staatsanwälten und Kriminalbeamten empfangen, während die Assistentinnen ihre Entrüstung über das ungehörige Verhalten offen zeigten. Eine gute halbe Stunde später hatten die Beamten Philipps Wohnung verlassen. Sie hatten die privaten Kontoauszüge, ein paar unwichtige Kopien eines geschäftlichen Vorgangs, den er wohl schon vor zwei Jahren zu Hause vergessen hatte, und einige seiner Urlaubsprospekte mitgenommen. Ein Beamter hatte ihm den Erhalt der Unterlagen quittiert.

Nachdem in der Bank niemand zu erreichen war, verzichtete er auf Duschen und Frühstück, zog sich schnell einen Anzug an – ein schwarzer mit roter Krawatte hing am nächsten – und verließ schnellen Schrittes die Wohnung. Eine Nachbarin schaute ihm im Treppenhaus skeptisch hinterher. Das Polizeiaufgebot hatten vermutlich viele neugierige Nachbarn bemerkt, zumal die abtransportierte große Kiste mit Unterlagen kaum seine Wäsche zu enthalten schien.

Philipp erreichte sein Büro ohne Probleme. In seinem Vorzimmer standen seine Sekretärin, sein Vertreter Conrad Reitz sowie die Teamleiterin Maria Weingarten. Ihren Gesichtern war die Erregung anzusehen.

»Alles haben sie mitgenommen, selbst Ihre privaten Sachen«, sagte seine Sekretärin vorwurfsvoll und verwies auf die leeren Schränke im Vorzimmer und in seinem Büro. Sie fühlte sich durch den Eingriff in ihr Reich persönlich gekränkt. Reitz schien wie immer gelassen und hatte schon einige Schritte weiter gedacht.

»Mich überrascht, dass sie gerade in unseren Büros mit einem riesigen Aufgebot waren. Woher kennt die Staatsanwaltschaft die gesamte Organisation und weiß, wo sie suchen muss? Die Informationen können nur aus der Bank kommen.«

Maria Weingarten stimmte zu und ergänzte:

»Schon beim Pförtner haben sie sich das Telefonverzeichnis und das Organigramm gegriffen. Die Leute aus der Rechtsabteilung, soweit sie überhaupt schon im Büro waren, haben dann versucht, mit ihnen zu kooperieren und das Ganze in vernünftige Bahnen zu lenken. Ich habe gehört, dass schon ein ganzer Lastwagen mit Unterlagen abtransportiert wurde.«

Philipp informierte alle über sein morgendliches Erlebnis und den Inhalt des Durchsuchungsbeschlusses. Reitz, der für US-Immobilien in erster Linie zuständig war, schien nun doch beunruhigt zu sein.

»Das Geschäft geht weiter, die Börsen haben geöffnet. Wir sollten arbeiten«, sagte Philipp und setzte sich an den Bildschirm.

Philipp war allein und verlor zum ersten Mal seine Zuversicht. Die vor einem Jahr beginnende US-Immobilienkrise hatte für ihn wie der vorübergehende Einbruch eines begrenzten Marktes ausgesehen, der sich bald von selbst regulieren würde. Er hatte oft mit Kollegen darüber diskutiert, welches die eigentlichen Gründe waren. Gewiss hatten die Amerikaner über ihre Verhältnisse gelebt, aber private Insolvenzen dieses Ausmaßes und den totalen Zusammenbruch der Refinanzierung hatte er nicht erwartet.

In den letzten Monaten war es ihm nur mit größter Mühe und mit hohen Kosten gelungen, die täglich notwendigen Geldmittel für die Refinanzierung zu beschaffen. Stand seine

Bank wirklich, wie so viele andere in Europa und in den USA, vor der Pleite? Zum ersten Mal in seinem Berufsleben fand er keine Antwort.

Auch privat standen bei ihm die Zeichen auf Sturm. Alles, was bisher sicher erschien, war auf einmal fragwürdig. Waren alle seine Entscheidungen richtig gewesen? Er dachte an die geruhsame Zeit bei Carefree Credits. Aber ein Zurück zum konservativen Bankgeschäft konnte es für ihn nicht geben.

Philipp stürzte sich in die Arbeit und versuchte, die Katastrophe zu vergessen.

2 Carefree

Von weitem erschien das Gebäude, als hätte ein Architekt Zündholzschachteln an ihrer Schmalseite nebeneinander aufgestellt. Abgedunkelte hohe Scheiben standen wie braune Reibflächen zwischen beigen, mit Marmor verkleideten Pfeilern. In der Mitte führte eine breite Treppe zur automatischen Glastür. Ein schnörkelloser Schriftzug »Carefree Credits« zierte die beiden großen Scheiben, sodass sich beide Worte immer wieder trennten und aufeinander zu bewegten.

Anders als die repräsentative Fassade im Stil der achtziger Jahre zeigte sich das Innere eher bescheiden konservativ. Ein einfacher Holzschreibtisch aus dem Palisander-Zeitalter diente als Empfang. Eine ältere Dame mit grauem Haar, frischer Dauerwelle, schwarzer Kostümjacke und lose umgehängtem Seidenschal erklärte gerade einem Anzugträger um die vierzig, mutmaßlich Unternehmer, den Weg zur Kreditabteilung. Er hatte die Wahl zwischen einer großen Freitreppe aus Travertin-Elementen und einem mit braunem Teppichboden verkleideten Aufzug, der geöffnet auf ihn wartete. Offensichtlich war nur die Fassade des Gebäudes erneuert worden. Innen war alles so geblieben, wie es schon immer war.

Philipp betrat zum zweiten Mal die Bank. Ein zweitägiges Assessment-Center in einem Hotel in Frankfurt hatte er zusammen mit zwanzig weiteren Bewerbern hinter sich gebracht. Er gehörte zu den zehn Erfolgreichen, die jetzt in der Bank beginnen durften.

Eine Woche zuvor hatte Philipp ein Gespräch mit seinem Betreuer in der Personalabteilung gehabt und erfahren, dass er zusammen mit Dr. Eric Geissel die erste Station im Kreditgeschäft absolvieren musste. Daneben wurden einmal wöchentlich alle Trainees gemeinsam über grundlegende Themen des Bankgeschäfts informiert.

Er freute sich, dass er mit Eric zusammen sein konnte. Mit ihm hatte er sich schon in den zwei Tagen im Hotel gut verstanden. Sie hatten beide nach der Banklehre Betriebswirtschaft studiert und traten jetzt ihren ersten Job an. Dass er als erstes in die Kreditbearbeitung musste und Akten zu wälzen hatte, passte ihm weniger.

Magisch angezogen hatte ihn immer der Handel. Hohe Geld- und Wertpapiervolumina zu bewegen, Werte in London zu kaufen, in Singapur anzulegen, Differenzen zwischen den Börsen zu nutzen, komplexe Wertpapierstrukturen zu erstellen, das alles kam ihm wahnsinnig interessant vor. Die Banken hatten schon an der Universität um die höheren Semester geworben und besonders das Investmentbanking in den Vordergrund gestellt. Bei ihm war das auf fruchtbaren Boden gefallen.

Während der Semesterferien hatte Philipp ein längeres Praktikum bei einer Bank in London machen können und dabei die Händler beobachtet. In einem riesigen Raum, der überfüllt war mit Bildschirmen auf den Schreibtischen und an der Decke, saßen Menschen, deren Augen zwischen Monitoren hin und her wanderten und deren Hände gleichzeitig mehrere Telefone bedienten. Dann wieder glitten ihre Finger über die Tastatur und riefen andere Bilder mit Zahlenkolonnen auf, die mit konzentrierten Blicken überprüft wurden.

Der Raum war erfüllt von Gemurmel und lauten Zurufen, deren Sinn Philipp trotz seiner guten Englischkenntnisse nicht verstand. Dennoch fühlte er sich zu diesen Menschen hingezogen, die ihre blauen Jacketts über die Stühle gehängt, die Ärmel ihrer weißen Hemden hochgekrempelt hatten und mit hochrotem Kopf, einige auch ganz ruhig und abgeklärt, ihrem Geschäft mit Millionen in allen Währungen nachgingen.

Jetzt hatte er zehnseitige Kreditvorlagen zu schreiben und darüber zu votieren, ob ein Unternehmer zusätzlich zu seinem bisherigen Kredit von zweihunderttausend Euro noch eine Erhöhung um fünfzigtausend Euro bedienen konnte.

»Kleinkram«, hatte er gleich zu Eric gesagt, nachdem er es erfahren hatte. Der nahm es gelassen. Er hatte noch keine Präferenzen für einen bestimmten Job, sondern ließ erst einmal die einzelnen Stationen auf sich zukommen. Bei den Stabsbereichen konnte man wählen und er hatte den Wunsch geäußert, im Controlling zu arbeiten. Für Philipp wäre dies eher ein Martyrium gewesen. Er freute sich, endlich das Studium hinter sich gebracht zu haben und es nicht auf ähnliche Weise fortsetzen zu müssen. Soviel Zeit wie möglich wollte er als Trainee in Handel verbringen.

Schon in der Nacht hatte es unaufhörlich geschneit. Die Wege zur Bank waren nur teilweise geräumt gewesen. Eric schaute über beide Schreibtische hinweg zu, wie sein Gegenüber die nassen Winterstiefel mit Mühen auszog und einen kurzen Blick auf schlanke, schwarzbestrumpfte Beine gewährte. Dann schlüpfte die Kollegin in ihre flachen Schuhe, die sie sich neben dem Schreibtisch bereitgestellt hatte, schloss die Oberschenkel damenhaft und zog den Rock herunter. Die Stiefel stellte sie in einen Garderobenschrank, der sich äußerlich in Nichts von den anderen, ehemals weißen Einbauschränken unterschied, die noch aus dem Resopalzeitalter stammten.

»Ein schöner Kontrast, schwarz und weiß«, sagte Eric anerkennend, als sich die Kollegin wieder aufrichtete und herumdrehte.

»Danke, Herr Doktor. Meinten Sie die Vorder- oder die Rückseite?«, kam es schlagfertig zurück.

»Du weißt, dass ich jede deiner Seiten schätze. Soll ich es dir beweisen? Heute ist das richtige Wetter, um sich in ein warmes Bett zurückzuziehen. Ich kann gerne die von dir gewünschten Untersuchungen vornehmen. Was meinst du?«

Eric vermied es ansonsten, mit der Tür ins Haus zu fallen, aber Billa – eigentlich hieß sie Sybille – mochte diese Art Komplimente, auch wenn sie ein wenig banal waren und nicht immer der ganzen Wahrheit entsprachen. Sie war verheiratet, einige Jahre älter als er und hatte seinem Werben nur anfangs widerstanden. Bei ihm wollte sie sich das holen, was sie anscheinend in ihrer langjährigen Ehe vermisste. Keine Frage, dass sie ihren Mann niemals aufgeben würde. Aber Eric war attraktiv und unterhaltsam. Er würde vermutlich Karriere in der Bank machen. Ein weiterer Verbündeter konnte nicht schaden.

»Aber nicht schon wieder über Mittag. Ich habe Angst, dass das irgendwann einmal auffällt. Vielleicht können wir am Nachmittag etwas früher gehen. Ich werde dann meinem Mann zur Not sagen, dass ich einkaufen war.«

In den gut drei Jahren bei Carefree hatte Eric viel gearbeitet und sich schon bald unentbehrlich gemacht. Die meisten Kolleginnen und Kollegen hatten nach Jahren in der Bankpraxis in das Controlling gewechselt und sich eingearbeitet. Die Grundlagen eines modernen Controllings waren ihnen nicht geläufig. Er hatte seine Chance gesehen, bald in die Führung der Abteilung aufzurücken. Von Billa hatte er genauso gelernt wie sie von ihm, nicht nur bei den Controlling-Instrumenten. Sie war erfahren und leidenschaftlich. Er hatte sich anstrengen müssen, ihren Widerstand zu überwinden. Eric war in der Bank kein unbeschriebenes Blatt. Sie wusste, dass er sich auch mit einer früheren Kommilitonin ab und zu traf, doch stritt er lachend alles ab, wenn sie ihn fragte. Schließlich hatte sie nachgegeben, weil seine Einstellung gegenüber Frauen die Gewähr dafür bot, sich ohne Komplikationen auch eines Tages wieder von ihm lösen zu können.

Die Tür öffnete sich abrupt und Philipp setzte sich mit einem »Hallo« auf einen freien Schreibtischstuhl, der für Auszubildende oder Besucher vorgesehen war. Er zog eine Zigarette aus der Packung und steckte sie in den Mund. Billa und Eric reagierten nicht. Philipp wusste, dass die beiden das Rauchen in ihrem Zimmer nicht akzeptieren würden. Er lutschte ein wenig am Filter und hielt die offene Tabakseite immer wieder unter die Nase, um den Duft aufzunehmen.

»Ich habe euch unterbrochen«, fragte Philipp aufs Geradewohl.

»Wir sprachen über deine Erfolge im Handel. Du wirst uns langsam unheimlich. Alles, was du anpackst, wird zu Geld. Wie machst du das?«, reagierte Eric ebenso offensiv. Philipp wusste eine Menge über ihn, aber nichts von der Beziehung zu Billa.

Beide hatten die Gabe, im Gespräch mit Schnelligkeit und Direktheit andere in die Defensive zu drängen. Sie waren es gewohnt sich durchzusetzen, wobei Eric stets Verbindlichkeit und Charme zeigte. Er führte in Diskussionen das Florett mit bewundernswerter Eleganz und sorgte sofort für das Verbinden der Wunden, die er selbst zugefügt hatte. Philipp jedoch liebte den Säbel, der große Wunden schlug und die Duellanten auf Dauer entzweite.

»Ich bin eigentlich nur gekommen, um über unser Abendprogramm zu sprechen. Was unternehmen wir? Wir müssen aktiv bleiben, solange man uns noch in die Disco hineinlässt und nicht auf die nächste Ü 30-Party schickt.«

Billa zog kaum merklich ihre Stirn in Falten und fixierte Eric, der weder verlegen wurde noch erkennbar Probleme mit der Antwort hatte.

»Leider habe ich meinen Eltern schon versprochen, sie zu besuchen. Aber ich nehme an, es wird nicht ewig dauern. Um acht Uhr melde ich mich auf deinem Handy. Dann haben wir immer noch Zeit, uns im B 2000 zu treffen.«

Die Disco hatte ein ausgestiegener Händler Ende der Neunziger eröffnet und ihr zunächst den Namen »Bonus« gegeben, um alte Kollegen anzulocken. Der Name schlug aber nicht so richtig ein, sodass er den Szenetreff in B 2000 umbenannte. Hierunter konnte sich jeder vorstellen, was er wollte.

Philipp hob lässig die Hand und verabschiedete sich mit einem »Okay.«

Billa wartete, bis die Tür geschlossen war.

»Ich kann nicht verstehen, wieso du mit dem befreundet bist. Er behandelt hier alle, als könnten sie ihm nicht das Wasser reichen, legt sich mit jedem an und hält sich für den Nabel der Welt. Aber du hast gut reagiert. Meinst du, wir werden um acht fertig sein?«

»Du musst doch zu deinem Mann. Und ich kann Philipp immer noch absagen. Es tut mir nur leid, dass mir außer meinen Eltern keine andere Ausrede eingefallen ist. Ich muss besser werden.«

Eric stand auf und ging an Billa vorbei zu einem Aktenschrank. Dabei strich er mit seiner Hand wie zufällig zart über Ihre Schultern. Sie lehnte sich zurück und schloss die Augen.

»Pass auf, man kann von Gegenüber hereinsehen«, sagte sie nur.

Eric parkte seinen alten 5er BMW neben dem Aufzug. Er wurde wegen seiner Rostlaube in der Bank von vielen Fahrern der gehobenen Klassen belächelt, von einigen aber auch bewundert. Es war selten, dass ein Mann keinen Wert auf das übliche Statussymbol legte. Im Verlauf einiger Jahre war aber aus Rost Kult geworden. Ihm wurden sogar Wetten hinsichtlich der fälligen TÜV-Abnahme angeboten. Er sah das gelassen und ging stets das Risiko ein, aus dem Verkehr gezogen zu werden. Reparaturaufträge erteilte er nur mit strikter Begrenzung auf die Mängelberichte der amtlichen Untersuchung. Damit war er schon in der Zeit gut gefahren, als seine Einkünfte noch knapp waren. Er sah es nicht ein, das jetzt zu ändern.

Der Abend mit Billa war besser verlaufen, als er erwartet hatte. Ihr Mann hatte noch am frühen Nachmittag angerufen und mitgeteilt, dass er später nach Hause kommen werde.

»Vielleicht hat er eine Freundin«, hatte Eric geunkt.

»Das traut er sich nicht«, war die ernsthafte Antwort Billas.

Sie hatten schon um vier Uhr aufgehört zu arbeiten und Billa hatte ihn in seiner Wohnung um acht verlassen. Das war viel mehr Zeit, als sie sonst hatten. Er mochte Billa, ihren Körper, der schon die ersten Spuren des Alters zeigte, ihre Verlässlichkeit und Intelligenz, die Loyalität als Kollegin und nicht zuletzt ihre Zärtlichkeit. Er liebte immer die Frau, mit der er gerade zusammen war.

Im Anschluss hatte er sich noch mit Philipp in der Disco getroffen. Sie hatten mit einigen jungen Frauen getanzt, die sie vom Sehen kannten. Beziehungen waren hier leicht zu knüpfen. Besonders Philipp nutzte die Möglichkeit, nachdem meist Eric den ersten Schritt getan hatte.

»Du bist der Frauenversteher, auf den alle sofort hereinfallen«, hatte Philipp einmal gesagt und damit seine eigene Schwierigkeit relativiert, Kontakte anzubahnen.

Eric erinnerte sich an Billas negative Meinung über Philipp. Sie war sicher nicht falsch. Aber ihm gegenüber war Philipp anders. In den ganzen Jahren bei der Bank hatten sie noch nie ein grundlegendes Problem miteinander gehabt. Warum Philipp ausgerechnet ihm gegenüber die Eigenschaften zeigte, die man von einem Freund erwartete, war Eric unklar. Er vermutete, dass zwischen dem Kern seines Charakters und dem Auftreten gegenüber den Mitmenschen ein nicht gelöster Widerspruch bestand. Vielleicht war auch der Grund lediglich Unsicherheit oder ein Erziehungsfehler. An Eric schien Philipp jedenfalls Eigenschaften zu schätzen, über die er selbst nicht verfügte.

Philipp blieb letztlich auch für ihn ein Rätsel. Als sie einmal allein bei einem Rotwein die Nacht ausklingen ließen, hatte er von einem privaten Handelsgeschäft berichtet, bei dem er rund zehntausend Mark verdient hatte. Anlässlich eines Kundengeschäfts hatte Philipp sich mit eigenem Geld der Spekulation angeschlossen. Geschädigt war niemand. Kunde, Bank und Phillip hatten ihren Gewinn gehabt.

»Du weißt, dass Händlern Eigengeschäfte verboten sind. Wenn die Bank das erfährt, fliegst du sofort«, hatte ihm Eric mit konsequenter Schärfe bedeutet.

»Wieso? Jeder hat etwas davon und keinem habe ich etwas weggenommen oder vorenthalten«, rechtfertigte sich Philipp.

Das war genau das Problem. Philipp fehlte das Empfinden für Dinge, die man besser lassen sollte. Dafür brauchte man kein Gesetzbuch und keine Richtlinien.

»Ich vergesse, was du mir gesagt hast«, hatte Eric nur noch geantwortet.

Billa war noch nicht da. Auf Erics Schreibtisch lag ein kleiner Zettel mit der Handschrift der Abteilungssekretärin. Er solle sofort zum Vorstand kommen. Eric steckte ein Stück Papier und einen Kugelschreiber ein. Gewöhnlich gab es in solchen Fällen einen Auftrag für ihn.

»Herr Dr. Geissel, wir haben im Vorstand beschlossen, Sie mittelfristig in die Leitung des Controlling zu berufen. Sie werden zunächst die Vertretung des Abteilungsleiters übernehmen und später die Leitung insgesamt. Sie haben genügend Zeit sich einzuarbeiten. Ich nehme an, dass Sie einverstanden sind«, hatte ihm der Vorstand lapidar erklärt.

Natürlich war er einverstanden. Ihm war aber bewusst, dass das lockere Leben jetzt ein Ende haben würde. Er musste sich mit den Mitarbeitern auseinandersetzen und wurde von Vorstand und Führungskräften für alles verantwortlich gemacht. Mit Billa würde es schwierig werden. Aber er hoffte, dass sie eine vernünftige Lösung finden würden. Gespannt war er, wie Philipp reagierte.

Billa saß an ihrem Schreibtisch und lächelte ihn an, als er das Zimmer betrat.

»War die Nacht noch lang?«, fragte sie ihn gleich.

»Es war nicht so schlimm. Aber ich bin dir treu geblieben, wenn du das meinst.«

Sein Tonfall verriet nicht, ob die Antwort ernst oder ironisch gemeint war. Beide sprachen eher auf der Ebene des Ungewissen.

»Bevor du es von anderen erfährst: Ich war gerade beim Vorstand. Ab nächsten Monat soll ich Vertreter des Abteilungsleiters werden. Ich muss dich dann leider hier verlassen. Bitte sag es aber noch niemandem, bis es offiziell wird.«

Billa war nicht in der Lage zu reagieren. Tausend Gedanken schossen ihr durch den Kopf. Sie sagte bloß:

»Ich lasse dich nur gehen, wenn du geeigneten Ersatz stellst.«

Dann verließ sie, jede Regung unterdrückend, das Zimmer.

Großkurth sortierte die internen Bewerbungen und legte die Unterlagen von Philipp Berressem in den Postausgang. Phillip war schon länger bei der Bank tätig, davon die überwiegende Zeit in seiner Abteilung. Er war ein guter Mann, aber stark vom Ehrgeiz getrieben und mit wenig Kontakt zu ihm, seinem Chef, und den Kollegen. An neuen Geschäftsideen war er stets interessiert, übersah aber dabei, dass Carefree Credits keine Investmentbank war und Handelsgeschäfte nur in kleinem Umfang betrieb. Der Vorstand verlangte von Großkurth eine klare Begrenzung jedweden Risikos. Das Geschäft mit Unternehmenskunden, nicht der Handel standen im Vordergrund. Schade, dass ich Berressem absagen musste, dachte Großkurth. Eigentlich war er aber zufrieden mit seiner Entscheidung, die er Philipp kurz zuvor verkündet hatte.

»Sie sind einer der Leistungsträger der Bank und ich könnte mir keinen besseren Händler wünschen. Aber Sie sind noch ein wenig zu jung für diese Stelle und das Team erfahrener Kollegen, die Sie zu führen haben«, hatte Großkurth auf Philipps Frage im unverbindlichen Ton einer Führungskraft geantwortet, ohne dass man anschließend wusste, ob er die Wahrheit gesagt oder nur die Auseinandersetzung gescheut hatte. Tief saß er dabei in seinem Schreibtischsessel, weitgehend geschützt durch die Schreibtischplatte, als erwartete er einen körperlichen Angriff seines Gegenübers.

Irgendwie hatte Philipp mit dieser Reaktion gerechnet. Aber es gab Alternativen. Mit einem Kopfnicken und knappen Gruß verließ er das Zimmer von Großkurth.

Sechs Jahre hatte er nun für Carefree Credits gearbeitet,

entschieden zu lang für einen jungen Händler wie ihn, der erst mit achtundzwanzig nach Banklehre und Studium in den Beruf eingestiegen war und schnell Karriere machen wollte. Jetzt war diese Teamleiterstelle frei geworden, die genau auf ihn zugeschnitten schien. Er wollte nach oben und sich nicht von Eric abhängen lassen, der trotz seines gebremsten Ehrgeizes Karriere machte.

Großkurth und er passten einfach nicht zusammen. Seine neuen Ideen waren nicht gefragt, obwohl er den größten Umsatz in seinem Team machte. Keiner konnte ihm das Wasser reichen, was Kreativität, Schnelligkeit und Ansehen bei den Großkunden betraf.

Die Tür zum Handelsraum, der an das Büro Großkurth's angrenzte, stand offen. Philipp zog im Gehen sein Jackett aus und steuerte einen runden Handelstisch an, der einen Durchmesser von etwa fünf Metern hatte, nickte den Kollegen zu und setzte sich an seinen Platz. Eine dichte Reihe von Bildschirmen zog sich um das Rund, an dem zur Zeit nur vier Händler arbeiteten. Der Bildschirm zeigte 17.00 Uhr. Er schaute in seinen Mailspeicher und auf die aktuellen Kurse, konnte sich aber nicht konzentrieren. Zu viele Gedanken über seine Zukunft schossen ihm durch den Kopf. Besser war es, jetzt Schluss zu machen und mit Violetta zum Italiener gehen.

»Bis morgen«, sagte er lustlos zu seinen Kollegen, nahm sein Jackett von der Stuhllehne, hängte es lose über die Schultern und machte sich auf den Weg zur Tiefgarage.

Ein rotes japanisches Kabriolett parkte auf der gegenüberliegenden Straßenseite vor zwei großen, zu runden Kugeln geschnittenen Buchsbäumen, die den Eingang zum »Cortile«, einem stadtbekannten Italiener, markierten. Eine junge Frau zwischen Ende zwanzig und Anfang dreißig stieg mit etwas

Mühe aus der niedrigen Karosserie. Das leichte Sommerkleid war hochgerutscht und gab den Blick auf kräftige, gebräunte Beine frei. Nachdem sie sich aufgerichtet hatte und der Stoff zögernd die Oberschenkel bedeckte, strichen ihre Hände glättend über die ausgeprägten Hüften. Ihre gut geformten, üppigen Brüste schienen den Körper zu beherrschen, obwohl sie vollständig bedeckt waren. Suchend schaute sich die Frau um.

»Hallo Philipp! Gefällt dir etwas an mir nicht oder warum schaust du so kritisch?«, rief sie mit ironischem Unterton. Ihre dunkle Altstimme harmonierte ideal mit ihrem fraulichen Körper: groß wie ein Mannequin, aber ungefähr siebzig Kilogramm schwer, davon ein wesentlicher Anteil sekundärer Geschlechtsmerkmale, die auf Männer eine enorme Anziehungskraft ausübten. Dies waren vielleicht die Gewichte, von denen Philipp sich nicht lösen konnte. Er fragte sich, ob er nicht auch seinem Privatleben eine neue Richtung geben sollte. Vielleicht hatte er deswegen bei ihrem Anblick seine Mimik nicht im Griff gehabt. Sie küssten sich knapp und wandten sich dem Eingang zu.

Das Cortile lag etwas abseits in einer Nebenstraße zwischen hellbraun gestrichenen, dreistöckigen Mietshäusern aus den fünfziger Jahren, die überwiegend an kleine Angestellte vermietet waren. Banker wohnten hier nicht. Die Eigentümer hatten kein Geld, um zu renovieren, und würden irgendwann verkaufen. Das ganze Gebiet befand sich im Umbruch. Szene-Kneipen, Restaurants und Geschäfte hatten sich hier angesiedelt, ohne die alte Struktur bisher wesentlich verändert zu haben.

Das Restaurant war schon am frühen Abend gut besetzt. Einige Kollegen hatten zeitig ihren Arbeitsplatz verlassen, sicher nicht nur, um an weiß gedeckten Tischen und vor kunstvoll drapierten Stoffservietten zu sitzen. Das Lokal galt als die Informationsbörse für allzu Menschliches im Bankenviertel.

Ab und zu tauchten auch interessante Frauen aus den umliegenden Büros auf, Kolleginnen von Carefree Credits seltener.

Der Gartenbereich zwischen hohen Bruchsteinmauern, die mediterrane Wärme ausstrahlten, war begehrt. Überall saßen junge, gut angezogenen Paare, die miteinander flirteten, oder kleine Gruppen, die von der Arbeit unmittelbar zum Italiener gegangen waren. Trotz der unverschämten Preise ließen sich viele nicht davon abhalten, Solvenz zu demonstrieren.

Giovanni begrüßte Violetta überschwänglich. Die emotionale Zuwendung des älteren »Padrone« galt jedem Stammgast, aber bei Violetta durfte es etwas mehr sein. Die Küsse gingen knapp an ihren karminrot geschminkten Lippen vorbei auf ihre ausgeprägten und angenehm temperierten Wangen.

»Schön, dass ihr heute kommt. Ich habe ganz frische Doraden, wie du sie magst, und nur für dich habe ich die letzte Portion Tiramisu reserviert.«

Er lächelte Violetta an. Er kannte ihre Schwäche für süße, gehaltvolle Nachtische.

»Stell uns einfach etwas zusammen«, beendete Philipp die Zeremonie und zog Violetta mit festem Griff an seine Seite.

Dann begrüßte er einige Kollegen fremder Banken, die er aus seinen täglichen Kontakten kannte.

In einer Ecke, leicht verdeckt durch die Garderobe, saß Eric mit einer schwarzhaarigen Schönheit in den Dreißigern, die er noch nie mit ihm zusammen gesehen hatte. Wohl ein Neuerwerb in der Sammlung seines Kollegen, der schon in der Trainee-Ausbildung als Don Juan von den Frauen umschwärmt gewesen war und deswegen von den Männern bewundert wurde. Philipp zögerte kurz, lächelte und beschränkte sich auf ein »Hallo«.

Violetta nahm als Apéritif einen Campari Orange. Schnell leerte sie das Glas und erzählte dabei, was sie am Tag erlebt hatte. Sie arbeitete als Buchhalterin und einzige Frau in einer Spedition. Der Umgang mit den Fahrern hatte ihren Wortschatz und ihre Persönlichkeit geprägt. Sie war sicher die Hauptstütze des Inhabers. Ob sie auch mit ihm ins Bett ging, wusste Philipp nicht.

Vor einem Jahr hatte er sie auf einer Party, die ein Bekannter zum fünfunddreißigsten Geburtstag gegeben hatte, kennengelernt. Sie hatte ihn ohne zu zögern angesprochen. Eine Woche später waren sie zusammen ins Bett gegangen – unkompliziert, wie er es liebte. Warum sollte man viel von Liebe reden, wenn es letztlich doch nur um Sex ging? So würde auch der Abend heute zu Ende gehen. Gefrühstückt hatten sie noch nie zusammen.

»Wie lief es bei dir heute?«, fragte Violetta, obwohl sie nicht immer alles verstand, was er ihr erzählte.

»Ich muss etwas für meine Karriere tun, und das bald. Sonst sitze ich in zehn Jahren noch dort, wo ich heute bin. Ich will mein ganzes Leben neu sortieren«, entgegnete er knapp mit dem Glas Pinot Grigio in der erhobenen Rechten.

»Willst du mich loswerden?«, lachte sie laut, sodass sich einige Gäste interessiert nach ihr umschauten.

Er ärgerte sich, schon zu viel gesagt zu haben. Sie war nicht dumm und hatte ein feines Gefühl für Nuancen und nicht zu Ende geführte Sätze.

Ausgerechnet Großkurth rettete die Situation für ihn. Er stürmte in seiner bekannten Art mit kleinen Stakkato-Schritten das Lokal, jederzeit bereit, die Richtung zu wechseln oder zurückzuzucken. Im Schlepptau lief seine Frau. Sie war ein wenig größer als er. So ganz hatten die Blockabsätze nicht gereicht, die er unter seine Markenschuhe hatte montieren lassen. Susanne hieß sie und arbeitete halbtags in der Effektenabteilung von Carefree Credits. Großkurth hatte sie beim

Betriebsfest kennengelernt und von Fleck weg geheiratet, vermutlich weil sie ihn bewunderte und ihm den Respekt zollte, den andere ihm versagten. Im Kollegenkreis wurde der böswillige Satz kolportiert, seine Frau sei das Einzige, was er voll beherrsche.

Giovanni fiel es nicht schwer, auch diese beiden mit seinem süditalienischen Charme zu empfangen. Er begrüßte sie mit theatralischer Gestik wie alle diese wichtigen und zahlungskräftigen Gäste aus den nahen Banken, traute sich aber nicht, die Signora zu küssen.

»Presto, presto Lucca, zwei Gedecke und zwei Prosecco für unsere Gäste. Ah Signore, Sie waren lange nicht hier. Ich verstehe, viel Arbeit und wichtige Geschäfte. Hier entlang bitte! Ich habe einen Tisch für Sie hinten in der Ecke reserviert. Wie im Séparée. Prego, Signora, nehmen Sie bitte Platz! Lucca, wo bleibst du? Alles muss man selber machen. Aber das kennen Sie ja auch, Signore. Lucca, die Weinkarte! Ich komme gleich zurück.«

»Wer sind denn diese Figuren?« fragte Violetta. Ihre Stirn hatte sich unter dem tiefen, schwarzen Haaransatz in Falten gelegt. »Sie müssen Geld haben oder bedeutend sein oder beides, so wie Giovanni sich aufführt.«

Philipp spülte seinen beginnenden Ärger mit einem Schluck Weißwein hinunter und lächelt gequält.

»Das ist mein Noch-Chef. Er kommt ab und zu hierher. Ich hatte heute mit ihm ein kleines Gespräch über meine Zukunft. Er hat die üblichen Floskeln gebracht, die man in den Seminaren der Personalberater lernt. Mit denen lasse ich mich aber nicht mehr abspeisen. Ich kündige.«

Violetta zog ihre dunklen Augenbrauen hoch und wurde ernst. Das stand ihr ausgesprochen gut. Es gab dem vollen, mädchenhaften Gesicht einen fast intellektuellen Ausdruck.

»Was passt dir an ihm nicht? Er ist zwar klein, seine Frau nicht gerade die Attraktion, aber sie sind nicht unsympathisch. Sollen wir uns zu ihnen setzen?«

Sie war es in ihrem Job gewohnt, auf die unterschiedlichsten Menschen zuzugehen und sich über jede entdeckte gute Eigenschaft zu freuen. Fand sie etwas Schlechtes, behalf sie sich mit einem Lachen.

»Bist du verrückt? Ich will uns nicht den Abend verderben.«

Philipp vermutete, dass Großkurth eine Menge Komplexe hatte, weil er so klein war. Das kompensierte er durch beherztes Auftreten, war aber extrem langweilig. Im Kollegenkreis hieß er nur »Das scharfe S«. Großkurth vergaß nie, auf die altdeutsche Schreibweise seines Namens hinzuweisen, wenn er sich vorstellte. Besonders gern betonte er das gegenüber Frauen.

Violetta drehte ihren Oberkörper nach links und musterte Großkurth offen. Es war ihr gleichgültig, ob er es bemerkte. Ein knapp fünfzigjähriges Gesicht, dünnes hellbraunes Haar, das auch gefärbt sein konnte. Alles war blass an ihm. Selbst wenn er in die Sonne gehen würde, konnte er nur grau, nicht aber braun werden. Der Anzugstoff war eine undefinierbare Mischung aus braun und hellgrau mit dünnen Linien im Karoformat. Der Stoff schien aber edel zu sein. Vermutlich als beste Qualität von einem Modeschneider des vorigen Jahrhunderts oder einem geschickten Verkäufer angepriesen, der sich auf ältere Herren verstand. Das gleiche Geschäft musste ihm auch die Krawatte empfohlen haben. Ob seine Frau dabei gewesen war?

Die mit einem Siegelring am kleinen Finger verzierte Hand hob das Glas Prosecco, die wässrigen blauen Augen richteten sich auf seine Frau.

»Sehr zum Wohle«, schienen die Lippen zu sagen.

Liebte er sie? Zumindest beherrschte er die Form, etwas, das Philipp nie lernen würde. Violetta war sich sicher, mit Großkurth klarkommen zu können. Menschen mit Komplexen waren einfach zu nehmen. Ihre Schwächen traten deutlich zu Tage und boten keine Überraschungen.

»Ich glaube, du hast mal wieder zu schnell agiert und das Überlegen vergessen. Aber du bist ja auch Händler«, beendete Violetta das Thema.

Philipp betrachtete währenddessen mit Interesse die schlanke Schönheit, die sich gerade erhob und sich von Eric mit einem angedeuteten Kuss auf die Wangen verabschiedete. Das Verhältnis schien also noch nicht intensiv zu sein. Sie trug langes, schwarzes Haar, im Nacken lose zusammengebunden, sodass sich einige Strähnen gelöst hatten. Die Augen wirkten dunkel und undurchdringlich, waren kaum geschminkt. Die vollen Lippen und der hellbraune Teint ließen auf eine Herkunft aus Südeuropa schließen. Freundlich lächelte sie den Gästen am Nebentisch zu und verließ mit langen, sportlichen Schritten das Restaurant.

Giovanni versuchte noch, sich an sie zu werfen, zuckte aber im letzten Moment zurück. Wahrscheinlich eine richtige Entscheidung. Eric schaute ihr gedankenverloren hinterher. Es sah nicht so aus, als ob er mit dem Abend zufrieden war.

»Was hattest du gesagt, Violetta?«, versuchte Philipp den Gesprächsfaden wieder aufzunehmen.

»Ich hatte nur gemeint, dass Händler ihre Jobs genauso schnell wechseln wie ihre Partnerinnen«, erwiderte Violetta und blickte lächelnd auf Eric, der mit dem Weinglas in der Hand auf ihren Tisch zukam.

«Hast du deine Freundin schon heimgeschickt, damit du jetzt mit mir flirten kannst? Du solltest sie unbedingt Philipp vorstellen. Er kann sich kaum mehr beruhigen«, sage sie zu

Eric und zog Gläser und Besteck zu sich heran, um Eric Platz zu machen. Er setzte sich auf den freien Stuhl und hob sein Weinglas.

»Cheers, auf alle schönen Frauen, besonders auf Violetta.«

Philipp war unkonzentriert und folgte kaum der Unterhaltung. Der Ärger tagsüber, Großkurth, dessen Frau, die dunkle Schönheit und jetzt noch Eric verwirrten ihn. Er war mit seinem Leben und seinem Job unzufrieden. Andere hatten den beruflichen und privaten Erfolg. Warum nicht er? Violetta nahm alles leicht und konnte sich seine Sorgen auch nicht annähernd vorstellen.

Eric schaute ihn skeptisch an und fragte:

»Na, mein Lieber, so nachdenklich heute? Schlechte Abschlüsse gemacht?«

Philipp hatte keine Lust auf eine fachliche Diskussion.

»So schlecht wie deine sind sie nie. Sag mir lieber, warum sich diese außergewöhnliche Schönheit mit jemandem wie dir abgibt.«

Eric ignorierte den aggressiven Ton und lächelte Violetta an.

»Ich habe sie vor zwei Wochen bei einem Seminar in London kennengelernt. Sie arbeitet in Frankfurt bei der Deutschen Kommerzialbank im Wertpapierbereich. Wir haben uns nach einem Abendessen in London hier zum ersten Mal wiedergetroffen. Sie musste leider zeitig nach Hause, weil sie eine kleine Tochter hat.«

»Mal etwas Positives, dass unter all diesen berufskranken Investmentbankern ein normaler Mensch mit Kind lebt, um das er sich auch noch kümmert, anstatt in Szene-Kneipen herumzuhängen«, antwortete Violetta und blickte dabei Eric herausfordernd an.

Es wäre gut für ihn, wenn er einmal eine ernsthafte Beziehung beginnen würde, die mit ein wenig Verantwortung einherginge, dachte Violetta in ihrer angeborenen Fürsorglichkeit. Er gab sich zwar immer oberflächlich und wechselhaft, aber so ganz glücklich schien er damit nicht zu sein. Wahrscheinlich musste man ihm noch etwas Zeit lassen. Sie war mit einem wesentlich jüngeren Bruder aufgewachsen und hatte daher immer das Bedürfnis, sich um halb erwachsene Männer kümmern zu müssen. Und davon gab es unter jungen Bankern eine Menge.

»Wie alt ist deine Freundin eigentlich?«, fragte Philipp, der unbedingt mehr über die Schöne wissen wollte.

In ihrer gemeinsamen Zeit als Trainee waren Frauen ihr beliebtestes Freizeitthema gewesen. Sie waren beide nicht gebunden gewesen und hatten die Suche zum Selbstzweck erhoben.

Eric bestellte eine neue Flasche Mineralwasser und antwortete beiläufig:

»Neunundzwanzig Jahre, also entschieden zu jung für dich. Im Übrigen magst du keine Kinder. Dann bis du ohne Chance bei ihr. Mal abgesehen davon, dass ich erstmals meinen latenten Vorsatz, dich umzubringen, realisieren würde. Also lass es!«

Violetta lachte und deklamierte mit Emphase die Headline der Regenbogenpresse:

»Dunkelhaarige Schönheit treibt Banker in tödlichen Kampf.«

Eric bewunderte Violetta für ihre Fähigkeit, Auseinandersetzungen mit Leichtigkeit zu beenden und verletzenden Worten die Wirkung zu nehmen. Eine gute Gelegenheit für ihn, das Thema zu wechseln.

»Philipp, es geht das Gerücht, du hättest gekündigt. Stimmt das?«

Philipp überraschte die Schnelligkeit des Buschfunks, aber er hätte das Thema ohnedies mit Eric besprochen.

»Das hat sich aber schnell verbreitet. Ich habe niemandem etwas gesagt«, bestätigte er die Frage.

»Man wirft uns Frauen immer vor, wir seien geschwätzig. In Wirklichkeit sind es die Männer. Sie tarnen ihre Neugier nur besser«, warf Violetta ein.

Philipp blieb ernst und ergänzte entschieden:

»Ich sehe keine Chance, in der Bank weiterzukommen. Irgendwann will ich eine gut dotierte Führungsposition haben und die Geschäfte machen, die mir sinnvoll erscheinen, und nicht immer mit Leuten erfolglos diskutieren, die keine Ahnung haben. Mit Großkurth werde ich nie klarkommen, andere Aufgaben außerhalb des Handels im Hause interessieren mich nicht.«

Eric wusste, dass Großkurth nicht einfach war, aber Philipp war ebenfalls schwierig. Für seine Ungeduld und Überheblichkeit war er in der ganzen Bank bekannt. Erfolg war das Kriterium, dem er alles andere unterordnete. Dazu passte die abrupte Kündigung. Andererseits hatte Philipp über einige Jahre gute Gewinne für seinen Arbeitgeber eingefahren. Sein Gehalt würde wahrscheinlich bei rund hunderttausend Euro fix und entsprechender Bonifikation liegen. Genau wusste er das nicht. Man konnte davon sicher auch als Investmentbanker leben.

Aber Philipp war das zu wenig. Er wollte unbedingt die Karriere und eine eigene Abteilung. Geld war nicht seine Antriebsfeder, auch wenn es zwangsläufig mit dem Erfolg verbunden war. Urlaube und Eigentumswohnung hatten ihren Preis. Er war jedoch immer mit seinem Geld ausgekommen und machte keine Schulden. Selbst kurzfristige Überziehungen seines Kontos vermied er.

»Hast du schon einen neuen Job? Der Markt ist eng zurzeit«, fragte Eric.

Philipp schüttelte den Kopf.

»Das halte ich nicht für ein Problem. Du wirst sehen, dass es schnell geht. Bessere Stellen als bei Carefree Credits werden genügend angeboten. Wir sollten uns morgen beim Mittagessen zusammensetzen. Ich erzähle dir dann alles.«

Violetta lachte und meinte:

»Zur Not muss ich ihn von meinem Geld mit ernähren. Ich glaube, ich könnte es genießen, wenn er von mir abhängig wäre. Du liebst es doch, dich mir unterzuordnen, oder nicht?«

Philipp zog die Augenbrauen hoch und sagte:

»Dann beginnen wir gleich: Ich schließe mich dir sofort an, wenn du gehen willst.«

Sie verließen das Restaurant, nachdem Philipp die Rechnung gezahlt hatte. Eric begrüßte Großkurth sowie dessen Frau und brach dann ebenfalls auf.

Violetta hielt ihren Zeigefinger nachdrücklich auf die Klingel. Ein wenig ärgerte es sie, dass Philipp ihr noch immer keinen Schlüssel zu seiner Wohnung gegeben hatte. Er teilte nicht gern, und wenn es nur um einen Schlüssel ging.

Sie hatte sich schon oft überlegt, ob er wirklich der Richtige für sie war. Er war weder liebenswürdig noch einfühlsam, aber mit Geld war er großzügig, auch ihr gegenüber. Sie wusste, was es hieß, immer knapp bei Kasse zu sein. So schliefen sie getrennt, trafen sich in Kneipen, fuhren zwei Autos, richteten ihr Leben so ein, dass bei einer Trennung keinerlei finanzielle oder logistische Probleme entstehen würden.

Im achten Stockwerk hatte Philipp bereits die Wohnungstür geöffnet und wartete irgendwo in dem riesigen Wohnzimmer, das unmittelbar in eine Designerküche nach innen und in eine Terrasse nach außen überging. In der Küche mit allen technischen Errungenschaften des einundzwanzigsten Jahrhunderts waren höchstens Spiegeleier produziert oder Pizzen aufgebacken worden. Wenn überhaupt, hatte Violetta in ihrer eigenen kleinen Wohnung für beide gekocht.

Auf dem edlen Korbgeflecht draußen auf der Terrasse hatte sie noch nie gesessen. Irgendwie drückte sich Philipp um jeden Ansatz von Muße. Er konnte nicht begreifen, dass Ausruhen nichts mit Faulheit zu tate. Ihn trieb es immer von einer Aktion zur nächsten. So würde er jetzt sicher ins Bad gehen, eine jener riesigen Glaskabinen, die neuerdings von Ehe-unerfahrenen Architekten in den Schlafbereich integriert werden, und sie dann im Bett erwarten. Nach einer Stunde würde sie heimgehen. So war es auch dieses Mal.

Wie immer nach solchen Abenden nahm sie die Treppe statt des Aufzuges. Das langsame Hinabsteigen und die Uniformität der Bewegungen beruhigten sie, gaben ihr Zeit und ein Gefühl von Freiheit. Es war nicht so, dass sie sich darüber freute, die intime Gemeinsamkeit beendet zu haben. Eher brauchte sie das Alleinsein, um Kraft zu schöpfen, sich zu ordnen. Wenn sie nicht das Auto dabeigehabt hätte, wäre sie lieber über die Terrasse der Oberstadt spaziert, hätte auf den tausendjährigen Dom geblickt und ihren Gedanken nachgehangen.

Was zog sie zu diesem Menschen, der immer nahm, aber selten gab? Mit seinen ein Meter fünfundachtzig und durchtrainierten achtzig Kilogramm war er der Typus, auf den Frauen flogen. Man sah die Ergebnisse des Sportstudios sofort. Dennoch wirkten Muskeln und Sehnen nicht so künstlich wir bei manchen Profis, die täglich den Muskelumfang mit dem Zentimetermaß kontrollierten und deren kräftige Oberarm-Venen wie aufgesetzt erschienen. Sie mochte seine glatte, blasse Haut. Ein Mediziner hatte ihr einmal erklärt, die Haut sei ein Organ wie jedes andere auch. Das kam ihr immer in den Sinn, wenn sie ihn anfasste.

Philipp war jedoch eher mechanisch orientiert. Tastsinn und Emotionen waren leider unterentwickelt. Sein seltenes jungenhaftes Lächeln zog sie aber immer wieder an, zerstreute vorübergehend alle Bedenken.

Sie öffnete die blaue Stahltür zur Tiefgarage, erblickte zwischen zwei Betonpfeilen ihr Auto und fuhr durch den Nieselregen nach Hause.

Gegen 7.30 Uhr hatte er heute Morgen zu arbeiten angefangen, um ohne Zeitdruck die Nachmittagsbörse in Tokyo zu analysieren, bevor die Geschäfte in Frankfurt starteten. Er hatte bereits einige Abschlüsse getätigt und holte sich am Automaten seinen zweiten Kaffee. Der gestrige Abend war nicht so ganz nach seinem Geschmack verlaufen. Das Essen beim Italiener, die Gespräche, der Sex mit Violetta, alles erstarrte zur Routine. In seinem Leben gab es zu viel Stillstand.

Mit einem Klick rief er die Suchmaschine auf. Er wollte noch die Jobangebote im Internet durchsehen, bevor er sich mittags mit Eric traf. Die Konkurrenzbanken hatten tatsächlich ein gutes Dutzend Händlerstellen ausgeschrieben. Eine davon las er zweimal: Die Advanced Investment Bank suchte einen Teamleiter für »Asset Backed Securities«. Dieser war zuständig für Kauf und Verkauf von Wertpapieren, die durch Grundpfandrechte oder in anderer Weise gesichert waren.

Philipp kannte die Bank aus dem täglichen Geschäft. Im Grunde war Frankfurt ein Dorf, denn die Spezialisten verkehrten nur in ihren Kreisen, machten gemeinsame Deals, trafen sich bei Kongressen und Fortbildungsveranstaltungen. Wichtig war zu wissen, was die anderen machten, wer neue Ideen hatte. Eric hatte ihm gegenüber schon gespottet, dass die Händler auf der ganzen Welt geschwätziger seien als Frauen und sich permanent einer Inzucht ähnlich selbst befruchteten. Deswegen würden sich auch kleinste Veränderungen an den Märkten zu Katastrophen ausweiten, weil die Hammelherde beim geringsten Gerücht immer größer würde und in die gleiche gefährliche Richtung raste.

Die Advanced Investment Bank war ihm schon vor einiger Zeit am Markt aufgefallen. Sie investierte mehr als andere in diese neuen amerikanischen Immobilienpapiere und schien dabei gut zu verdienen. Philipp hatte das Thema mehrfach bei Großkurth angesprochen. Der aber wehrte sich stets gegen jedes Geschäft, das er nicht kannte, und hatte ihn nur schroff beschieden:

»Wir machen Zins- und Währungsgeschäfte, aber keine Anlagen, erst recht nicht in solchen Papieren.«

Dabei lag das Problem dieser Bank gerade darin, dass sie im reinen Kundengeschäft mit zahlreichen Mitarbeitern hohe Kosten bei niedrigen Gewinnen produzierte. Nicht ohne Grund waren ständig Beratungsunternehmen im Hause, die irgendwo Einsparpotenziale finden sollten. Im Ergebnis kam der kleine Gewinn, der jährlich gemacht wurde, aus dem mit nur wenigen Leuten besetzten und daher kostengünstigen Handel, in dem auch Philipp tätig war.

Der zuständige Abteilungsleiter des Wertpapierhandels der Advanced Investment Bank war Philipp aus einigen gemeinsamen Kundengeschäften bekannt. Ihn konnte er anrufen und für Samstag zu einem Heimspiel von Mainz 05 einladen. Er wusste, dass Alfons Meier »05-er« war und kaum ein Spiel verpasste.

Die Personalmenschen konnte er so zunächst umgehen. Mit denen hatte er ohnedies ein permanentes Problem. Sie glaubten, mit ihrer amateurhaft angewandten Psychologie und ihren rudimentären Fachkenntnissen die Qualifikation von Bewerbern beurteilen zu können. Sie hatten auch nie verstanden, dass Arbeit erfolgsabhängig bezahlt werden musste. Zusammen mit Großkurth waren sie für sein marginales Salär verantwortlich. Dabei hatte er in den vier Jahren eine große Menge Zins- und Währungsswaps an Unternehmen verkauft und für die Bank viel Geld verdient.

Er sah Eric, der normalerweise pünktlich war, nicht bei der Essensausgabe. Vielleicht wartete er schon in ihrer Stammecke am Fenster. Philipp hatte keinen Appetit. Das Kantinenessen schätzte er nicht besonders. Zwar war die Qualität in Ordnung, die Massenabfertigung und das Anstehen an Ausgabe und Kasse nervten ihn aber ebenso wie allzu große Nähe. Man konnte nie wissen, wen man neben sich an den großen Tischen hatte.

Mit seinem Steak und dem großen Salat ging er auf die Suche und entdeckte Eric wie erwartet. Er machte gerade einem anderen Kollegen klar, dass der Platz neben ihm schon besetzt war. Eric hatte auf ihn gewartet und wandte sich sofort den Maultaschen und dem schwäbischen Kartoffelsalat zu. Offensichtlich gab es heute Internationale Küche in einer weltoffenen hessischen Bank.

»Erzähl schon, was planst du? Darfst du überhaupt noch an deinen Schreibtisch zurück?«, fragte Eric neugierig.

Er kannte die strengen Sitten bei manchen Funktionen. Um die Abwerbung von Kunden zu verhindern, wurden wichtige Mitarbeiter oft sofort nach der Kündigung unter Beibehaltung der Bezüge freigestellt. Laptop und PC wurden gesperrt bzw. eingezogen.

»Ich habe die Kündigung gestern an den Personalbereich geschickt. Großkurth wird es sicher heute erfahren.«

Das Verfahren war typisch für Philipp. Genau so hatte Eric es erwartet. Philipp verstand es immer, verbrannte Erde zu hinterlassen. Ein wenig Höflichkeit und ein vernünftiges Gespräch mit Großkurth hätten ein friedliches Auseinandergehen erleichtert. Die Erkenntnis, dass man sich im Leben immer zweimal begegnet, war Philipp fremd.

»Was macht die Jobsuche, was willst du überhaupt machen?«, fragte Eric skeptisch.

»Die Advanced Investment Bank bietet eine interessante Führungsposition im Bereich Asset Backed Securities an. Du weißt, dass ich mich mit diesem Thema in den letzten Monaten beschäftigt habe. Die Amerikaner verdienen hier eine Menge Geld, aber Großkurth will an das Thema nicht heran. Insbesondere nahezu risikolose Anlagen in amerikanischen Immobilienverbriefungen werfen gute Renditen ab.«

Eric wusste als Controller, dass der Vorstand zurückhaltend agierte und bei seinen Anlageentscheidungen äußerst konservativ war. Demzufolge gab es selten große Gewinnsprünge. Manche Jahre waren eher knapp, insbesondere die ständigen Personalkostensteigerungen mussten verdient werden und konnten auf Dauer nicht durch Personalabbau aufgefangen werde. Die Bank musste sich etwas einfallen lassen, da hatte Philipp nicht unrecht. Skeptisch antwortete er:

»Du weißt, dass es risikolose Anlagen nicht gibt. Das Risiko steigt mit der Höhe der Rendite. Um das zu berechnen, brauche ich keinen Diplommathematiker. Aber hast du überhaupt Chancen, die Stelle zu bekommen? Richtige Erfahrung auf dem Gebiet hast du doch nicht.«

Ungläubig schaute ihn Philipp an und erwiderte:

»Ich bin jetzt sechs Jahre im Handel aktiv, wenn ich die Trainee-Zeit einrechne. Ich kenne alle Produkte, jedes Derivat zur Genüge. Wieso sollte ich Angst vor Neuem haben?«

»Ich will darüber nicht mit dir streiten. Du musst wissen, was du tust. Fakt ist, dass du zusammen mit deinen Kunden spekulierst, wie sich die Währungen bzw. Zinsen entwickeln. Mit Asset Backed Securities hast du bisher nichts zu tun gehabt. Aber was soll's. Ob du dir das zutraust oder nicht, musst du selbst wissen.«

Eric merkte, dass Philipp sich innerlich bereits von der Bank verabschiedet hatte. Vielleicht hatte er Recht, dass es Zeit für einen Wechsel war. Ihn irritierte lediglich die Unruhe, von der Philipp getrieben war und die ihn zu übereilten, emotionalen Entscheidungen verleitete. Ob Violetta damit klar kam? Im Privatleben war Philipp nicht viel anders. Er wunderte sich, dass die Beziehung überhaupt noch hielt.

»Gehen wir einen Kaffee trinken«, schlug Philipp vor, »und dann erzählst du mir etwas über deine neue Freundin. Die wievielte ist es, seit wir uns kennen? Die sechste?«

Eric nahm es gelassen.

»Ich kenne sie noch nicht lange. Wir haben uns zwei- oder dreimal getroffen. Selten hat mich eine Frau so beeindruckt: intelligent, selbstbewusst und gut aussehend, genau in dieser Reihenfolge. Bis heute ist mir nicht klar, ob sie überhaupt Interesse an mir hat.«

Philipp lachte. »Du wirst es schon schaffen. Warum sollte es diesmal anders sein?«

Das Handy klingelte, als Philipp auf dem Weg zurück zum Büro war. Er sah auf dem Display eine zur Advanced Investment Bank gehörige Nummer. Tatsächlich rief Alfons Meier wie gewünscht zurück. Das erste gute Zeichen.

»Vielen Dank, dass Sie sich melden. Ich habe die Ausschreibung für die ABS-Stelle gelesen. Können wir uns darüber einmal unterhalten? Am liebsten außerhalb der Bank.«

Meier verstand sofort, dass Philipp sich offiziell erst bewerben wollte, wenn seine Chancen günstig waren. Die Einladung ins 05er-Stadion lehnte er aber ab. Er habe ohnehin eine Dauerkarte. Sie vereinbarten für den Anschluss an das Spiel ein Treffen in einer kleinen Pizzeria in der Nähe des Stadions, in der zwar regelmäßig die Fans, aber kaum Banker aus Frankfurt verkehrten.

Eric hatte sich für drei Uhr mit Anna im Städel-Museum verabredet. Dort war gerade die Cezanne-Ausstellung eröffnet worden. Wie vermutet, war Anna an Malerei interessiert und hatte sofort die Einladung angenommen. Sie war etwas verspätet und kam mit schnellen Schritten auf den Eingang zu. Ein einfaches weißes Top ließ ihre maßvoll kräftigen Schultern und Oberarme gut zur Geltung kommen. Sie war nicht die Frau, die sich im Fitnessstudio Muskeln und Sehnen antrainierte, und hatte auch nicht die bulimische Figur eines Mannequins, das nur zum Kleiderständer taugte. Jedenfalls war genügend Kraft vorhanden, Buggy und zweijährige Tochter die Treppen hochzutragen, bevor Eric überhaupt an das Helfen denken konnte.

»Tut mir leid, dass ich zu spät bin. Meine Mutter wollte eigentlich meine Tochter betreuen, hat sich aber überraschend eine Erkältung zugezogen. Ich möchte nicht, dass Mary sich ansteckt. Wir können ihr die Bilder ja erklären. Machen wir halt eine Führung für Kinder.«

Eric unterdrückte seine Überraschung. Er kannte die Weisheit, dass der Weg zum Herzen der Mutter über das Kind führt. Allerdings gab es für den Start von Beziehungen auch einfachere Wege.

Erschöpft durch die ungewohnte Aufgabe, setzte er sich mit Anna nach einer guten Stunde »Kunst fürs Kind« in das Museumscafé. Zum nächsten Wochenende verabredeten sie sich für einen neuen Versuch – ohne Kind.

Der Montagmorgen im Büro begann ruhig. Eric hatte seinen Arbeitsplatz am Freitag geordnet hinterlassen und geplant, sich in Ruhe in die Risiken von Asset Backed Securities einzulesen. Der Handel hatte, ohne dass Philipp davon wusste, ein paar ausgewählte Papiere gekauft, um Erfahrungen zu sammeln. Eric sollte die umfassenden, jeweils zweihundertseitigen Dokumentationen auf ihr Risikogehalt hin prüfen.

Ein Kollege aus der Rechtsabteilung hatte ihm einmal erklärt, dass amerikanische Anwälte nach Seiten bezahlt würden. Dies sei der wirkliche Grund für den großen Umfang der Dokumentationen. Er vermochte das nicht zu glauben. Es half auch nichts, denn in jedem Fall musste er die Risiken in einer maximal fünfseitigen Vorlage für den Vorstand darstellen. Das würde ihm auch hier gelingen.

Ein Anruf von Philipp unterbrach ihn in seinen Überlegungen. Tatsächlich war die Advanced Investment Bank an Philipp interessiert.

»Ich habe am Samstag ein erstes Gespräch mit meinem künftigen Chef geführt. Die Bank will weitere Ertragsquellen erschließen, insbesondere das Geschäft mit besicherten Wertpapieren ausweiten.«

Für die laufende Woche sei das abschließende Gespräch unter Einbeziehung des Personalbereichs vorgesehen. Der Vorstand der Bank werde dann kurzfristig entscheiden.

»Alles weitere können wir heute Abend beim Italiener besprechen. Wie du schon vermutet hattest, hat mir Großkurth tatsächlich durch einen Personalmitarbeiter den Stuhl vor die Tür setzen lassen«, sagte Phillip und lachte befreit.

Im Großraum eines nüchternen Zweckbaus im Gewerbegebiet saß Violetta auf ihrem Schreibtischstuhl, drückte die Schultern zurück und streckte ihren Kopf in die Höhe, eine Übung, die ihr die Physiotherapeutin gegen Nackenschmerzen empfohlen hatte. Sie müsste unbedingt Sport treiben. Vielleicht war die Ursache auch das Gewicht ihrer Brüste, nicht ihre Haltung. Die Nackenschmerzen schienen die Kehrseite ihrer weiblichen Reize zu sein.

Gerade hatte sie einem der Fahrer die Abzüge auf der Gehaltsabrechnung erklären müssen. Er hatte nicht verstanden, dass einmal jährlich die monatliche Lohnsteuerberechung zu überprüfen und gegebenenfalls auszugleichen war. Auch die Krankenkassenbeiträge hatten sich wieder erhöht. Sie konnte nachfühlen, dass sie alle genau rechnen und jedem Euro hinterherlaufen mussten. Für manche blieben trotz Überstunden nur etwa tausendachthundert Euro netto, von denen die Familie zu ernähren und die Wohnungsmiete zu zahlen war.

Sie selbst als Buchhalterin verdiente mittlerweile besser. Sie hatte nach der mittleren Reife eine dreijährige Ausbildung als Steuerfachangestellte abgeschlossen und sich später bei der Spedition Kolligs beworben. Mit dem Junior-Chef hatte sie sich sofort gut verstanden und in den sechs Jahren unentbehrlich gemacht. Sie war zusammen mit einem Steuerberaterbüro verantwortlich für die Buchhaltung und für die Lohn- und Gehaltsabrechnung der zwanzig Fahrer und einiger Disponenten. Bei etlichen Fortbildungsveranstaltungen hatte sie sich für ihre Aufgaben weiterqualifiziert.

Soeben war der Juniorchef eingetroffen. Er zwinkerte ihr durch die Glasscheibe seines Büros freundschaftlich zu. Sie hatten ein wirklich gutes Verhältnis, aber mehr auch nicht. Er war verheiratet und hatte Kinder. Sie hatte aber immer den Eindruck, dass er mehr von ihr wollte. Das würde Komplikationen verursachen, die sie den Job kosten konnten. Diese Grenze würde sie nie überschreiten, selbst wenn die Beziehung mit Philipp eines Tages zu Ende ginge.

Sie hatte in letzter Zeit das Gefühl, dass sie sich auseinanderlebten. Er liebte den kurzen Sex, die oberflächliche Unterhaltung, seinen Urlaub und sein Auto, ohne nur einmal an ihre Wünsche zu denken. Er war ein unverbesserlicher Egoist. Warum hatte sie sich eigentlich in ihn verliebt? Blondes Haar, blaue Augen, trainierter Körper, guter Sex? Das hatte sie sicher am Anfang zu ihm hingezogen. Aber was konnte man sonst mit ihm unternehmen? Er interessierte sich nur für seine Arbeit. Sie war jetzt zweiunddreißig, irgendwann wollte sie auch Kinder, aber dafür war er nicht der Richtige.

Andererseits kann ich in dem Alter nicht mehr lange suchen. Die meisten sind in festen Händen, dachte sie, als das Telefon klingelte.

Es war Philipp, der sie zu Mittag treffen wollte.

»Ich bin freigestellt und habe alle Zeit der Welt«, jubelte er nahezu.

»Schön für dich. Ich kann hier nicht weg, ich muss arbeiten. Du kannst aber gerne vorbeikommen, dann gehen wir irgendwo auf die Schnelle eine Currywurst essen.«

Das war es nicht, was er jetzt brauchte.

3 Challenge

Mühsam quälte sich Philipp durch den Verkehr der Innenstadt. Die Anzeige an einer Bushaltestelle zeigte »Donnerstag, 9. Juni 2003, 8.49 Uhr«. Gerade noch rechtzeitig betrat er den repräsentativen Empfang in der Frankfurter City. Viel Glas, poliertes Holz und eine Ausstellung großflächiger, schreiend bunter Gemälde. Er erinnerte sich an den Eingangsbereich seiner bisherigen Bank, in dem eine Plastik einen kleinen, bedenklich schauenden Zeitgenossen abbildete. Er war mit allen Insignien königlicher Macht ausgestattet, wirkte aber dennoch nicht eindrucksvoll. Die Mitarbeiter hatten ihm den Namen »Der letzte Kunde« verliehen.

Hier bei der Advanced Investment Bank wirkte alles größer und aufwendiger, aber nicht unbedingt geschmackvoller. Die rote Sandsteinfassade war reich verziert. Mit seinen begrenzten Kenntnissen tippte Philipp auf »Jugendstil«. Auffällig waren zwei sitzende Steinfiguren in Überlebensgröße, Mann und Frau, die nach irgendetwas Ausschau hielten. Über ihren Köpfen, auf der Höhe des ersten Stockwerks, lag die Basis für zwei fünf Meter hohe pseudo-korinthische Säulen, die den mit einem schmiedeeisernen Geländer gesicherten Balkon einfassten. Hier hatte wahrscheinlich in besseren Zeiten der Vorstandsvorsitzende den Kunden zugewinkt.

Den Eingang musste man sich über etliche Treppen mühsam erkämpfen. Sehr kundenfreundlich war das nicht. Erst später erfuhr er, dass es auf der Rückseite einen weniger repräsentativen, dafür aber zeitgemäßen Zugang gab, den man auch von der Tiefgarage erreichen konnte.

Das Innere war vollständig im Stil der neunziger Jahre gehalten. Offensichtlich war bei der Renovierung nur die Fassade zur Straßenseite bestehen geblieben. Der Empfang war mehr als ausreichend mit einem Herrn und drei Damen besetzt. Alle waren in das typische Blau der Banker gekleidet. Die üblichen Kostensenkungs-Programme hatte es hier wohl noch nicht gegeben. Oder der Vorstand hatte diesen Bereich ausgespart.

Philipp nannte seinen Namen und den des gewünschten Gesprächspartners. Eine der freundlichen Damen mit dem Stewardessen-Lächeln bat ihn, einen Moment Platz zu nehmen. Eine Sitzgruppe aus mit schwarzem Leder überzogenen Designersesseln steht im Foyer fast jeder Bank, dachte Philipp.

Die Sekretärin des Personalchefs hatte ihn am Wochenanfang angerufen und ihm den Vorstellungstermin für heute mitgeteilt.

»Herr Berressem?«, sprach ihn eine Dame mit einer etwas rauen, vermutlich vom Rauchen gedunkelten Stimme an.

»Herr König erwartet Sie.«

Philipp ließ ihr den Vortritt, den sie selbstverständlich und ohne jede Scheu in Anspruch nahm. Während der gemeinsamen Fahrt im Aufzug wirkte sie eher unterkühlt. Ein kurzer Blick auf das Namensschild gab ihm die Möglichkeit, sich den Namen einzuprägen. Vermutlich war sie die Sekretärin oder Assistentin des Personalchefs. Er musste spätestens auf dem Rückweg mit ihr ins Gespräch kommen.

Philipp wurde in ein für den Zweck überdimensioniertes leeres Besprechungszimmer geführt und gebeten, dort Platz zu nehmen.

»Ich rufe sofort Herrn Meier an. Er wird an dem Gespräch teilnehmen. Einen kleinen Moment bitte«, sagte Verena Schneider und zog sich zurück.

Philipp hoffte, dass nicht die ganze Bank so förmlich war wie diese Dame. Meier hatte auf ihn einen unkomplizierten und kontaktfreudigen Eindruck gemacht. Jetzt zeigte sich bei Philipp doch eine leichte Nervosität. Er war auf König gespannt.

Es klopfte kurz und heftig an der Tür, fast gleichzeitig stand Meier vor ihm.

»Entschuldigung, ich bin etwas zu spät. Lassen Sie uns gleich zum Personalchef gehen.«

Vermutlich hatte Meier mit König bereits die Marschroute festgelegt. Sie gingen über einen endlosen, schmalen und halbdunklen Gang, an dem sich links und rechts die einzelnen Zimmer der Personalmitarbeiter anschlossen.

Aus einem der Büros schob sich unbeholfen eine massige Figur in weißem Hemd und schwarzer Hose. Der Mann hatte eine Größe von vielleicht einem Meter neunzig, was seinen kräftigen Bauch und die um die Hüften gewachsenen Rettungsringe etwas streckte. Auffällig waren die zu lang geratenen Arme, deren behaarte Hände aus gestärkten Doppelmanschetten herausfielen. Der kräftige dunkle Bartwuchs widersetzte sich wohl erfolgreich dem Elektrorasierer. Ausgeprägtes Kinn, flache Stirn, buschige Augenbrauen und widerspenstige schwarze Haare vervollständigten die Gesamterscheinung, ohne dass sie dadurch anziehender erschien.

»Guten Morgen, meine Herren«, rief eine Tenorstimme, die nicht unbedingt zu diesem Riesen passte.

»Herzlich willkommen!«

Der Mann zeigte auf seine geöffnete Bürotür, durch die halb von ihm verdeckt eine junge Frau zu sehen war.

»Ich nehme an, Sie sind Herr Berressem«, sagte er zu Philipp gewandt.

»Sie trinken einen Kaffee? Bedienen Sie sich bitte bei den Getränken. Das ist Frau Amman, die zuständige Personalreferentin für Führungskräfte.«

Philipp begrüßte sie per Handschlag. Mit ihr würde er häufiger zu tun haben. Die Dame war um die Dreißig, hatte einen flotten, burschikosen Haarschnitt und schien auch in dieser Männerrunde über ausreichendes Selbstbewusstsein zu verfügen.

Das Tempo empfand Philipp jedenfalls im Gegensatz zur Carefree Credits als beeindruckend. Hier wurde schnell agiert und hoffentlich auch entschieden. König hatte die Bewerbungsunterlagen vor sich liegen, die Philipp am Wochenende auf die Schnelle zusammengestellt hatte. Die Personalreferentin schaute ihn forschend an. Als er den Blick erwiderte, befasste sie sich mit ihrem Schreibblock. Meier saß gelangweilt vor seiner Kaffeetasse, die Beine weit ausgestreckt und beide Hände in den Hosentaschen.

Auf Wunsch Königs berichtete Philippe mündlich über seinen Werdegang, seine Studienschwerpunkte in der Betriebswirtschaft, die Zeit als Trainee und seine Handelsaktivitäten bei Carefree Credits. Über die neue Stelle bei der Advanced Investment Bank hatte Meier ihn bei dem Treffen in der Pizzeria eingehend informiert. Hier bestand kein Diskussionsbedarf mehr. Bei der Frage nach seiner Führungserfahrung für ein fünfköpfiges Team musste Philipp passen. Er berief sich auf verschiedene Förderungsmaßnahmen für Führungskräfte, die er bei der Carefree Credits mit gutem Ergebnis absolviert hatte.

Sein Gehaltswunsch von zweihunderttausend Euro fix zuzüglich zweihunderttausend Euro Garantiebonus für die ersten beiden Jahre stieß bei König auf freundliches Unverständnis. Die Personalreferentin notierte sich immerhin die Beträge.

Nach fünfunddreißig Minuten war das Gespräch zu Ende.

»Wir haben noch Termine mit weiteren Bewerbern, werden uns aber kurzfristig melden«, sagte König.

Seine Sätze waren direkt, enthielten keine unnötigen Einleitungen und Füllwörter. Das klang unhöflich, wurde aber durch die freundliche Miene kompensiert. Frau Amman brachte Philipp zum Aufzug und wünschte einen schönen Tag.

König faltete die Bewerbungsmappe zusammen und legte sie zur Seite.

»Ziemlich eingebildet, unser neuer Kollege. Sie wollen ihn unbedingt?«, fragte er und rutschte in seinem Stuhl in eine entspannte Haltung.

Meier reagierte nicht. Er wusste, dass König ihn aus der Reserve locken und zuerst seine Auffassung hören wollte. Nicht, dass König keine Verantwortung übernahm. Er liebte es nur, eine ehrliche Meinung zu hören. Das Gespräch war alles in allem positiv verlaufen, dachte sich Meier.

Dass der Mann irgendwann Karriere machen wollte, war plausibel. König hatte ihn gefragt, warum er bei seinem bisherigen Arbeitgeber weg wollte. Prompt machte Berressem den Anfängerfehler, über sein Gespräch mit Dr. Großkurth und dessen Hinhaltetaktik zu berichten. Das war eigentlich nicht verzeihlich. Es wäre so einfach gewesen zu sagen, dass nach sechs Jahren ein beruflicher Wechsel sinnvoll sei und er neue Herausforderungen in einem anderen Geschäftsbereich, vornehmlich mit Bezug zu den USA suche. Das ist zwar eine Plattitüde, jeder Fachmann erkennt sie, aber sie hört sich besser an, als über frühere Vorgesetzte zu schimpfen.

Meier blickte König an und schüttelte leicht seinen Kopf.

»Haben Sie einen anderen? Der Markt ist eng, das wissen

Sie. Unter allen Bewerbern ist Berressem der Einzige mit der geforderten Ausbildung und ausreichender Berufserfahrung. Im Team haben wir nur Nachwuchsleute, die von einem erfahrenen Händler geführt werden müssen.«

Er überlegt einen Moment und ergänzte:

»Wenn wir jemanden mit Führungserfahrung bei einem Konkurrenten abwerben wollen, müssen wir noch mehr Geld in die Hand nehmen. Sie kennen meine Auffassung: Sie sparen an der falschen Stelle, eine angemessene Beteiligung der Händler am Erfolg ist zwingend, wenn wir wettbewerbsfähig bleiben wollen.«

Königs voluminöser Körper schüttelte sich vor Lachen.

»Sie haben den falschen Zeitpunkt erwischt, Herr Kollege. Über das Bonusbudget Ihrer Abteilung verhandeln wir erst wieder in neun Monaten. Das Jahr ist noch nicht vorüber. Sie wissen auch, dass wir wie immer grundsätzlich einig sind. Die Differenz liegt in der Einschätzung der Angemessenheit. Ich bin nicht bereit, Vergütungen zu zahlen, die ein paar Marktführer in New York oder London ausschütten. Und da liegt auch das Problem von Herrn Berressem. Für den Einstieg liegen die Forderungen bei weitem zu hoch. Ich schlage vor, dass wir ihm ein vernünftiges Angebot oberhalb seiner jetzigen Vergütung machen und nach Ablauf der Probezeit weitersehen. Ich wette, er akzeptiert.«

Es klopfte und Frau Ammann trat ein.

»Setzen Sie sich, bitte!«

König war ein höflicher Mensch, er schätzte die meisten seiner Mitarbeiter und brachte das auch zum Ausdruck.

»Welche Meinung haben Sie über den Bewerber?«

König war auf ihr Urteil gespannt. Berressem war eine Persönlichkeit, über die man schon bei der ersten Begegnung verschiedener Meinung sein konnte.

Frau Amman blickte Meier an, lächelte und sagte mit kaum unterdrückter Ironie:

»Na ja, er ist ein Händler und als solcher von sich überzeugt. Aber seine Unterlagen sind in Ordnung. Wie er mit dem Team klarkommen wird, weiß ich nicht. Alle sind jünger, bis auf einen, der allerdings etwas schwierig ist. Mit seiner Gehaltsvorstellung hat er danebengegriffen.«

»Gut, wir sind einig«, sagte König mit Blick auf Meier und schob die Mappe über den Tisch auf Frau Amman zu.

»Machen Sie Vertrag und Zusage fertig. Beim Gehalt gehen Sie von der üblichen Vergütung für vergleichbare Positionen im Handel abzüglich zwanzig Prozent aus. Den Bonus können Sie für das erste Jahr fest zusagen, gegebenenfalls auch den Verlust des Bonus bei Carefree Credits. Nach einem Jahr sind wir bereit, die Vergütung zu überprüfen. Das ist wesentlich mehr als er jetzt verdient. Ich habe im Vorfeld alles mit dem Vorstand abgestimmt, Sie können das gleich umsetzen und den Herrn anrufen. Aber lassen Sie ihn bis übermorgen im Ungewissen. Fünf Monate nach Einstellung möchte ich über den Sachstand informiert werden.«

Philipp wusste nichts mit sich anzufangen. Das Gefühl, plötzlich und mitten in der Woche ohne Beschäftigung zu sein, kannte er nicht. Violetta arbeitete, Eric konnte er nicht aufsuchen, weil er keinen Zugangsausweis für Carefree Credits mehr hatte. Die Überlegung, Kunden zu besuchen, verschob er auf später. Er müsste seinen Wechsel zur Advanced Investment Bank offenlegen, was er vor dem Vertragsschluss noch nicht tun wollte.

Vielleicht konnte er seine Schwester besuchen, die in der Nähe von Mainz wohnte. Sie war zwei Jahre älter als er und hatte drei Kinder. So viel Familie und die Onkelrolle überforderten ihn, weswegen er selten die wenigen Kilometer fuhr. Eigentlich hatte er sich mit ihr immer gut verstanden. Aber die Themen und Meinungen zu Beruf und Familie waren in den letzten Jahren etwas auseinandergegangen. Sie hatte auch immer wieder versucht, ihn zur Kontaktaufnahme mit seiner Mutter zu überreden. Das konnte er im Moment überhaupt nicht ertragen. Vielleicht später einmal.

In einem Anfall privater Arbeitswut beschloss er, seine Wohnung gründlich aufzuräumen, die privaten Unterlagen abzulegen, seine Versicherungen zu überprüfen und die Einkommensteuererklärung vorzubereiten. Am Abend würde er Violetta von der Arbeit abholen. Sie würde ihn auf andere Gedanken bringen.

Er parkte seinen gepflegten schwarzen BMW vor dem kleinen Bürogebäude der Spedition und wartete. Philipp schaute auf den Kilometerzähler, der mittlerweile schon fünfundsiebzigtausend zeigte. Zeit, sich mit dem Kauf eines neuen Wagens zu befassen. Er hatte gehört, dass ein Kollege seinen vier Jahre alten Porsche 911 verkaufen wollte. Vierzig- bis fünfzigtausend Euro würde er dafür sicher noch zahlen müssen. Mit viel Glück konnte er für seinen BMW noch fünfzehntausend erlösen. Einen neuen Wagen wollte er sich im Moment nicht leisten. Er hatte viel Geld in den Wohnungskauf gesteckt und seine Reserven waren zusammengeschmolzen. Aber das würde sich ändern, wenn er endlich ein höheres Grundgehalt und vernünftige Boni erhielte.

Warum kommt Violetta nicht, dachte er.

Er entschloss sich, in ihr Büro zu gehen, wenn man diese Ansammlung alter Schreibtische und Regale, deren ursprünglich helle Holzmaserung von Wasser- und Kaffeeflecken einem diffusen Grau gewichen war, so bezeichnen konnte. Am letzten Schreibtisch vor dem Fenster sah er Violetta. Sie saß zurückgelehnt in ihrem einfachen Bürostuhl, die Beine übereinandergeschlagen.

Unmittelbar daneben, Violetta zugewandt, stand der Juniorchef und lehnte sich gegen die Schreibtischkante. Er schaute in das lachende, offene Gesicht. Worüber redeten sie?

Philipp räusperte sich und sagte »Guten Abend.«

Der Juniorchef drehte langsam den Kopf und sah Philipp fragend an. Violetta stand auf und machte die Herren miteinander bekannt. Sie löste so die Spannung, die sich unversehens zwischen zwei männlichen Primaten aufgebaut hatte.

»Tschüss, bis Morgen«, rief sie ihrem Chef zu, nahm ihre Handtasche und ging zum Auto.

Sie trafen sich nach kurzer Fahrt in einem Biergarten, wie sie in den letzten dreißig Jahren in Frankfurt Mode geworden waren. Auch bei den Besserverdienenden zeigte sich bisweilen der Drang zum einfachen Volk – wenn es nicht zu nahe kam. Man konnte sich ja jederzeit beim Italiener davon erholen und das angestammte Ambiente genießen.

»Was wollte dein Chef von dir? So wie ich euch zusammen gesehen habe, hat er dir ein Angebot gemacht und du warst geneigt, es anzunehmen.«

Philipp schaute Violetta herausfordernd an, die mit sichtlicher Überraschung antwortete:

»Du bist ja eifersüchtig! Sehe ich tatsächlich einen Funken Liebe?« Dann wurde sie plötzlich ernst.

»Er hat kein Angebot gemacht. Ich hätte es auch nicht angenommen, sondern erst einmal darüber nachgedacht. Er hat Interesse an mir, ist aber leider verheiratet.«

Philipp merkte, dass die Unterhaltung in gefährliches Fahrwasser geriet. Violetta schien zum Streiten aufgelegt und würde sofort Entscheidungen treffen, wenn er das Thema vertiefte. Die heiße Phase ihrer Beziehung war schon lange vorüber. In letzter Zeit hatte er oft an Trennung gedacht, aber nie einen endgültigen Entschluss gefasst. Er hatte auch keine Lust, wieder auf die Suche zu gehen und sich in seinem Alter in Discotheken herumzudrücken oder Frauen in der Bank anzusprechen. Für ein Abenteuer war er immer zu haben, er wurde aber seit kurzem das beunruhigende Gefühl nicht los, dass Sex nicht wirklich alles war. Vielleicht sollte er doch mit Violetta zusammen bleiben.

Violetta ahnte seine Gedanken und fuhr fort:

»Wenn er nicht verheiratet wäre, könnte das eine gute Beziehung werden. Für ihn wäre ich in Ehe und Betrieb die ideale Besetzung. Für einen kleinen Unternehmer ist das wichtig. Er kann mir vertrauen, ich koste nichts und arbeite trotzdem.«

Sie dachte nach, während Philipp weiterhin schwieg.

»Eine Scheidung wäre für ihn aber unbezahlbar, abgesehen von dem Theater, das er mit dem Senior hätte. Für mich wäre es ein beruflicher Fortschritt, Familie wäre möglich, er ist intelligent, ein großer Teil meiner Wünsche wäre erfüllt. Ich weiß aber nicht, ob ich ihn liebe oder lieben könnte.«

Sie vermied es, auf die Beziehung zu Philipp einzugehen. Das Gespräch war sehr ehrlich geworden. Bei konsequenter Fortführung hätte es in einer Trennung enden können.

Beide vertieften sich in ihre Speisekarten, die ihnen die Wahl zwischen Haxen, Spanferkel und Schnitzel aller Art ließ. Den Rest des Abends berichtete Philipp über seine neue Stellung bei der Advanced Investment Bank.

Sein alter Enthusiasmus kehrte langsam zurück, aber es gelang ihm nicht so recht, Violetta damit anzustecken. Sie freute sich für ihn, aber er konnte über nichts anderes reden. Er hatte sich noch nie dafür interessiert, was sie in der Spedition machte.

Anlagen in Wertpapieren über US-Immobilien scheinen in der Tat lukrativ zu sein, dachte Eric, als er sein Zimmer verließ, um zum Mittagessen zu gehen.

Im Betriebsrestaurant kreisten seine Gedanken weiter um das am Vormittag Gelesene. Wie immer, wenn er schwierige Probleme zu lösen hatte, konnte er sich tage-, bisweilen wochenlang in die Thematik eingraben. Er ließ nicht locker, bis er alles verstanden und eine für ihn befriedigende Lösung gefunden hatte. Das war für ihn die einzige Möglichkeit, einen gesunden Nachtschlaf sicherzustellen.

Er hatte auch mit Philipp darüber diskutiert. Dieser hatte ihm erklärt, dass die Darlehensforderungen aus US-Immobilien an eigens für diesen Zweck gegründete Finanzvehikel verkauft werden, die ihrerseits die Forderungen als Wertpapiere verbriefen und diese an Banken in der ganzen Welt, vor allem in Europa, weiterveräußern. Dadurch konnten die US-Banken Spielraum für neue Kredite gewinnen. Die Konditionen waren äußerst attraktiv und das Risiko durch die großen Ratingagenturen als gering eingestuft.

Eric war sich überhaupt nicht sicher, ob alles so einfach war, wie es sich zunächst darstellte. Er brauchte noch etwas Zeit und musste mit Spezialisten reden. Er wandte sich wieder seinem Teller zu, stellte aber fest, dass er schon alles gegessen hatte.

Seit Tagen hatte er an das kommende Wochenende gedacht. Heute war Freitag, morgen traf er sich mit Anna. Er musste noch Ort und Uhrzeit mit ihr abstimmen. Sie wohnte wie er in Wiesbaden. Vielleicht konnten sie sich dort treffen und so weniger Zeit verlieren. Er war über sich selbst erstaunt, wie wichtig es ihm war, mit ihr zusammen zu sein. Kontakte zu Frauen hatte er viele, sie hielten jedoch meist nicht länger als zwei oder drei Monate. Dann verlor er das Interesse.

Zögernd nahm er den Telefonhörer auf und rief sie in ihrem Büro an. Anna erklärte ihm knapp, dass sie den ganzen Samstag Zeit habe, ihre Mutter betreue die Tochter. Ihre Reaktion klang nüchtern, aber bei vernünftiger Betrachtung konnte er nicht mehr erwarten. Sie kannten sich erst kurz und hatten bisher kaum privat miteinander gesprochen, von körperlichem Kontakt überhaupt nicht zu reden. Trotzdem bemerkte er einen leichten Stich in der Herzgegend. Derartiges hatte er bisher für dummes Gerede unverbesserlicher Romantiker gehalten, bei denen irgendwann der Prozess der intellektuellen Reifung ausgesetzt hatte. Es fehlte noch, dass er eine Margerite griff und die Blütenblätter zupfte: »Sie liebt mich – sie liebt mich nicht – sie liebt mich …«

Er schob diese absonderlichen Gedanken beiseite und wandte sich wieder der vor ihm liegenden Vertragsdokumentation zu. Sein Programm war umfassend genug, um den Abend und notfalls noch die halbe Nacht mit Arbeit auszufüllen. Die Zeit bis Samstag war zu überbrücken.

Sein Auto hatte Eric auf einem Parkplatz neben dem Kurhaus abgestellt. Um diese Zeit war hier noch alles ruhig. Sie wollten sich vor dem Café treffen und zunächst gemeinsam frühstücken. Anna hatte die Idee gehabt. Es gefiel ihm erstaunlicherweise alles, was sie vorschlug. Ihm wäre sonst nie in den Sinn gekommen, den freien Samstag mit einem ausgedehnten Frühstück zu beginnen. Er wäre vielleicht mit seinem Mountain Bike in den Spessart oder auf die Rheinhöhen gefahren und hätte unterwegs in einer Bäckerei ein belegtes Brötchen gekauft und einen Kaffee getrunken.

Die Sonne schien die letzten kleinen Wolken vertreiben zu wollen. Sein Körper nahm die ansteigende Temperatur dankbar auf. Langsam lief er durch die Kolonnaden des Staatstheaters, beobachtete die Leute, die um diese Zeit überwiegend zum Einkauf unterwegs waren, und schaute sich das Theaterprogramm an. Als Kind hatte er zuletzt mit seinen Eltern ein Schauspiel oder eine Oper gesehen. Für ihn eine ziemlich langweilige Angelegenheit, doch er ertappte sich bei dem Gedanken, Anna für eine Vorstellung einzuladen. War er krank?

Sie hatten noch nicht festgelegt, was sie mit dem Rest des Tages anfangen würden. Er hatte sich die ganze Zeit vorgestellt, wie er mit ihr ins Bett ginge und die knappe Zeit bis zur letzten Sekunde auskostete. Andererseits hatte er eine kaum erfahrene Scheu, mit der Tür ins Haus zu fallen. Anna war bisher äußerst zurückhaltend und erweckte den Eindruck, ausschließlich allein den Gang der Ereignisse bestimmen zu wollen.

»Hallo Eric, wir haben einen herrlichen Morgen und du hast die Stirn voller Sorgenfalten. Woran denkst du?«

Erschrocken sah er Anna ins Gesicht. Sie stand dicht vor ihm und streckte die Hand zur Begrüßung aus. Er war zu überrascht, um ihr wenigstens einen Begrüßungskuss auf die Wangen zu geben.

»Tut mir leid! Ich war etwas zu früh hier, und bin auf und ab gegangen.«

Schnell fing er sich wieder und lächelte verbindlich.

»Ich habe dabei nur an uns gedacht.«

Sie ignorierte seinen Versuch, ihre Beziehung zum Thema zu machen und zeigte auf den Eingang zum Café.

Sie saßen schon zwei Stunden zusammen, ohne dass Eric dies bewusst geworden wäre. Er hatte viel über sein Leben und seine Arbeit erzählt. Sie hatten sich auch über Philipp und Violetta unterhalten. Anna schien Philipp nicht sonderlich zu mögen, akzeptierte aber seine Freundschaft zu ihm. Über sich selbst hatte sie nur wenig berichtet. Er war darauf angewiesen, ihre Gestik und Mimik zu deuten.

Ein Blick auf die Uhr gab ihm das Gefühl, dass die Zeit verrann. Er genoss die Unterhaltung mit ihr, hatte aber Angst, dass der Tag zu schnell vorüberginge.

»Die Zeit verfliegt«, erkannte Anna seine Gedanken.

»Wenn du Lust hast, können wir ein paar Kilometer den Rhein hinunter fahren und eine Wanderung über den Rheinhöhenweg machen. Ich hoffe, du bist gut zu Fuß?«

Mit Blick auf ihre Schuhabsätze bemerkte er:

»Das ist weniger das Problem. Wenn ich joggen kann, werde ich auch gehen können. Aber du willst doch nicht mit diesen Schuhen wandern?«

Er schaute auf ihre halbhohen Absätze, nicht ohne den Blick auf ihre von engen Jeans verhüllten Beine zu richten. Er hatte sie schon im kurzen Rock gesehen und wusste, dass ihre Beine die Jeans formten und nicht umgekehrt. Sie zog die Augenbrauen hoch und antwortete trocken:

»Meine Wanderschuhe sind im Auto.«

Anna parkte ihr Auto vor einem gepflegten Sechs-Familienhaus aus den sechziger Jahren in einem Wiesbadener Vorort. Von ihrem Ersparten und einem Zuschuss ihres verstorbenen Vaters hatte sie sich eine Wohnung im ersten Stock des Hauses mit Südwestbalkon gekauft. Sie hatte darauf geachtet, dass ein Kinderhort in der Nähe war. Auch die Verbindung nach Frankfurt zu ihrem Arbeitsplatz war günstig. Ihre Mutter wohnte nicht weit weg. Mehr Komfort konnte sie angesichts ihrer Situation nicht erwarten. Sie drückte die Tür auf und stieg die wenigen Stufen zu ihrer Wohnung hinauf.

Sie öffnete die Wohnungstür und umarmte ihre Mutter, die sie schon erwartet hatte.

»Schläft Mary schon?«, fragte sie als Erstes.

Ihre Mutter schaute mit ihren hellgrauen Augen intensiv und fragend, wie sie das immer machte, wenn sie in ihre Seele eindringen wollte.

»Natürlich, schon seit einer Stunde. Wir haben nach dem Essen noch einen kleinen Spaziergang gemacht und dann war sie müde. Ich gehe jetzt auch. Oder möchtest du, dass ich noch bleibe?«

Anna kannte die Toleranz ihrer Mutter, die ihr stets den Freiraum gelassen hatte, den sie brauchte, nahm sie in die Arme und antwortete:

»Ich telefoniere lieber morgen mit dir.«

Dann setzte sie sich an das Bett ihrer Tochter. Die gleichmäßigen Atemzüge beruhigten sie. Sie betrachtete das hübsche kleine Gesicht und genoss den Zustand der Zuwendung, die sie ihrem Kind entgegenbrachte. Diese Beziehung füllte sie aus wie nichts anderes. Was bedeuteten ihr Männer? Sie hatte sich seit ihrer gescheiterten Ehe mit David nicht mehr verliebt. Gelegenheiten gab es in großer Zahl, aber ihre Ansprüche an einen Mann um die dreißig waren wohl nicht erfüllbar. Ihr selbstbewusstes Auftreten und das anspruchsvolle Kind waren auch nicht jedermanns Sache. Abenteuer konnte sie in großer Zahl haben, aber nach zwei wenig befriedigenden Versuchen hatte sie auch das gelassen.

Sie war sich nicht sicher, ob Eric wirkliches Interesse hatte. Er sah gut aus, schien intelligent und gebildet. Sie hatte bewusst kein Treffen für den Abend vereinbart. Einen ganzen Tag lang konnten sich die Männer nicht verstellen. Man erfuhr so mehr über sie als beim Dinner im Kerzenschein. Das galt natürlich auch für sie selbst. Diese Nüchternheit konnte am Anfang einer Beziehung nur förderlich sein.

Auf einer einsamen Wegstrecke oberhalb des Rheins hatte er sie irgendwann geküsst. Sie hatte gemerkt, wie stark er mit sich gerungen und immer wieder ihre körperliche Nähe gesucht hatte. Dieses versteckte Werben hatten ihr ebenso wie der Kuss gefallen.

Für Sonntagmittag hatten sie sich wieder verabredet. Auf seine Frage hatte sie vorgeschlagen, zusammen mit ihrer Tochter in den Frankfurter Zoo zu gehen. Dies war als Härtetest gedacht, aber Eric schien sich tatsächlich zu freuen.

Philipp saß über den Vertragsunterlagen, die ihm die Advanced Investment Bank noch zum Wochenende hatte zukommen lassen. Am Freitagabend hatte ihn Frau Amman über die Entscheidung des Vorstands informiert, ihm die Stelle anzubieten. Zu den Konditionen wollte sie sich am Telefon nicht äußern. Er würde alles aus den Unterlagen ersehen und könnte sie anschließend gerne anrufen. Es war ihm klar gewesen, dass die Advanced Investment Bank auf seine Gehaltsforderungen nie eingehen würde. Andererseits empfand er das Angebot schon als enttäuschend. Die Vertröstung auf spätere Gehaltsanpassungen kannte er. Das war ein Risikogeschäft: Man hatte keinerlei Anspruch und die Wurst pendelte immer vor der Nase.

Er wollte aber den Job unbedingt haben. Das wussten auch König und Meier. Der Unsicherheitsfaktor war König. Meier würde sicher nachgeben, wenn er mehr forderte. Doch König schien eine starke Stellung zu haben.

Philipp nahm den Kugelschreiber, unterschrieb den Vertrag und die üblichen Belehrungen und schickte alles zurück.

Am Montagmorgen würde er Meier anrufen und sich ein wenig beschweren. Es war für die Zukunft wichtig, dass man seine Position kannte und wusste, dass er sich wehrte.

Beim sechsten Versuch erreichte er Eric auf dem Handy.

»Wo bist du eigentlich die ganze Zeit? Ich wollte dich auf dem Laufenden halten.«

Eric reagierte nicht.

»Am Freitag habe ich die Zusage von der Advanced Investment Bank erhalten und heute den Vertrag unterschrieben. Ich nehme an, dass mich Großkurth sofort freigibt, sodass ich kurzfristig dort anfangen kann. Vielleicht mache ich noch ein paar Tage Urlaub.«

Eric gratulierte und schlug vor, sich in der kommenden Woche beim Italiener zu treffen.

Philipp hatte das Gefühl, dass sich Eric irgendwie verändert hatte. Vielleicht war er bei seiner neuen Freundin erfolgreich gewesen und hoch beeindruckt. Gesagt hatte er jedenfalls nichts. Überhaupt erschien er neuerdings recht einsilbig, was früher nicht seine Art gewesen war. Dieses Mal fehlte die Unbekümmertheit, die Eric sonst im Umgang mit Frauen ausgezeichnet hatte.

Von Meier hatte Philipp bereits vertraulich ein Organigramm der Advanced Investment Bank und die Personaldaten der Kollegen seines neuen Teams erhalten. Er wollte so schnell wie möglich die wichtigsten Leute kennenlernen und sich die Neuorganisation des Teams überlegen.

Philipp nahm sich das Organigramm der Bank zur Hand. Als Leiter des Teams war er unmittelbar Meier unterstellt, der wiederum an den Handelsvorstand Engelbert Oesterich berichtete. Besonders zu diesem musste er eine gute Beziehung herstellen, wenn er erfolgreich sein wollte. Die Frage war, ob Meier dies eher förderte oder behinderte. Oesterich war Anfang Vierzig und in der Banking-Community als aggressiver Händler bekannt. Er hatte in Frankfurt gelernt und mehrere Stationen in New York und London hinter sich. Bei der Advanced Investment Bank war er erst seit einem Jahr. Das erklärte den aktuellen Umbau des gesamten Handelsbereiches.

»Neue Besen kehren gut«, hatte Meier lapidar gesagt.

Den Vorstandvorsitzenden konnte Philipp nicht einschätzen. Er hatte keine Quelle, die irgendetwas Zuverlässiges wusste. Aber er musste sich zunächst auf sein Team konzentrieren. Er war gespannt, wie ihn die neuen Mitarbeiter empfangen würden.

Mühsam zwängte sich Georg Schmahl in die Lücke zwischen Schreibtisch und Stuhl, dessen Lehne hart an die Wand schlug. Sein kräftiger Körper sackte auf die kleine Sitzfläche, die fleischigen Unterarme fanden Halt auf der Schreibtischplatte. Schmahl war stellvertretender Leiter des Teams für Asset Backed Securities. Er hatte soeben von Meier erfahren, dass die Teamleiterstelle voraussichtlich extern besetzt würde.

Schmahl hatte sich wie andere auf die Stelle beworben. Meier wollte das ganze Team neu strukturieren und künftig über das Standardgeschäft hinaus das Geschäft mit US-Wertpapieren forcieren. Schmahl war enttäuscht, dass die Wahl nicht auf ihn gefallen war. Andererseits würde so sein Leben ruhiger verlaufen und er müsste sich keine Gedanken darüber machen, wie man die Kollegen mit Erfolg in neue Märkte treiben konnte. Meier hatte ihn uneingeschränkt positiv beurteilt, aber seine Führungsstärke angezweifelt. Die Vertretungsfunktion würde er aber in jedem Fall behalten.

»Hallo Georg, so gedankenverloren? Du warst bei Meier? Gibt es etwas Neues?«

Conrad Reitz kam auf seinen Schreibtisch zu und zog einen Stuhl heran, um sich zu setzen. Reitz war der Beau der Gruppe, immer gut gelaunt und Freund aller Vorzimmer. Er war groß gewachsen, schlank und gut trainiert. Neben dem Fleischberg Schmahl wirkte er fast unterentwickelt. Sicher war, dass er irgendetwas wusste oder ahnte. Händler reden viel, sie telefonieren den ganzen Tag und ihr Hauptanliegen ist Information. Für Schmahl war nur nicht klar, ob Reitz wirklich etwas wusste oder nur auf den Busch klopfte.

»Die Teamleiterstelle wird extern besetzt, aber halt bloß den Mund«, entschied er sich für die Wahrheit.

Reitz lachte und antwortete:

»Ich habe gerade von einem Kollegen von Carefree Credits gehört, dass Berressem den Zuschlag erhalten hat. Er ist dort schon freigestellt. Einige sind froh, dass er gegangen ist. Viele Freunde soll er dort nicht haben. Vor allem hat er sich mit Großkurth nicht vertragen.«

Schmahl kannte Großkurth aus früheren Zeiten und hatte mit ihm nie ein Problem gehabt. Über Berressem wusste er nicht viel.

Philipp war am Montag früh aufgestanden. Er konnte es nicht erwarten, wieder aktiv zu sein. Nach seinem kurzen Telefonat mit Meier und Frau Amman hatte er sich die Kundenliste von Carefree Credits vorgenommen und die Telefonnummern seiner alten Gesprächspartner herausgesucht. Für die nächsten Tage wollte er einige Termine zum Mittag- oder Abendessen vereinbaren. Er würde den Kunden eröffnen, dass er zur Advanced Investment Bank wechsle und sich gerne verabschieden wolle. Jedem war sofort klar, dass Philipp die Geschäftsverbindung zu seinem künftigen Arbeitgeber überleiten wollte. Als erfahrene Geschäftsleute nahmen die Kunden das gelassen und wollten sich anhören, was Philipp in seiner neuen Position anzubieten hatte. Am Mittag würde sich Phillip bereits mit dem Kämmerer einer mittelgroßen Stadt und später mit dem Hauptgeschäftsführer eines Wohnungsunternehmens treffen. Beiden hatte er in großem Umfang Zinsswaps verkauft, die zu beträchtlichen Spekulationsgewinnen bei den Kunden geführt hatten. Diese und andere Kunden wollte er an die neuen Kollegen der Advanced Investment Bank vermitteln. Auch wenn dies seinem Profitcenter nicht unmittelbar zu Gute käme, würde ihm die Akquisition der Neukunden einen günstigen Einstieg in seiner neuen Bank verschaffen.

Giovanni freute sich über seinen neuen Dauergast. Philipp schien sein Büro in das Restaurant verlegt zu haben. Gerade hatte er einen Kunden verabschiedet, da betraten Violetta und Eric mit seiner Freundin das Lokal. Eric stellte Anna vor und ging wie selbstverständlich davon aus, dass sich alle beim Vornamen nannten.

Violetta bemerkte sofort, dass Eric seine Hand auf Annas schlanken Rücken gelegt hatte und sie sanft in den Vordergrund schob. Der Umgang der beiden war wesentlich vertrauter als beim letzten Mal.

Anna begrüßte sie mit einem freundlichen Lächeln und reichte die Hand, vermied jedoch jeden weiteren körperlichen Kontakt. Philipp nahm wie üblich keine dieser Nuancen wahr und beschäftigte sich mit der Getränkekarte.

»Zur Feier des Tages seid ihr heute eingeladen. Nächste Woche fange ich bei der Advanced Investment Bank an.«

Eric hob das Glas mit dem Prosecco und bemerkte lächelnd:

»Dankeschön. Mir muss das nicht peinlich sein, ich weiß, dass die Bank ihre Händler sehr gut bezahlt und du dir das jetzt leisten kannst. Herzlichen Glückwunsch!«

Violetta setzte ihr Glas ab und blickte Anna an.

»Eric hat uns beim letzten Mal gesagt, dass du eine kleine Tochter hast. Wie alt ist sie?«

Die Frage kam überraschend, aber Anna hatte sofort verstanden, dass Violetta sie einbeziehen wollte. Sie erzählte einiges über ihre Tochter und ihren Job. Fremden gegenüber war sie eigentlich zurückhaltend, zumal Philipp nicht ihre uneingeschränkte Sympathie genoss. Violetta aber überzeugte auf ihre natürliche und offene Art. Sie konnte sehr direkt fragen, sodass eigentlich die Grenze zur unverhohlenen Neugier überschritten war. Stimme und Mimik strahlten dabei aber eine solche Wärme aus, der man sich kaum verschließen konnte.

»Was macht ihr denn so als Kleinfamilie? Vor dir höre ich nicht mehr viel, Eric. Sitzt ihr vor dem Fernseher und schaut »Traumschiff«?«, fragte Philipp und zerstörte damit sofort jeden Ansatz von Harmonie.

Eric nahm es souverän und antwortete:

»Nein, wir gehen mit Mary in den Zoo, um ihr sympathische Primaten zu zeigen.«

Er wunderte sich selbst, wie er sich innerhalb kurzer Zeit unter dem Einfluss von Anna verändert hatte. Sein bisheriges Leben, das er so genossen hatte, kam ihm plötzlich leer vor. Dass er nach einer Frau verrückt war, war nichts Neues. Aber dass er Dinge tat, die er immer für spießig gehalten hatte, wunderte ihn sehr.

Der Abend verging mit Trinken, Essen und freundlicher Unterhaltung, nichts Besonderes, bis auf die Tatsache, dass Anna spontan Violetta zu einem Frauenabend in ihre Wohnung eingeladen hatte. Eric hatte gelacht, Philipp irritiert die Brauen hochgezogen. Als Händler kannte er nur die nüchternen Alternativen »Kaufen«, »Verkaufen« und »Halten«, die er auch zwischenmenschlich als ausreichend erachtete. Anna und Violetta beherrschten beide wesentlich mehr, vor allem die Nuancen des Umgangs, die das Zusammenleben erleichterten und Sympathien ermöglichten.

Philipp konnte den Start bei der Advanced Investment Bank am ersten Juli kaum erwarten. Wie sollte er seinen Auftritt als Führungskraft gestalten? Zunächst einmal musste er sich Namen und Zuständigkeiten der Kollegen merken.

Georg Schmahl war der Älteste, bisher Vertreter des Teamleiters und für Anlagen in Schuldverschreibungen zuständig. Bei einer Veranstaltung der Börse im vergangenen Jahr war er ihm aufgefallen, als er sich am Buffet mit allem vollstopfte, was erreichbar war. Er war der Einzige aus dem Team, den er kannte.

Ebenfalls für Schuldverschreibungen zuständig war Jodocus Adam, ein seltsamer Name. Conrad Reitz schien der Einzige, der sich bisher um Asset Backed Securities gekümmert hatte. Mit dem musste er sich zuerst zusammensetzen. Wenn er ihn nicht brauchen konnte, hatte er ein Problem, das Geschäft zu entwickeln.

Maria Weingarten, fünfundzwanzig Jahre alt, hatte Betriebswirtschaft studiert und stand kurz vor Abschluss ihres Trainees. Hoffentlich war wenigstens sie ein Lichtblick. Eine Sekretärin schien es nicht zu geben. Keine Zusammensetzung, die Hoffnung machen konnte. Er würde Meier nochmals ansprechen.

Endlich kam der ersehnte Tag. Die Vorstellung im Team gestaltete Meier als zuständiger Abteilungsleiter kurz und schmerzlos. Philipp erklärte, dass er sich auf die neue Aufgabe und die Zusammenarbeit mit den Kollegen freue. Er werde sich in den nächsten Tagen mit jedem Einzelnen unterhalten und nach einigen Wochen das Konzept zum Neuaufbau des Teams vorstellen. Plattitüden, die er von einem Führungsseminar behalten hatte.

»Auf gute Zusammenarbeit!«, verabschiedete sich Meier fröhlich. Ihm war es recht, wenn er unangenehme Fragen der Mitarbeiter zur Neuorganisation des Teams nicht selbst beantworten musste.

Die Gruppe ging leicht verunsichert auseinander. Alle hatten mehr erwartet.

»Komische Vorstellung«, meinte Adam leise zu Schmahl und fragte:

»Sind die bei Carefree Credits alle so?«

Schmahl atmete tief ein und presste ein »Keine Ahnung« heraus.

Nach einer Woche hatte Philipp die Einzelgespräche mit den Kollegen geführt und das Grundgerüst einer Vorstandsvorlage erstellt. Er plante eine beträchtliche Ausweitung des Geschäfts mit US-Immobilienpapieren.

Damit werde ich Karriere machen, freute er sich. Eines Tages werde ich den Gewinn so gesteigert haben, dass der Vorstand an mir nicht mehr vorbeikommt.

4 Prime

Eric las mit großem Interesse den Artikel des Financial Commerce über das boomende US-Immobiliengeschäft. Die Amerikaner kauften Häuser und Wohnungen, als ob der Markt in Kürze geschlossen würde. Jeder Preis wurde gezahlt, insbesondere in den Spitzenlagen der großen Städte. In New York spielten die Händler verrückt, in Florida die Rentner. Konsum war oberstes Gebot. Es gab vereinzelte Warnungen, dass sich der Immobilienmarkt überhitzen würde, die Warner wurden aber als ewig Gestrige abgetan. Letztlich finanziert Europa den Konsumrausch der Amerikaner, verdient aber gut dabei, dachte Eric.

Er war jedoch unsicher, ob Carefree Credits auf diese Geschäfte verzichten sollte. Selbst die Wirtschaftspresse fragte sich schon, ob die Bank die Zeit verschlafen habe und wann sie endlich im Investmentbanking stärker agieren würde.

Als leuchtendes Beispiel wurde immer wieder die Advanced Investment Bank genannt. Sie hatte ihren Gewinn nahezu verdoppelt. Das Investmentbanking hatte hierzu einen großen Anteil beigetragen. Eric wusste, dass der Erfolg im wesentlichen Philipp zu verdanken war, der die Geschäfte enorm ausgeweitet und damit die Grundlage für den Gewinnsprung und seine eigene lang ersehnte Karriere gelegt hatte.

Sie hatten sich in letzter Zeit seltener gesehen. Philipp lebte nur noch für seinen Job, war mittlerweile Abteilungsleiter geworden und führte rund dreißig Mitarbeiter. Er pflegte intensiv die Kontakte zu anderen Banken, reiste häufig in die USA und stritt in der Advanced Investment Bank mit Controllern und Revisoren über seine Geschäfte.

Morgen würden sie sich wieder einmal treffen. Philipp wurde achtunddreißig Jahre und hatte bei Giovanni eine Geburtstagsparty geplant. Dieser hatte an seinem Ruhetag eigens für ihn geöffnet. Neben den wenigen Freunden würde das Lokal überwiegend mit Investmentbankern gefüllt sein. Er würde mit Anna kommen, mit der er seit einem Jahr zusammenlebte. Er war gespannt, ob Violetta auch dort sein würde.

Philipp war mit Maria Weingarten unterwegs zur Vorstandsetage der Advanced Investment Bank. In der Vorstandssitzung sollten die Ergebnisse der Gespräche mit den führenden Ratingagenturen erörtert werden.

Maria war in den letzten Monaten für ihn unentbehrlich geworden. Sie stellte ihm permanent die Zahlen aus allen IT-Systemen zusammen, damit er Geschäfte, Erlöse und Kosten im Blick behielt. Diese Art Arbeit hatte er nie gemocht, sie verleidete ihm ein wenig den neuen Job und den Erfolg, den er hatte.

»Die Bank wird wieder ein gutes Rating erhalten«, sagte Maria zu ihm, »sodass die Refinanzierung unserer Anlagen weiter günstig bleiben wird. Allerdings soll eine Ratingagentur angesprochen haben, dass die Bank zu stark in amerikanischen Immobilien-Papieren engagiert sei. Aber man hat wohl die Bedenken zerstreuen können.«

Philipp öffnete die Tür und ließ Maria den Vortritt.

»Sehr schön«, sagte er und schaute auf ihre Beine, die sich in dem schwarzen Hosenanzug dezent abzeichneten.

Sie war loyal und liebte vor allem Zahlen, glich also ideal seinen wesentlichen Mangel aus. Ihren reichlich vorhandenen

Charme setzte sie bei den Kollegen im ganzen Hause ein und öffnete damit Türen, die ihm verschlossen geblieben wären. Trotz aller Verbindlichkeit achtete sie auf einen körperlichen Mindestabstand, auch ihm gegenüber. Er hatte von seiner Sekretärin gehört, dass sie mit einem Juristen liiert wäre. Näheres wusste er nicht.

»Die sollen sich mit dem Rating nicht so anstellen«, sagte er. »Sie beurteilen mit der einen Hand die Papiere, die wir in den USA kaufen, mit der anderen wollen sie uns Ohrfeigen geben, weil wir diese Papiere gekauft haben.«

Maria schüttelte den Kopf und entgegnete:

»Die Argumentation ist nicht falsch. Das sind ganz unterschiedliche Abteilungen in den Ratingagenturen. Ich habe die Diskussionen miterlebt. Sie steigen wirklich tief in die Bilanz der Bank ein, fragen bei jeder Zahl nach und vermuten überall Tricks.«

Philipp lachte.

»Es sind halt Amerikaner! Die glauben, dass die Deutschen genauso verdorbene Banker sind wie die im eigenen Land.«

Maria dachte sich ihren Teil. Sie hatte mit einigen Kollegen aus dem Controlling gesprochen. Auch die waren der Meinung, dass die Ratingleute nicht falsch lagen. Aber es war sehr schwer, Philipp zu sensibilisieren.

Sie konnte sich über ihn nicht beklagen. Sie hatte alle Freiheiten und er behandelte sie mit ausgesuchter Höflichkeit, was man über seine sonstigen Kontakte im Hause nicht sagen konnte. Kaum jemand galt als so überheblich, war so unbeliebt.

Anna betrat das Lokal. Sofort schauten sich alle nach ihr um. Die komplette Toskana-Fraktion der Advanced Investment Bank schien versammelt. Philipp kam mit dem Glas Pino Grigio in der Hand auf sie zu. Küsschen links, Küsschen rechts –

sie hatte sich damit abgefunden, aber noch nicht daran gewöhnt.

»Herzlichen Glückwunsch zum Geburtstag, langes Leben, hohe Erlöse, niedrige Kosten. Das ist es doch, was man erfolgreichen Bankern wünscht«, sagte Anna und schaute ihn dabei an, ohne eine Miene zu verziehen.

Sie hatte sich bemüht, die Freundschaft von Eric zu Philipp nachzuvollziehen, aber so ganz war es ihr noch nicht gelungen. Vielleicht lag es auch nur daran, dass sie die Persönlichkeit von Philipp noch nicht vollständig erfasst hatte. Sie wusste nicht, ob dieser Mann Charakter hatte. Das, was man gemeinhin Empathie nannte, schien bei ihm zu fehlen. Aber wenn Violetta und Eric ihn mochten, war ihr vielleicht bisher etwas entgangen.

»Wo ist Eric?«, fragte Philipp.

»Er sucht noch einen Parkplatz. Es stehen heute so viele überlange Karossen und Flunder auf der Straße, dass für meinen kleinen Golf kein Platz mehr ist.«

Violetta durchquerte das ganze Lokal und winkte ihr schon von weitem zu.

»Schön, dass du kommen konntest.«

Sie umarmte Anna herzlich und zog sie von Philipp weg, der sich an Conrad Reitz und Maria Weingarten wandte. Reitz war mittlerweile sein Nachfolger als Teamleiter und Maria für eine weitere Teamleiterstelle vorgesehen. Sonst war niemand aus seiner Abteilung anwesend.

Philipp hatte aber weitere für ihn wichtige Kollegen aus dem Handel und anderen Bereichen der Advanced Investment Bank eingeladen. König, der Personalchef, und sein Vorgänger Meier hatten die Einladung aus fadenscheinigen Gründen abgelehnt. Meier nahm wohl noch immer übel, dass Philipp Anfang des Jahres beim Vorstand die Gründung einer eigenen Abteilung für Asset Backed Securities durchgesetzt und so Meier die Zuständigkeit entzogen hatte.

Von Carefree Credits war nur Eric da. Etliche Bekannte aus den Handelsbereichen der anderen örtlichen Banken hatten die Einladung gerne angenommen. Philipp war in der Banker-Community bekannt geworden, ein persönlicher Kontakt zu ihm konnte nicht schaden.

Freunde im eigentlichen Sinne gab es kaum. Auf der Einladungsliste standen fast nur Kollegen aus den Handelsbereichen. Die meisten männlichen Gäste steckten noch in ihren Anzügen, überwiegend im einfallslosem »Bankers-Blue«. Manche versuchten, das eintönige Blau wenigstens mit der Krawatte etwas individueller zu gestalten, aber auch hier meist nur mittels farbiger Streifen.

Eric trug neuerdings Krawatten in aggressiven Unifarben wie hellem Gelb oder knalligem Rot, die dem Geschmack von Anna entsprachen. Die Beziehung war schon so weit, dass sie ihm die Krawatten kaufte. Für Philipp war dies ein Gräuel. Er mochte es nicht, wenn Frauen zu sehr von ihm Besitz ergriffen. Vielleicht hatte er aber noch nicht die Frau kennengelernt, bei der er das akzeptieren würde.

Anna hatte sich mit Violetta an einen freien Stehtisch gestellt und betrachtete die Gesellschaft. Die Männer waren in der Überzahl. Die Frauen waren entweder Partnerinnen oder Kolleginnen des jeweiligen Bankers, vielleicht auch schon einmal beides. Das ließ sich nicht leicht auseinanderhalten. Die getragenen Edelmarken zeigten, dass die letzten Boni zum Teil in Kleidung angelegt worden waren. Bei Frauen konnte man den Einkaufsstil und den Umfang des Kreditkartenkontos jedoch sicherer feststellen als bei Männern. Geschmack und Geld finden bisweilen zusammen, aber nicht immer, dachte Anna, als sie sich einzelne Hosenanzugträgerinnen anschaute.

Sogar einige Männer hatten den Schritt zu teurer, extravaganter Mode gewagt, ohne erkennbar schwul zu sein. Die fortschrittlicheren Investmentbanker hatten den »Casual Friday« aus den USA importiert: Am Freitag durfte man sich schon in Erwartung des Wochenendes leger kleiden. Dass war so konsequent wie mache Anlagestrategie: Mal rein, mal raus. Andererseits hatte die konservative Banker-Uniform etwas von der Robe eines Richters oder dem Ornat eines katholischen Priesters. Wie diese steckten sie in einer edlen, für alle gleichen Hülle, die ihre Allmacht symbolisierte. Der unkritische Laie war geneigt, freiwillig die Knie zu beugen und seine Ehrfurcht zu bekunden.

»Alles veredelter Durchschnitt«, sagte Violetta, die Annas Gedanken erraten hatte, und fügte an: »Wenn ich so viel nachdenken würde wie du, wäre ich längst nicht mehr mit Philipp zusammen und würde auch nicht solche Partys besuchen.«

Sie mochte und bewunderte Anna, seit sie sich vor einem Jahr in Wiesbaden getroffen und stundenlang unterhalten hatten. Einen anspruchsvollen Job zu haben und eine Tochter allein zu erziehen, war nicht einfach. Sie hatte Mary kennengelernt. Wie jedes Mal kam ihr die eigene Situation in den Sinn. Sie wollte ein Kind, aber mit Philipp war das nicht möglich. Seit Jahren wollte sie sich von ihm lösen, aber ihr fehlte die Kraft, einen klaren Schnitt zu machen.

»Siehst du da hinten den Typen mit den zwei Pfund Gel im Haar und dem weißen Milchgesicht, der zwischen der Blondine und dem großen skandinavischen Helden steht?«, fragte Anna und deutete mit einer leichten Bewegung ihres Kopfes auf das Trio.

»Das ist einer der erfolgreichsten und bestbezahlten Händler in Frankfurt, Johannes Rosen, auch J. R. genannt. Ich kenne ihn flüchtig aus meiner Londoner Zeit. Er ist jetzt Kollege in der Deutschen Kommerzialbank und scheint massiv in den amerikanischen Markt zu investieren. Philipp hat viel mit ihm zu tun. Ich glaube, sie machen gemeinsame Geschäfte.«

Rosens schwarze Augen schauten zurückhaltend auf seine Gesprächspartner. Mit seinem unauffälligen Anzug wirkte er in diesem Kreis eher bieder.

Violetta konnte aus der Erscheinung weder Geld noch Erfolg ableiten. Sie lachte und meinte:

»Viel Geld ist angenehm, aber macht nicht sexy. Wenn ich mir vorstelle, wie sich das fettige Haar anfühlt, kann er gar nicht genug verdienen, um das auszugleichen.«

Gegen elf Uhr waren die meisten gegangen. Viele hatten noch ein gutes Stück zu fahren, andere wollten zeitig schlafen gehen und zur Börsenöffnung an ihrem Arbeitsplatz sein. In Anbetracht der Tatsache, dass sie schon um sechs Uhr begonnen hatten, war die Mehrheit lange geblieben.

Philipp war mit dem Abend zufrieden, die geschäftliche Kontaktpflege war ihm wichtig. Er hatte mit einigen Kollegen aus anderen Banken intensive Gespräche führen können. Mittlerweile war er in der Szene als Spezialist für US-Immobilienverbriefungen bekannt geworden und wurde um Rat gefragt. Wer weiß, wozu er die Kontakte eines Tages nutzen konnte.

Er hatte sich darüber gefreut, dass auch J. R. gekommen war, der Einzige, von dem er noch viel lernen konnte. Die Verbindung zu ihm musste er weiter ausbauen.

Violetta rief vom letzten besetzten Tisch:

»Philipp, setz dich zu uns, die Party ist zu Ende.«

Neben ihr saß Eric, daneben Anna, die es entgegen ihrer sonstigen Übung lange ausgehalten hatte. Eric hatte den Arm um sie gelegt, für Philipp die Demonstration einer heilen Welt, zu der er sich nicht zählte. Er wunderte sich über die

Veränderung bei Eric. Dieser war ihm nie familien- oder bindungsorientiert erschienen. Seinen einzigen Freund kannte er wohl doch nicht gut genug.

Anna brannte drauf, von Philipp mehr über J. R. zu erfahren.

»Machst du viele Geschäfte mit der Deutschen Kommerzialbank? Ich habe da so einiges über dich und Rosen gehört«, fragte sie unvermittelt.

Philipp schaute überrascht und entgegnete: »Gutes oder Schlechtes?«

Anna lachte.

»Das kommt ganz darauf an, mit wem ich rede: Die Händler haben großen Respekt vor den Geschäften, die Rosen macht. Andere machen bedenkliche Gesichter, wissen aber nicht warum. Der Vorstand hat gegen die hohen Erlöse und die niedrigen Kosten anscheinend nichts einzuwenden. Von dir glauben alle, dass du ein großes Rad drehst, aber Genaues wissen sie nicht.«

Philipp fühlte sich geschmeichelt und glaubte, in den Worten von Anna so etwas wie Lob zu erkennen. Er hatte immer das Gefühl, dass Anna ihn und seine Arbeit mit Skepsis betrachtete. Sie kannte zwar seine Geschäfte nicht aus eigener Anschauung, hatte aber in ihrer Tätigkeit im Wertpapierbereich der Deutschen Kommerzialbank und zuvor in London genügend Erfahrung gesammelt, um mitreden zu können. Auch mit Eric hatte sie wahrscheinlich über diese Geschäfte diskutiert. Philipp war sich nicht sicher, ob das in einer Partnerschaft gut oder schlecht war. Über seine Arbeit konnte er mit Violetta nicht reden, sie verstand nichts. So war auch der Gesprächsstoff begrenzt. Er empfand das nicht als Mangel.

»Also mir hat er nicht gefallen«, machte sich Violetta bemerkbar.

»Wer?«, fragte Philipp.

»Na J. R. Ich habe nie verstanden, wie man nur durch Bewegen von Geld weiteres Geld verdienen kann. Wo liegt der Sinn, wo der Nutzen?«, fragte sie erregt.

»Wenn meine Fahrer ihre Lastzüge morgens beladen und am Abend fünfhundert Kilometer entfernt entladen, haben sie etwas geleistet, wofür die Spedition und sie zu Recht entlohnt werden. Aber ihr kauft etwas günstig, verkauft es teuer und dann kauft ihr es billig zurück. Und das mit Produkten, bei denen ihr nur so tut, als würden sie existieren. Ihr kauft und verkauft virtuell und verdient damit eine Menge Geld und die Verlierer zahlen die Zeche. Kein Mensch braucht solche Geschäfte.«

Eric nickte zustimmend, aber wohl war ihm nicht dabei.

»Lasst uns heimgehen, ich bin müde«, sagte Anna und erhob sich. »Wenn wir jetzt weiterdiskutieren und die Bankenwelt aufräumen, sitzen wir morgen früh noch hier. Der Kellner hat auch schon mindestens dreimal um die Ecke geschaut.«

Der schwarz lackierte Holzwürfel mit den auf vier Seiten eingelegten Zifferblättern aus Edelstahl zeigte »09.30«. Philipp ging zum Kopfende des großen Vorstandstisches und stellte sich neben den sendebereiten Beamer. Der Tisch war aus mehreren Einheiten zu einem zehn Meter langem und drei Meter breiten Ensemble zusammengesetzt. Hemmungslos konnte man unter ihm seine Beine ausstrecken, ohne die Kreise seines Gegenübers zu stören. Wegen der großen Distanz war es aber auch nicht möglich, seinem Kollegen ein Blatt Papier zu überreichen. Das Werfen oder Schieben war schon oft misslungen. Allenfalls mit Ordnern oder Akten war das möglich, was aber auf der teuren, schwarzen Nappaledereinlage oder den edlen, dunklen Edelholzrändern hässliche Kratzer hinterließ.

Das technische Gerät wirkte wie ein Fremdkörper auf dem vornehmen Material. Philipp hatte schon in anderen Banken modernere Versionen gesehen, die ein Knopfdruck aus dem Tisch oder aus der Decke hervorzauberte.

Er hätte sich setzen könne, aber aus psychologischen Gründen, ein klein wenig auch wegen seiner Nervosität, stand er lieber. Die Drehstühle mit ihren Chromrahmen und dem dünnen, mit kaltem, schwarzem Leder überzogenen Korpus hätte ein Designer für den Vorstandsbereich eines jeden Großunternehmens kreieren können. Doch Philipp gefiel die Einrichtung besser als die verstaubte großväterliche Möblierung bei seinem früheren Arbeitgeber.

Das Einrichtungssystem »Vorstand« ähnelte der in vielen Jahrhunderten durch absolute Herrscher einschließlich der Kirche geübten Behandlung von Bittstellern. Auf äußerste räumliche Distanz und die Beachtung formaler Abläufe wurde großer Wert gelegt. Der Subalterne näherte sich in ehrfürchtiger Haltung und hoffte, sein Begehren vortragen zu dürfen. Fast alle spielten mit, weil sie die Chance witterten, selbst eines Tages auf dem Thronsessel oder der besseren Seite des Tisches hinter Kaffee, Tee, frischem Obst und Snacks sitzen zu können.

»Das ist doch genau das, worauf du mit großer Ungeduld wartest, nämlich auf einem Vorstandsstuhl zu sitzen«, hatte ihn vor einigen Wochen Violetta gerügt, als er über seinen Vorstand geschimpft hatte. Sie vermutete Neid oder Ehrgeiz, vielleicht beides hinter seiner Unzufriedenheit.

»Ich bin besser als die anderen. Das treibt mich an«, hatte er ärgerlich entgegnet.

Nach einer kurzen Einleitung verwies der Vorstandsvorsitzende auf die an die Vorstände verteilte schriftliche Vorlage und erteilte Philipp das Wort. Sechs Paar Augen wandten sich ihm zu. Nur den Protokollführer schaute auf seinen Schreibblock und arbeitete anscheinend noch an der Erfassung des vorangegangen Tagesordnungspunktes.

Den Vorsitzenden Heinrich Weck kannte Philipp nur aus den Sitzungen und der einen oder anderen Veranstaltung für Kunden oder Führungskräfte. Er war vierundsechzig Jahre alt, erfahrener Banker und kam ursprünglich aus dem Controlling eines Wettbewerbers. Im Investmentbanking taktierte er eher vorsichtig und war insgesamt in den Vorstandssitzungen konsensorientiert.

Engelbert Oesterich, Handelsvorstand, und Philipps Vorgesetzter, war mit Anfang Vierzig für einen Vorstand noch sehr jung. Er hatte bis vor kurzem bei einer amerikanischen Investmentbank in London gearbeitet. Nach dem Willen des Aufsichtsrats sollte er das Investmentbanking stark ausbauen. Philipp verstand sich gut mit ihm.

Maria Weingarten hatte Philipp eine zwanzigseitige PowerPoint-Präsentation zusammengestellt, die er jetzt Stück für Stück vortrug. Die Charts hatten eine hervorragende Qualität, sie waren logisch und zielführend aufgebaut. Das Engagement der Bank in den USA und Europa wurde nach Höhe und Risiko dargestellt. Der Antrag an den Vorstand sah für die USA eine Ausweitung des Engagements in Immobilienverbriefungen von drei auf sechs Milliarden Euro vor, wobei für zwei Milliarden Euro sogenannte Subprime-Papiere erworben werden sollten. Diese versprachen nach den vorgelegten Charts eine hohe Rendite bei geringem Risiko.

Philipp erläuterte die geplanten Geschäfte eingehend und beendete seinen Vortrag mit einer selbstbewussten Zusammenfassung:

»Wir sind der Meinung, dass die Bank das geringfügig erhöhte Risiko tragen kann. Auch die Subprime-Papiere werden nur auf der Grundlage des guten Ratings einer führenden Agentur erworben. Sie sind damit sonstigen risikoarmen Anlagen der Bank bei Staaten und Unternehmen mit gutem Rating vergleichbar.«

Philipp hatte bewusst das »Wir« gewählt. Oesterich hatte schließlich die Vorlage ebenfalls unterschrieben und sollte auch in der Sitzung in die Mitverantwortung genommen werden.

Unerwartet entspann sich eine heftige Diskussion im Vorstand. Der für Risiken zuständige Dezernent Dr. Johann Nolden meldete sich zu Wort. Neben Weck gehörte er zu den Senioren im Vorstand und war bekannt dafür, dass er kein Blatt vor den Mund nahm. Weck war es durchaus recht, wenn jedes Risiko erkannt und verantwortlich diskutiert wurde. Niemand konnte ihm dann später einen Vorwurf machen, wenn die Geschäfte nicht so liefen wie geplant. Also ließ er ihn gewähren.

Nolden verlangte die nachträgliche Abstimmung der Vorlage mit dem Bereich Risikocontrolling und entsprechende Nachweise, dass das externe Rating so verlässlich sei, wie von Philipp vorgetragen.

Oesterich unterstützte Philipp und verwies darauf, dass zahlreiche Banken in diesem Geschäft tätig seien, die Risiken eingehend geprüft wären und kein ernstzunehmender Banker die Seriosität der Geschäfte beanstandete.

»Entscheidend ist, dass die Bank nur Papiere mit Spitzenrating kauft oder bei schlechteren Ratings das Risiko auf kleine Volumina begrenzt. Wenn die Vorstandskollegen anderer Meinung sind, muss die Bank eben auf die entsprechenden Gewinne verzichten.«

Philipp war erstaunt über das Geschick Oesterichs, der mit einigen kurzen Bemerkungen Antrag und Vorlage rettete. Ohne Oesterich hätte er vermutlich beleidigt den Raum verlassen und auf die Geschäfte verzichtet.

Nach längerer Diskussion wurde der Antrag schließlich auf maximal fünfhundert Millionen Euro Zuwachs für Subprime-Papiere begrenzt.

Maria Weingarten hatte es kommen sehen. Sie kannte die Vorbehalte der meisten Kollegen gegen nicht abgestimmte Vorlagen. Das war eine normale menschliche Regung. Jeder hielt sich für den Nabel der Welt und wachte eifersüchtig darüber, dass nichts ohne ihn geschah. Außerdem waren bei neuartigen Geschäften viele geneigt, ein Haar in der Suppe zu finden. Wenn es dann schiefging, wuschen sie ihre Hände in Unschuld. Ihr Chef versuchte, die Zustimmung entweder mit Gewalt, mit Tricks oder gar nicht zu erreichen. Jetzt hatte er wieder einmal die Quittung erhalten.

»Rede bitte über die Vorlage noch mit dem Risikocontrolling, dann können wir loslegen«, beauftragte Philipp sie im Hinausgehen missmutig.

Maria hatte damit kein Problem, meinte aber, dass er an dem Gespräch teilnehmen solle. Das hielt er für überflüssig. Ihm war nicht bewusst, dass die Leitung des Risikocontrollings dies als Affront empfinden würde.

»Das kannst du mit meinem Urlaub entschuldigen«, meinte er abschließend.

Violetta hatte ihren Koffer schon drei Mal neu gepackt und auf die Badezimmerwaage gestellt. Sie hielt es für Verschwendung, zweihundert oder noch mehr Euro für Mehrgepäck zu zahlen. In der Karibik war es warm, für die dünnen Sachen musste der Platz reichen. Nur die Kosmetikartikel machten ihr Probleme. Sie hätte sie bei Philipp unterbringen können, wollte ihn aber nicht um den Gefallen bitten. Er hätte sicher gesagt, dass er den Platz für seine Sportausrüstung brauche.

Zu der Idee einer Kreuzfahrt war es nur gekommen, weil sie

schon die ganze Zeit auf einen gemeinsamen Urlaub gedrungen hatte, um ihre Beziehung vielleicht doch noch zu retten. Philipp war immer unzugänglicher geworden und hauptsächlich von seiner Gier nach beruflichem Erfolg getrieben.

Sie hatten nur Bekannte, die bei Banken arbeiteten und für Philipp wichtig waren. Ihr Leben zu zweit beschränkte sich auf Treffen im Schlafzimmer seiner Wohnung. Violetta hatte nicht das Gefühl, dass Philipp fremd ging. Es gab eine Kollegin, Maria Weingarten, mit der er beruflich viel zusammen war, von der er auch viel redete, aber sie war jung und intelligent, würde sich also auf Dauer kaum mit einem Mann seines Alters zufrieden geben.

Als schlimmer empfand sie die schleichende Entfremdung, der sie sich letztlich durch eine Trennung entziehen wollte, wenn nichts anderes half. Die Entscheidung fiel ihr schwer. Vielleicht brachte ein Urlaub Klarheit, der nur wenige Rückzugsmöglichkeiten für Philipp bot. Er sollte ihr nicht ausweichen können.

Beim Check-In mussten sie lange warten. Philipp ärgerte sich, dass Violetta die Kosten gering hielt und keinen Business-Class-Flug gebucht hatte. So musste er sich in die Masse einreihen. Schon immer hatte ihm das Probleme bereitet. Es war zwischen ihnen klar, dass jeder seine Kosten selbst übernahm, sie hatten noch nie etwas gemeinsam finanziert, dennoch wäre er lieber Linie geflogen und hätte seinen Vielfliegerrabatt genutzt.

Der ganze Flieger war voll mit Kreuzfahrt-Insidern. Philipp ahnte, was Club-Urlaub wirklich bedeutete. »Club auf dem Schiff« war eine Steigerung der On-Shore-Club-Variante: Man konnte noch nicht einmal weglaufen.

Sie landeten in La Romana, nicht weit entfernt von der millionenfachen Armut Haitis. Ein alter Toyota-Bus, der wie ein in den 1970-er Jahren produziertes Vorkriegsmodell aussah, transportierte sie zum Schiff.

Um im schiffseigenen Sportstudio in einer endlosen Reihe von strampelnden Menschen Hometrainer zu bewegen und auf dem Laufband mit hochrotem Kopf das türkisfarbene Meer kaum noch wahrzunehmen, hätten sie eigentlich nicht sechzehntausend Kilometer um die Welt fliegen müssen, meinte Violetta. Philipp entgegnete boshaft, es gäbe im SPA auch ein Po- und Hüftprogramm für Damen.

Violetta hatte sich für mehrere Landausflüge entschieden. Philipp war nicht zu überzeugen, daran teilzunehmen. Fitnessstudio, Tauchen, Biken und Golfen sollten seinen Körper in Form halten. Ruinen, Fauna und Flora interessierten ihn nicht. Violetta ärgerte sich nur anfangs und kam erfüllt und zufrieden von ihren Ausflügen zurück. Immerhin schaffte sie es, Philipp zum gemeinsamen Frühstück und Abendessen zu bewegen. Die Nächte in der Kabine waren wie zu Hause eher routiniert als liebevoll. Sie fragte sich, warum sie immer wieder versuchte, mit diesem Menschen zusammenzuleben.

Philipp verfolgte gespannt, wie das Schiff in George Town/Grand Cayman, der Stadt der steuerfreien Trusts, festmachte. Hier würde auch er von Bord gehen. Er hatte sich schon in Deutschland vorgenommen, einige der Banken zu besuchen, mit denen er geschäftlich zu tun hatte. Er war gespannt, wie viele der anderen Finanzunternehmen tatsächlich in Büros vor Ort ansässig waren oder welche nur über einen Briefkasten in einer Anwaltskanzlei verfügten. Mit zwanzigtausend Einwohnern in der Hauptstadt und neunzigtausend Unternehmen zählte der Ort immerhin zu den größten Finanzzentren der Welt. Steuerfreiheit und willfährige staatliche Behörden der britischen Kronkolonie hatten das ermöglicht.

Im Hafen warteten ungefähr zwei Dutzend Busse auf die Passagiere des Kreuzfahrtschiffes. Dunkelhäutige Fahrer und Reiseleiter standen neben den Pappschildern, die über Ziele und Gruppennummern Auskunft gaben. Die Urlauber hatten Fahrten nach George Town inklusive Duty-Free-Shops, in das Innere der kleinen Insel oder gleich zu den karibischen Sandstränden gebucht. Philipp verabschiedete sich von Violetta und steuerte auf ein Taxi zu, dessen Fahrer auf Individualtouristen hoffte. Nachdem dieser zugesichert hatte, für fünfzehn US-Dollar zur Filiale der Deutschen Kommerzialbank zu fahren, stieg Philipp voller Erwartung in den Fonds eines Chevrolet, dessen breite Sitzbank mit ihrem rissigen Lederbezug schon das Gewicht vieler Fahrgäste abgefedert haben mochte.

Das sanfte Blubbern des großvolumigen Motors stimmte Philipp fröhlich. Hier verleidete der Staat seinen Bürgern das Fahren nicht durch überhöhte Steuern auf die Benzinpreise und kein Polizist käme auf die Idee, liebenswerte alte Karossen aus dem Verkehr zu ziehen. Im Stadtzentrum ließ ihn der Fahrer neben nachlässig geparkten amerikanischen Limousinen aussteigen. Vor einem langsam fahrenden, grell-roten italienischen Sportwagen überquerte Philipp die Straße und betrat ein unscheinbares, vierstöckiges Gebäude. Am Empfang wartete schon ein etwa dreißigjähriger Mann. Seine blonden Haare und die hellweiße Haut zeigten, dass er seine Zeit eher in Büros als am Strand verbrachte. Er nickte der Empfangsdame zu und begrüßte Philipp.

»Sie sind Philipp Berressem? Freut mich, Sie kennenzulernen. John hat mir schon von Ihnen erzählt.«

Johannes Rosen hatte diesen Kollegen, einen amerikanischen Investmentbanker, als besonders sachkundig empfohlen. Er konzipierte für die Deutsche Kommerzialbank auf

Grand Cayman US-amerikanische Fonds und platzierte sie bei etlichen Banken in Europa. Er war die richtige Adresse, um das eigene Knowhow zu verbessern und attraktive Anlagen zu finden. Peter, so hieß der Kollege, lud zu einem zweiten Frühstück in ein nahegelegenes Café ein. Die Deutsche Kommerzialbank hatte, erfuhr Philipp, nicht nur Anteile an fremden Fonds gezeichnet, sondern selbst amerikanische Kreditforderungen aus privaten Immobilienfinanzierungen angekauft, hierüber Wertpapiere ausgegeben und diese bei anderen Banken platziert. Auch Philipp hatte einiges im Bestand. Die Kommerzialbank verdiente damit vor allem hohe, zusätzliche Provisionen. Der Fonds selbst finanzierte sich am Kapitalmarkt. Die Bankaufsicht in Grand Cayman stellte keine Anforderungen an die Eigenkapitalunterlegung und Steuern fielen kaum an. Philipp erinnerte sich an den Vortrag, den er am Tag zuvor an Bord gehört hatte. Danach waren die Cayman Islands seit Sir Francis Drake Piratenverstecke gewesen. Die Piraten waren noch immer da, aber sie mussten sich nicht mehr verstecken.

»Hohe Erlöse und wenig Kosten«, meinte Peter. »Ich kann dir gerne helfen, wenn du hier aktiv werden willst.«

Philipps anfängliche Begeisterung hatte sich etwas gelegt. Eine eigene Gesellschaft zu gründen, die richtigen Forderungen auszuwählen und alles zu finanzieren, erschien ihm zu schwierig. In der Advanced Investment Bank war bisher die Eigenkapitalunterlegung kein Problem, sodass der Weg über eine ausländische Tochter zunächst nur wenig Vorteile versprach.

Peter brachte ihn einige hundert Meter weiter zu dem Bürogebäude, das Sitz einer großen Anwalts- und Wirtschaftsprüfungskanzlei war, und wo angeblich zwanzigtausend von Privatpersonen und Finanzunternehmen gegründete Gesellschaften ihren rechtlichen Sitz hatten. Die meisten davon waren amerikanischen Ursprungs. Philipp ließ sich umfassend beraten, auch wenn er selbst nicht mehr glaubte, das Geschäft wirklich machen zu wollen. Das Kaufen der Papiere am Markt musste ausreichen. Mit Peter hatte er vereinbart, telefonisch in Kontakt zu bleiben.

Am Nachmittag traf er sich mit Violetta in der Stadt. Sie hatte vorgeschlagen, noch etwas zu bummeln, bevor sie zum Schiff zurückgingen.

»Hast du gefunden, was du gesucht hast?«, fragte sie Philipp. Der schüttelte den Kopf.

»Ich bin bei Banken und Anwälten freundlich empfangen worden. Vielleicht kann ich die Beziehungen eines Tages nutzen. Im Moment werde ich hier sicher keine Geschäfte machen.«

Violetta lächelte unvermittelt und zog eine grüne Werbebroschüre aus der Handtasche, die sie am Morgen an irgendeinem öffentlichen Gebäude eingesteckt hatte.

»Getting Married in the Cayman Islands.«

Ihre Augen blickten spöttisch auf Philipp, der die Headline sofort erfasst hatte und aus schierer Verlegenheit den umfangreichen Text zu lesen anfing. Man konnte schon am Tag der Ankunft heiraten, wenn man die wichtigsten Papiere dabei hatte. Kreuzfahrer waren die große Zielgruppe. In der Kapelle oder am weißen Strand, alle Zeremonien waren möglich.

»Das Schiff legt um halb neun ab. Ich glaube, bis dahin schaffen wir es nicht mehr«, vermied Philipp schließlich die Diskussion.

Er hatte sich den ganzen Tag mit der Gründung einer Tochtergesellschaft befasst. So plötzlich auf die Gefühlsebene gehoben zu werden, behagte ihm nicht. Hier war es viel schwerer, das Für und Wider abzuwägen und Entscheidungen zu treffen. Fehlgriffe konnten lebenslängliche Folgen haben, eine Heirat komplizierte alles noch mehr, dachte er.

Violetta schaute ihn von der Seite an, als würde sie seine Gedanken erraten.

»In letzter Zeit frage ich mich, wie du dir ein gemeinsames Leben vorstellst.«

Philipp brauchte einige Zeit, um sich die Antwort zu überlegen. Er merkte, dass die Pause zu lang wurde.

»Ich dachte immer, du wärst zufrieden mit unserem Leben.«

Er schaute Violetta kurz an. Ihre forschenden Augen zeigten, dass er den wesentlichen Teil der Frage nicht beantwortet hatte. Seine Unsicherheit verstärkte sich und bestimmte den Rest ihres Urlaubs.

Meier balancierte mit Geschick sein Tablett zwischen einigen Dutzend Bankmenschen hindurch, die in der großen Kantine einen Platz suchten oder schon dem Ausgang zustrebten. König als verantwortlicher Personalchef sprach immer vom »Betriebsrestaurant«, weil nach seiner Meinung die Qualität des Essens nicht so bescheiden war, dass der Name »Kantine« gerechtfertigt gewesen wäre. Meier erblickte König, der unter lauter Normgrößen herausragte und mit dem Kopf auf den freien Platz gegenüber deutete.

»Guten Appetit«, wünschte Meier und nahm sein Steak in Angriff, nicht ohne vorher kräftig die Pfeffermühle zu drehen.

»Danke«, erwiderte König. »Schön, dass wir uns hier treffen können. Ich habe im Moment kleinere Zeitprobleme.«

»Sie haben am Telefon angedeutet, dass Sie über Berressem sprechen wollen. Hat er etwas verbrochen, dass sich der Personalchef für ihn interessiert?«

»Reine Neugier. Mich interessiert auch nicht Philipp Berressem selbst, sondern das, was er tut. Ich bin zwar auch gelernter Banker, aber seine Geschäfte kenne ich nicht oder kann sie nicht beurteilen. Sie wissen, dass ich einige Bedenken wegen der Person selbst habe, schlichte Vorurteile wahrscheinlich. Mir wäre aber wohler, wenn mir ein Fachmann wie Sie versicherte, dass es sich bei allem um ganz normales Bankgeschäft handelt.«

Meier blickte König verwundert an, der mit Handelsgeschäften nicht das Geringste zu tun hatte. Vielleicht hatte ihm der Vorstand einen Sonderauftrag erteilt. Die besondere Freundlichkeit und das erteilte Lob ließen Meier vorsichtig taktieren.

»Ich weiß nicht, ob ich hinter dem Rücken von Berressem über seine Geschäfte reden soll. Natürlich bin ich verärgert über seine Illoyalität. Ich habe ihn damals geholt und gefördert. Ohne ein Wort zu sagen, bootet er mich über den Handelsvorstand aus und baut seine eigene Abteilung auf. Natürlich ist es sein gutes Recht, Karriere zu machen. Er hätte mich aber wenigstens informieren können. Wenn es bei ihm jetzt Probleme gibt, von denen ich im Übrigen nichts weiß, sollen andere die lösen. Mich geht das nichts an.«

»Lieber Herr Meier. Sie haben mich missverstanden. Es gibt keinerlei aktuelle Probleme. Erst recht will ich nicht, dass Sie schlecht über einen Kollegen reden. Sie sind ein exzellenter Fachmann und der einzige im Hause, dem ich vertraue. Nur Sie können mir sagen, welche Geschäfte mit welchem Risiko gemacht werden. Mich interessiert allein Ihre Meinung, die natürlich unter uns bleibt.«

Meier ärgerte sich, dass seine Meinung plötzlich wieder gefragt war. Er hatte sich damals geschworen, keinen Finger zu rühren, wenn Berressem die Geschichte zusammen mit Oesterich in den Sand setzen sollte.

»Also gut. Was wollen Sie wissen?«, fragte er nach einer längeren Pause, in der er sich ganz seinem Essen gewidmet hatte.

»Ganz einfach: Wo liegen die Risiken der Papiere, die er massenweise kauft, und würden Sie geschäftlich genauso agieren?«

Meier erklärte, dass Mitte 2005 unter seiner Verantwortung ein relativ kleines Volumen, verteilt auf verschiedene Länder und Wertpapierarten bestanden habe. Wie er jetzt aus der Vorstandsvorlage von Berressem entnommen habe, sei der Risikoappetit in 2006 kräftig gewachsen und auch in 2007 solle das Geschäft weiter ausgebaut werden.

»»Risikoappetit« ist ein schönes Wort. Es klingt so positiv«, warf König ein.

»Früher reichte es für das Bankgeschäft, wenn man Risiken einfach vermied. Appetit brauchte man nicht. Das haben die Risikocontroller erfunden. Sie wollen uns mathematisch genau vorrechnen, welche Risiken bestimmte Geschäfte bergen und wie viele dieser Risiken man eingehen darf. Das sind mathematische Modelle, die kaum jemand versteht. Die haben alle Mathematik studiert und ihren »Popper« gelesen. Sie wissen, ob der Risikofall, also der schwarze Schwan, einmal, dreimal oder fünfzig Mal in zehntausend Jahren kommt. Es kann aber keiner sagen, ob das schon übermorgen der Fall ist.«

König lachte.

Meier machte eine längere Pause und zerkaute mit sichtbarem Widerwillen ein Stück Fleisch, das nicht von der zartesten Stelle eines Rindes stammte.

»Wie bei diesem Stück Fleisch trügt der äußere Schein. Es kann so zart und gut sein wie Dutzende vorher. Es kann aber auch so zäh sein, dass einem der Bissen im Halse steckenbleibt.«

»Ich verstehe nicht, was das für die konkreten Geschäfte bedeutet. Können Sie das für mich vereinfachen?«

»Das Volumen wird zu stark ausgeweitet. Bereits ein Kursverlust von zehn Prozent – das wäre durchaus realistisch – würde sich mit zweihundert Millionen in unserer Gewinn- und Verlustrechnung niederschlagen. Ein gewisser Prozentsatz der Papiere, die ich nicht näher kenne, hat auch ein schlechteres Rating. Man verdient sehr gut, hat aber auch ein höheres Ausfallrisiko.«

»Also einfach gesagt: Zu viel und zu schlecht. Aber eigentlich argumentieren Sie eher gefühlsmäßig. Konkret belegen können Sie das kaum.«

»Richtig. Aber verlassen Sie sich auf das Gefühl eines alten Händlers.«

König bedankte sich und kündigte an, dass das sicher nicht ihr letztes Gespräch gewesen sei. Er nahm sich vor, beim nächsten Jour Fixe mit dem Vorsitzenden das Thema anzusprechen. Heinrich Weck hatte ihn gebeten, sich um die Sache zu kümmern, ohne Aufsehen zu erregen. Sie mussten beide vorsichtig taktieren, denn die Zuständigkeiten lagen beim Handels- und beim Risikovorstand. Solange kein Anlass zu Bedenken bestand, konnte der Vorsitzende nicht eingreifen. König würde ihm empfehlen, bei passender Gelegenheit einen aktuellen Bericht anzufordern. Er wollte sich nicht blamieren, denn wer wusste schon, ob die Geschäfte nicht doch völlig unproblematisch waren? Es wurde viel geredet. Auch Meier hatte noch vor ein paar Jahren das Geschäft ausweiten wollen.

Händler waren wie die Lemminge: Alle stürzten in eine Richtung. Kam das Kommando zur Wende, brach unweigerlich das Chaos aus.

Christine Odenthal hatte sich an die neue Struktur der Abteilung, vor allem an ihren Chef Philipp Berressem gewöhnt. Sie war mit ihren dreiunddreißig Jahren schon eine Ewigkeit bei der Advanced Investment Bank. Mit achtzehn hatte sie nach der Mittleren Reife und Lehre im Handel angefangen und war dort geblieben. Angesichts des häufigen Wechsels der Händler – viele hielten ihrem Arbeitgeber nicht länger als zwei bis drei Jahre die Treue – hatte sie sich zum Fixpunkt entwickelt. Wurde ein Vorgang gesucht, war eine Reise zu buchen, wusste jemand nicht, wer im Hause zuständig war – immer wusste sie Rat. Sie schützte und steuerte ihren Chef, soweit das möglich war. Er war als schwierig bekannt, ihr gelang es aber immer wieder, durch ihr freundliches Wesen Vorbehalte abzubauen. Sie war für ihn unentbehrlich, was er jedoch nicht wusste.

»Hallo Chris«, sagte Maria und schloss die Tür des Vorzimmers. »Wie ist die Stimmung nach dem Urlaub?«

Maria hatte keine Eile, zu Philipp zu kommen. Er wollte über die Gespräche mit dem Risikocontrolling, die während seines Urlaubs stattgefunden hatten, informiert werden. Das würde keine lustige Besprechung werden. Wenn er seinen Willen nicht bekam, war er wie ein Kind.

»Du brauchst dir keine Sorgen zu machen«, entgegnete Chris. »Er ist froh, dass er wieder arbeiten darf, und nimmt alles in Kauf, wenn er bloß nicht wieder in Urlaub fahren muss.«

In der Tat empfing Philipp sie ausgesprochen gelöst. Er war braun gebrannt und unter seinen Augen fehlten die dunklen Ringe, die ihn oft erschöpft aussehen ließen. Er stand sogar sofort auf, kam um den Schreibtisch herum und bot ihr einen Platz am Besprechungstisch an.

»Möchtest du ein Glas Wasser?«, fragte er. So höflich war er selten.

Sie setzte sich an den runden Tisch, auf dem sie bereits ihre Unterlagen platziert hatte. Philipp nahm den Stuhl neben ihr, vielleicht, damit er besser in ihre Unterlagen schauen konnte.

Sie hatte ein weißes Top an, das zwar keinen Blick in ihr Dekolletee erlaubte, aber doch ihre schmale Taille und die sich abhebenden Brüste eng umschloss.

»Wenn ich rekapitulieren darf«, begann Maria das geschäftliche Gespräch und verlor sofort ihre Unsicherheit, »wir hatten beim Vorstand die Erhöhung des ABS-Volumens von zwei auf sechs Milliarden Euro, davon neu zwei Milliarden Subprime beantragt. Genehmigt wurden nur fünf Milliarden und fünfhundert Millionen Subprime. Nicht ganz klar ist im Vorstandsprotokoll, ob dies insgesamt fünf oder fünfeinhalb Milliarden sein sollten. Risikocontrolling meint, fünf sei das absolute Limit.«

Die Tür öffnet sich und Conrad Reitz betrat den Raum. Er war als Leiter für die Gruppe zuständig, in der die Asset Backed Securities gehandelt wurden, und damit Philipps entscheidender Ansprechpartner. Er setzte sich kommentarlos und widmete sich seinem Kaffee.

»Können wir wirklich nicht auf fünfeinhalb Milliarden gehen?«, fragte Philipp ungehalten.

»Wir werden zwei Jahre brauchen, bis wir überhaupt die fünf Milliarden angeschafft haben. Dann können wir immer noch einen neuen Antrag stellen«, bemerkte Reitz trocken.

»Allerdings brauchen wir für die Drei-Jahres-Planung klare Volumina, sonst kann ich auch die Erlöse nicht berechnen. Ich gehe dann zunächst von fünf Milliarden Limit aus«, stimmte Maria zu.

Philipp war nicht zufrieden.

»Nimm die fünfeinhalb Milliarden in die Planung. Die wird ohnedies dem Vorstand vorgelegt. Dann kann man immer noch sehen.«

Reitz blickte Philipp kritisch an, hielt sich aber mit einem Kommentar zurück.

Im Anschluss diskutierten sie, in welchem Zeitrahmen welche Papiere gekauft werden sollten, welche Risiken tragbar waren und wie die Abstimmung mit Risikocontrolling verlaufen sollte. Maria erhielt den Auftrag, das Ergebnis in einem Vermerk festzuhalten und mit Risikocontrolling zu besprechen.

Reitz und Maria verließen gemeinsam das Zimmer und gingen in Marias Büro, um das weitere Vorgehen zu besprechen. Reitz waren die Riesenvolumina, die jetzt bewegt werden sollten, nicht geheuer. Was wäre, wenn etwas schief ginge? Er hatte keine Lust, die Verantwortung dafür zu übernehmen und drängte Maria, jedes Detail mit dem Risikocontrolling durchzusprechen und beim Vorstand abzusichern.

Routiniert band sich Oberstaatsanwalt Hannes Jaeger die silbergraue Krawatte um und zog die schwarze Robe vom Bügel. Sie war am Revers und an den Ärmeln mit Samt besetzt, wie es sich für einen arrivierten Vertreter der Justiz und Leiter der Schwerpunktstaatsanwaltschaft für Wirtschaftssachen gehörte. Angesichts der Außentemperatur von zweiunddreißig Grad und der fehlenden Klimatisierung im Gerichtsgebäude verzichtete er auf sein Jackett. Dies fiel bei geschlossener Robe nicht weiter auf, lediglich die schwachen Schultern hätten etwas gestützt werden können. Vielleicht sollte ich doch die Polster erneuern lassen, dachte er bei einem kritischen Blick in den kleinen, schmucklosen Spiegel, der neben dem einfachen Kleiderschrank aus den sechziger Jahren hing.

Er war jetzt kein normaler Mensch mehr, sondern die Institution, vor der der Bürger, weniger der Ganove, Angst hatte. Er hatte seine Identität gewechselt und war eins mit dem Staat, so glaubte er. Die schwarze Robe verbarg mit Ausnahme des Kopfes und der Füße den ganzen Menschen. Das strähnige, blonde Haar war an der rechten Seite gescheitelt und ordentlich gekämmt. An den Koteletten, die eine Spur zu lang geraten waren, setzte sich allmählich das Grau durch. Er hatte schon überlegt, ob er hier nicht lieber färben sollte.

Mit der Akte unter dem rechten Arm verließ er sein Zimmer. Betont langsam stieg er die Treppe zum Verhandlungssaal hoch, um nicht ins Schwitzen zu geraten. Ein befreundeter Richter, mit dem er einige Jahre in einer Strafkammer zusammengearbeitet hatte, kam ihm entgegen und lachte.

»Na, zeig mal, hast du unter der Robe die Badehose angezogen?«

»Wollte ich eigentlich, aber meine Socken waren zu kurz«, entgegnete er schlagfertig.

In der Tat hielt sich hartnäckig das Gerücht, dass einzelne Kollegen diese sparsame Bekleidung an heißen Tagen wählten. Ließ sich das mit der oft beschworenen Würde des Gerichts vereinbaren? Was die Kolleginnen machten, wusste er nicht. Es gab ohnedies kaum Frauen bei der Staatsanwaltschaft. Sie wurden lieber Richterinnen.

Er betrat den Saal und ließ sich auf der für den Ankläger vorgesehenen Seite nieder. Kurz nach ihm kam Staatsanwalt Leonhard Lehnen, einer seiner Mitarbeiter, der den Fall bearbeitete, begleitet von einem Referendar, den er nicht kannte. Beide begrüßten ihren Chef und setzten sich, nachdem sie ihre dicken Aktenpakete sortiert hatten.

Die Beweisaufnahme hatte über zwei Monate gedauert. Heute standen die Plädoyers und das Urteil an. Wieder einmal hatte ein Bankvorstand an Unternehmen Kredite gewährt, die letztlich nicht zurückgezahlt werden konnten. Die Verteidigung hatte einen Deal zur Beendigung des Verfahrens abgelehnt und sich auf den Standpunkt gestellt, der Angeklagte habe seine Kreditentscheidung allein auf Basis der damals vorhandenen Zahlen des Unternehmens getroffen. Diese seien wirtschaftlich schlüssig gewesen. Kreditentscheidungen seien immer Risikoentscheidungen. Das Unternehmen sei lediglich Opfer der anschließenden Rezession geworden. Jaeger war gespannt, wie sich sein Kollege im Plädoyer des Staatsanwalts schlagen würde.

Das Gericht hatte bisher keinerlei Präferenz für die eine oder andere Auffassung erkennen lassen. Das Presseecho, insbesondere in der Region, war jedenfalls immens. Jaeger war durch das Verfahren in der Öffentlichkeit bekannt geworden. Selbst der Spiegel und die Wirtschaftswoche hatten berichtet.

Der Angeklagte betrat mit zwei Verteidigern den Sitzungssaal. Er war auf freiem Fuß, nachdem er bereits acht Monate in Untersuchungshaft gesessen und das Gericht eine Fluchtgefahr verneint hatte. Die Verteidiger nickten den Vertretern der Anklage kurz zu und setzten sich zusammen mit dem Angeklagten in ihre Bank.

Beide Seiten beäugten sich misstrauisch und nahmen sich immer wieder ihre Akten vor, um irgendetwas nachzuschauen, was sie ohnedies in diesen Materialhaufen nicht mehr finden konnten, oder lasen mit blinden Augen ihre Aufzeichnungen über das, was sie dem Gericht zum Werweiß-wievielten-Male erklären wollten. Der dreiundsechzigjährige Angeklagte wirkte als Einziger ausgesprochen ruhig und zuversichtlich. Seine dichten, weißen Haare umrahmten ein volles, gut genährtes Gesicht, das durch Bluthochdruck gekennzeichnet war. Die kräftigen Schultern hatte er nach oben gereckt, was seine Figur noch imposanter machte. Er erlaubte sich keine körperliche Nachlässigkeit. Seine großen Hände lagen flächig nebeneinander auf dem Tisch. Akten brauchte er keine. Sein Blick ging zur Tür hinter der Richterbank, die sich gerade geöffnet hatte. Die Fronten waren klar:

Es ging nicht um Recht und Gerechtigkeit, sondern um Sieg oder Niederlage.

Maria machte sich auf den Weg zur U-Bahn. Sie hatte bis sieben Uhr gearbeitet. Das Konzept, das sie mit Reitz besprochen hatte, stand. In den nächsten Wochen würde der Erwerb weiterer Papiere starten. Sie hatte sich gewundert, dass Reitz plötzlich mit Bedenken kam. Sie hatte ihn wohl bisher falsch eingeschätzt. Ein Spieler schien er nicht zu sein. Im Gegenteil argumentierte er nüchtern und rational. Von seinem lockeren Auftreten hatte sie sich täuschen lassen und bisher kritiklos das für richtig gehalten, was Philipp anordnete. Der wesentliche Unterschied zwischen beiden Männern bestand wohl darin, dass Reitz der Ehrgeiz fehlte und er deswegen realistischer urteilen konnte.

Maria betrat ein viergeschossiges Mietshaus in Sachsenhausen, das vielleicht um 1900 errichtet worden war und schon bessere Jahre gesehen hatte. Die unterschiedlich großen Blechbriefkästen im Eingang waren schief und unsauber angebracht, als ob der Hauseigentümer Billigware zusammengekauft und selbst montiert hatte. Die Mieter hatten etliche Türen gewaltsam aufgebrochen und verbogen, nachdem sie den Schlüssel verloren hatten. Die Wände des Treppenhauses waren mit weißen Kacheln beklebt, von denen sich viele gelöst hatten, ohne dass sie erneuert worden waren. Der grüne Teppichboden auf der ehemals dekorativen Holztreppe litt unter den Gebrauchsspuren zahlreicher Einkäufe und Mülltransporte. Maria war froh, als sie ihre Wohnungstür hinter sich geschlossen hatte.

Die Zweizimmerwohnung selbst war ein Paradies. Die alten Holzdielen waren aufgearbeitet und lackiert worden. Sie strahlten eine milde Helligkeit aus, die ihren Widerpart in der weißen Decke fanden. Sie hatten noch gut erhaltene Reste der ursprünglichen Stuckaturen retten können, die in Weiß und Lindgrün gehalten waren. Die unebenen Wände waren durch Teile einer alten Holzverkleidung kaschiert oder mit kräftigen weißen Textilbahnen tapeziert worden. Alte Schwarz-Weiß-Fotografien, die Personen aus verschiedenen Generationen zeigten, waren in moderne Rahmen eingelegt und über alle Wände verteilt. Die Möbel waren sämtlich Einzelstücke, die aus der Kindheit, dem Familienbestand, vom Flohmarkt und von Ikea zu einem harmonischen Ganzen zusammengefügt waren. Maria fühlte sich wohl hier. Sie hatte die Wohnung angemietet, als sie am Anfang ihres Berufslebens stand und kaum Geld zur Verfügung hatte. Jetzt hätte sie sich etwas Besseres leisten können, konnte sich aber nicht losreißen.

Es klopfte an ihrer Wohnungstür. Das konnte nur Conrad sein. Wie so häufig schloss die Haustür nicht richtig und ein Mitbewohner hatte vergessen, kräftig zu drücken, um den Schließmechanismus zu unterstützen. Sie ging oft abends spät hinunter, um die Tür abzuschließen. Sie hatte Angst.

Sie umarmten und küssten sich noch im Türrahmen. Aus der gegenüberliegenden Wohnung hörten sie gedämpfte Geräusche. Vermutlich schaute die ältere Nachbarin durch den Türspion.

»Hast du schon etwas gegessen?«, fragte Maria und nahm die Antwort vorweg. »Etwas anderes als Spaghetti habe ich nicht im Haus.«

»Alles, was von deinen zarten Händen veredelt wird, ist köstlich«, versuchte sich Conrad Paffrath in Galanterie.

Er hatte lange Jahre in einer Studentenbude gewohnt, war unordentlich, aber kein Chaot, liebte das Essen, konnte aber nicht kochen. Diskussionen über Rollenverteilung führte er gerne, war auch sehr kooperativ, aber vieles scheiterte an Ungeschick oder fehlenden Fähigkeiten. Immerhin hatte er es im Öffnen der Rotweinflasche zur Perfektion gebracht. Selbst die großen Glaskelche, die keine Spülmaschine von innen sehen durften, konnte er von Hand reinigen, ohne größere Schäden zu verursachen.

»Du hattest heute deinen großen Auftritt im Strafverfahren gegen Gatzweiler. Ist er verurteilt worden?«, fragte Maria interessiert.

Über das Verfahren war umfassend in der Presse berichtet worden. Gatzweiler hatte neben anderen Bankern einem maroden Unternehmen Kredit gewährt und in der Phase kurz vor der Insolvenz Überziehungen von rund einer Million Euro zugelassen, obwohl er angeblich von der fehlenden Sanierungsfähigkeit des Unternehmens wusste.

»Die Kammer hat ihn freigesprochen, aber die Staatsanwaltschaft wird in die Revision gehen.«

Maria reagierte mit Unverständnis.

»Warum lasst ihr den armen Mann nicht in Ruhe? Sein Ruf ist ruiniert, sein Haus hat er schon verlassen, weil er die Blicke der Nachbarn nicht ertragen kann, seine Enkel werden in der Schule angemacht. Dabei hat er nur einem Unternehmer Kredit gegeben, der die Arbeitsplätze erhalten wollte und zuversichtlich glaubte, die Rezession überwinden zu können. Er hat nichts gestohlen und keinen betrogen.«

»Das spielt strafrechtlich alles leider keine Rolle, es geht um Untreue nach § 266 Strafgesetzbuch«, bemerkte Conrad lapidar.

»Was soll das? Unter Untreue stelle ich mir etwas anderes vor.«

»Das ist für Juristen ein ganz blödes Kapitel. So richtig habe ich den Paragraphen schon während meines Studiums nicht verstanden. Ausgerechnet die Nazis haben 1933 die Vorschrift im Rahmen der allgemeinen Gleichschaltung ausgeweitet und zum Gummiparagraphen gemacht.

»Aha, die Nazis sind wie immer an allem schuld.« Maria lachte.

Doch Conrad gab sich unbeeindruckt.

»Viele Staatsanwälte haben sich in den letzten Jahren auf Banken eingeschossen und selbst eine Menge Fachliteratur verfasst. Das bringt Publicity und ist ein leichtes Spiel gegenüber den Bankern. Wenn jemand ein Berufsleben lang über Kredite entschieden hat, hat er bestimmt auch eine Menge Fehler gemacht. Verkaufst du aber Spareinlagen, kann dir nichts passieren.«

»Gibt es denn keine Vernünftigen in der Justiz, die dieses Spiel beenden?«

»Du siehst doch, er wurde freigesprochen. Viel kriminelle Energie scheint mir bei dem Mann nicht vorhanden zu sein.«

Maria hatte sich hinter Conrad gestellt und die Hände auf seine Schultern gelegt. Langsam bewegten sie sich über die Brust nach unten, während sie ihre Lippen sanft auf seinen Kopf drückte.

»Ich würde jetzt viel lieber wissen, ob deine sexuelle Energie auch so kriminell ist, dass sich ein lebenslanger Einsatz lohnt.« Eine Antwort erwartete sie nicht.

Anna hatte ihre Tochter aus dem Kindergarten abgeholt und war auf dem Weg nach Hause. Sie hatte einen anstrengenden Tag gehabt und ausgerechnet jetzt sprudelte Mary aus ihrem Kindersitz wie ein Wasserfall. Sie wollte wissen, warum ihr Auto blau und das vor ihnen fahrende weiß und das hinter ihnen silbern war. Als nächstes Auto sollte Anna auch ein silbernes oder vielleicht ein goldenes kaufen.

»Wann kommt mich Oma wieder abholen? Ist Eric schon

zu Hause? Kann ich heute Abend noch mit ihm spielen? Wie viele Freundinnen darf ich zu meinem Geburtstag einladen? Wann kommt uns Viola besuchen?«

Anna bemühte sich, alle Fragen geduldig zu beantworten, obwohl sie lieber gesagt hätte: »Jetzt sei doch einmal fünf Minuten still.« Sie dachte an all die Erziehungs- und Arbeitsplatztheoretiker, die sich in Fernsehen und Zeitung über Chancengleichheit und Vereinbarkeit von Familie und Beruf ausließen. Die Frauen, die sich dort äußerten, hatten entweder keine Kinder oder eine Kinderfrau, die sie nicht bezahlen konnte. Die Männer hatten entweder keine Ahnung oder waren Heuchler. Das Problem waren einfach die Nerven. Man konnte nicht permanent auf mehreren Hochzeiten tanzen und dabei die Ruhe bewahren. Sie wusste wirklich nicht, ob sie mit Eric ein weiteres Kind haben wollte.

Sie war erleichtert, dass genau vor dem Eingang ihrer Wohnung ein Parkplatz frei war. Sie schickte Mary vor, damit sie die Tür öffnen konnte, packte die Tragetaschen des mittäglichen Einkaufs zusammen, leerte den Briefkasten, der von Werbung überquoll, und ging die Treppen hoch.

»Was gab es heute als Mittagessen? Spaghetti mit Tomatensauce?«, fragte sie Mary.

»Nein, fettiges Fleisch. Das habe ich nicht gegessen.«

»Kein Salat dazu?«

»Doch.«

»Hast du wenigstens den gegessen?«

»Nein, war zu sauer.«

Anna schüttelte den Kopf und atmete tief ein. Nicht nur das Essen im Kindergarten war eine Katastrophe, auch die Einstellung ihrer Tochter. Aber das war in dem Alter nicht zu ändern. Sie schaute, was sie noch an Gefriergemüse vorrätig hatte. Aus dem Hintergrund rief Mary:

»Keine Erbsen, Mama!«

Anna hoffte, dass Eric nicht zu spät nach Hause käme, damit er sich noch ein wenig mit Mary beschäftigen konnte. Nach einer langen Besprechung in der Bank war sie total erschlagen.

Das Meeting mit Johannes Rosen und dem Risikocontrolling war aufschlussreich gewesen. Die Kollegen hatten sie hinzu gebeten, da Rosen zwar die deutsche Sprache gut beherrschte, aber angeblich nicht alle Fachausdrücke kannte. In Wirklichkeit hatten im Gegensatz zu Anna viele in der Bank Schwierigkeiten, diese Art Geschäfte überhaupt zu verstehen. Rosen hatte in der Vergangenheit das Portfolio der Deutschen Kommerzialbank in Asset-Backed-Securities auf acht Milliarden Euro erhöht und vom Vorstand die Zustimmung erhalten, weitere Ankäufe zu tätigen. Insbesondere der Handelsvorstand Gotthard Custer wollte höhere Erlöse sehen, um die Schwächen anderer Geschäftsbereiche auszugleichen.

Anna hatte sich gewundert, dass Rosen so risikobewusst war. Nach ihrer früheren Einschätzung war er die treibende Kraft für risikoreiche Anlagen in den USA gewesen. Jetzt aber beurteilte er den amerikanischen Immobilienmarkt negativ und warnte ausdrücklich vor einer zu starken Ausweitung des Engagements. Im Gegenteil plädierte er dafür, sich in den nächsten Monaten von allen Papieren zu trennen, die unterhalb des Bestratings »AAA« lagen. Selbst diesen höchstbewerteten Anlagen traute er auf Dauer nicht.

Anna glaubte nicht, dass Rosen mehr wusste als andere. Die Zahlen des amerikanischen Immobilienmarktes waren seit langem bekannt. Wer feige war, hatte dort überhaupt nicht investiert. Wer Geld verdienen wollte, musste kaufen und wieder rechtzeitig aussteigen. Hierfür schien Rosen ein untrügliches Gespür zu haben. Er war allerdings skeptisch, dass der Vorstand dem Ausstieg zustimmen würde, insbesondere wenn keine alternativen Anlagen zur Verfügung standen.

»Mama, Eric kommt.«

Mary hatte ihn bereits auf der Straße gesehen, wo er sein Auto geparkt hatte. Nach wenigen Minuten öffnete er die Wohnungstür und wurde von Mary sofort vereinnahmt. Anna hätte nie vermutet, dass die ungewöhnliche Dreierbeziehung so perfekt funktionieren würde. Sie waren jetzt ein gutes Jahr zusammen und hatten sich zwar wegen einiger Kleinigkeiten gestritten, aber bisher keine wesentlichen Differenzen gehabt.

Eric hatte vor kurzem seine eigene Wohnung vermietet und davon gesprochen, sich nach einem Haus umzusehen. Die Drei-Zimmer-Wohnung war schon etwas eng, aber so ganz wollte Anna dem Glück noch nicht trauen. Es war besser, noch etwas zu warten. Ein Haus war kaum in dieser optimalen geografischen Lage zwischen Kindergarten und Wohnung ihrer Mutter zu finden. Eric hatte zwar gleich gemeint, für ihre Mutter sei auch Platz im Haus, aber das kam überhaupt nicht in Frage. Das konnte nur Ärger geben und die Beziehung belasten.

»Machst du die Rotweinflasche auf?«, leitete Anna das Abendessen ein. Mary hatten sie inzwischen zu Bett gebracht, sodass sie den Abend für sich hatten.

»Was gibt es Neues bei dir?«, fragte Eric.

Anna berichtete über das Gespräch mit Rosen und seine Meinung zur Entwicklung des US-Immobilienmarktes. Eigentlich durfte sie keine Interna mitteilen, aber das nahm sie Eric gegenüber nicht so genau. Im Übrigen war die Deutsche Kommerzialbank an Carefree Credits maßgeblich beteiligt, sodass die Informationen im Konzern blieben.

»Bisher war allgemeine Meinung, dass Papiere mit einem guten Rating narrensicher seien. Hat Rosen bessere Informationsquellen als wir?«, fragte Eric überrascht.

Anna verneinte und verwies auf die erwartete Schwäche des amerikanischen Immobilienmarktes. Sie bat Eric, bloß keine Informationen an Philipp weiterzugeben. Der solle das mit J. R. selbst besprechen, sie wolle keine Schwierigkeiten in der Bank haben.

»Philipp habe ich seit Ewigkeiten nicht mehr gesehen. Er scheint voll in seinem Job aufzugehen. Was macht eigentlich Violetta?«, fragte er interessiert.

»Vor einigen Wochen hat sie mich abends besucht, als du auf Dienstreise warst. Sie ist nicht glücklich und müsste endlich eine Entscheidung treffen. Violetta ist eine Seele von Mensch, ich mag sie. Aber ich kann ihr doch nicht sagen, sie soll sich endlich von Philipp trennen.«

Eric schüttelte den Kopf und leerte sein Glas.

»Ich glaube, ihr beurteilt Philipp falsch. Er kann einfach nicht andere Menschen für sich einnehmen. Ihm fehlt das werbende Element, ihm fehlt die Möglichkeit zur emotionalen Zuwendung. Das heißt aber nicht, dass er ein schlechter Mensch ist. Ich komme seit Jahren gut mit ihm klar, weil ich genau das weiß und berücksichtige. Das ist der Grund, warum er den Kontakt zu mir sucht.«

»Vielleicht fehlt ihm aber auch einfach die gute Erziehung«, warf Anna ein.

»Genau das ist der Grund des Übels. Aber nicht so negativ, wie du es gemeint hast. Philipp hat mir einmal erzählt, dass er eine harte Erziehung durch seine Mutter genossen hat. Sie hat ihn ab dem vierten Lebensjahr auf Erfolg getrimmt. Musikschule, Grundschule, Sportverein, Gymnasium, stets hat er der Beste sein müssen. Jeder seiner Schritte wurde überwacht und kritisiert. Wo notwendig, ist auch Geld investiert worden, um sein Fortkommen zu ermöglichen. Dabei ist die Familie nicht vermögend gewesen.«

Anna blieb skeptisch.

»Jeder, dem es an Charaktereigenschaften fehlt, beruft sich auf falsche Erziehung oder die grässliche Umwelt. Du vergisst, dass man sich auch durch eigene Bemühungen verändern kann.«

»Du machst ihn schlimmer als er ist. Er ist lediglich etwas kühl. Mütterliche Liebe hat er nie erfahren, ebenso wenig körperliche oder emotionale Zuwendung. Sein Vater, der früh verstorben ist, war eher weich und stand voll unter der Kuratel seiner Frau. Nur zu seiner Schwester hat er einen halbwegs normalen Kontakt, mit seiner Mutter hat er seit Jahren gebrochen. Die Grundstrukturen seiner Persönlichkeit sind gesetzt. Violetta muss ihn so nehmen, wie er ist, oder umziehen.«

»Er ist dein Freund, ich bemühe mich ja, ihn zu mögen.«

»Aus geschäftlicher Sicht kann ich nur sagen, dass er zu den ganz wenigen gehört, die der Carefree Credits hohe Gewinne beschert haben, und nichts anderes scheint jetzt für die Advanced Investment Bank zu gelten. Sie schwimmt mit ihren Handelsaktivitäten im Geld. Die Banken werden zurzeit von ihren Händlern ernährt, und das nicht nur im Händler-Eldorado New York. An dir und an mir verdient die Bank keinen Cent. Wir kosten nur Geld, wie Tausende Anderer auch. Wir sollten froh sein, dass Leute wie Philipp und Rosen für uns die Kastanien aus dem Feuer holen. Ich kann es nicht.«

Eric war die ständige Diskussion über Philipp leid und hatte seine Stimme immer mehr erhoben.

»Reg dich nicht so auf«, beendete Anna das Thema und nahm ihn lächelnd in die Arme.

»Lieb mich doch einfach.«

»Wir kommen zu den Tagesordnungspunkten 10.1 Marktvergleich und 10.2 Bonusbudget. Ich habe Herrn König gebeten, die Vorschläge der einzelnen Vorstände für ihre Dezernate zusammenzufassen und gleichzeitig die Vergütung am nationalen und internationalen Bankenmarkt zu erheben, damit wir eine halbwegs objektive Vergleichsgrundlage haben. Herr König, Sie haben das Wort.«

So leitete Heinrich Weck den Vortrag von König ein, der wie jedes Jahr die Boni mit den einzelnen Vorständen diskutiert und jetzt in den Vorstand eingebracht hatte.

Wie zu erwarten, lagen die Vorschläge weit über dem Limit, das sich der Vorstand selbst gesetzt hatte. Jetzt mussten alle in einem schmerzhaften Prozess nachgeben, um das Ziel nicht zu verfehlen. Hauptstreitpunkt war wie stets das Budget des Investmentbanking. Die für das Privatkundengeschäft, das Unternehmenskundengeschäft und die Stabsbereiche zuständigen Vorstände sahen ihre Mitarbeiter regelmäßig benachteiligt, weil die Händler einen überproportional hohen Anteil des Gesamtbudgets abschöpften. Wenn dies der Handelsvorstand mit den hohen Gewinnen rechtfertigte, gab es jedes Mal eine langwierige und emotionale Auseinandersetzung. So auch heute.

König stand auf, reckte sich zur vollen Größe, die jedes Auditorium beeindruckte, und wies mit ausgestrecktem Arm auf die vom Beamer auf die Leinwand geworfenen Zahlen aus der Power-Point-Präsentation.

»Die Ihnen vorliegende Marktuntersuchung zeigt wieder eindeutig, dass wir in der Vergütungshöhe knapp unter den Wettbewerbern liegen. Nur die Boni schöpfen die theoretischen Möglichkeiten nicht aus. Wir haben jedes Jahr darüber diskutiert, ob es angemessen oder gerecht ist, den Händlern so viel mehr zu zahlen, als den anderen Mitarbeitern. Alle tragen schließlich zum Erfolg der Bank bei.«

»Und warum berücksichtigen Sie das nicht in Ihrem Vergütungssystem?«, unterbrach ihn Nolden ungeduldig.

»Ich kann hierzu nur immer wieder sagen: Es geht nicht um absolute Gerechtigkeit, sondern um marktgerechte Vergütung. Als Unternehmen müssen wir diejenige Vergütung zahlen, mit der wir einen guten Mitarbeiter anwerben und halten können. Wenn Sie hohe Erlöse verbuchen wollen, müssen Sie aber die Vergütungen zahlen, die der Markt verlangt«, verkündete König mit einer Selbstsicherheit, der man die jahrelange Routine und Sachkunde anmerkte.

»Aber es kann doch nicht sein, das ein Händler mehr verdient als ein Vorstand«, merkte ein Vorstandsmitglied an.

»Vor zwei Jahren haben wir zum ersten Mal entschieden, dass das sein kann, nachdem wir ein ganzes Team an die Konkurrenz verloren haben und auf einen Schlag vier Millionen Euro Bruttoerlöse fehlten. Das sollten wir nicht erneut diskutieren«, reagierte der Vorsitzende pikiert.

Am Ende wurden nach einstündiger Diskussion das Gesamtbudget wie geplant und dessen Verteilung auf die einzelnen Vorstandsbereiche beschlossen. Gewinner war wie stets das Investmentbanking.

Dann wechselte Weck das Thema.

»Da wir jetzt so viel Geld an den Handel ausschütten, möchte ich auch die Risiken nochmals ansprechen. Wir haben vor einiger Zeit die Ausweitung des Amerika-Geschäfts beschlossen. Ich würde gern wissen, welche Papiere und welche Risiken wir haben. Handel und Risikocontrolling sollen uns informieren. Auch die Revision habe ich gebeten, das in ihren Prüfungsplan aufzunehmen.«

Oesterich wehrte sich erwartungsgemäß sofort:

»Warum brauchen wir die Revision? Hier gibt es keinen besonderen Anlass, irgendetwas zu prüfen.«

»Es besteht auch kein besonderer Anlass, aber das Geschäftsfeld der verbrieften Immobilienfinanzierungen in den

USA ist ziemlich neu für uns. Da kann es nicht schaden, wenn dies mehrere Fachleute unter die Lupe nehmen. Ich möchte auch, dass Herr Schmahl sich als Revisor intensiv einarbeitet. Wenn es am Ende keinen Grund für Beanstandungen gibt, freuen wir uns alle.«

König lachte innerlich. Er bewunderte Weck für sein Geschick, seine Meinung durchzusetzen und auch seine Person nach allen Seiten abzusichern. Oesterich musste die Kröte schlucken und Berressem würde toben, wenn er erfuhr, dass Schmahl ihn prüfen würde. Der war sicher kein perfekter Händler gewesen. Als Revisor aber war er unersetzlich. Endlich konnte jemand den Investmentbankern auf Augenhöhe begegnen.

Reitz zeigte Philipp das Ergebnis der Einigung mit dem Risikocontrolling. Sie hatten weitgehende Freiheit, Papiere aller Art zu erwerben, wenn das Rating stimmte. Mit den anderen Einschränkungen konnten sie leben.

»Maria hat gut verhandelt«, meinte Reitz und ergänzte boshaft: »Die Kollegen haben das Meiste nicht verstanden, was Maria ihnen über die Märkte erklärt hat. Die haben schon Probleme, die amerikanischen Dokumentationen zu lesen.«

Allerdings dachte er bei sich, dass dies für die Bank und auch ihn nicht gut wäre. Ein paar sachverständige Augen mehr konnten bei diesen komplizierten Produkten nicht schaden. Reitz fühlte sich nicht wohl. Er wusste nicht, warum.

»Hast du dir überlegt, wie du jetzt in den Markt gehst?«, fragte Philipp.

»Ich denke, ich werde proportional zum Bestand alle Produkte gleichermaßen hochfahren, bis wir die Limits erreichen«, antwortete Reitz.

»Nein, ich möchte, dass du vor allem das Volumen in renditestarken amerikanischen Papieren erhöhst.«

Reitz machte sich eine entsprechende Notiz.

Nachdem er gegangen war, öffnete Philipp ein großes Kuvert, das »Persönlich – vertraulich« an ihn adressiert war. Wie vermutet, hatte der Personalbereich ihm das Bonusbudget für seine Abteilung vorgelegt, natürlich ohne den Betrag, den er selbst erhielt. Er sollte nun seine Vorschläge für die Verteilung der Boni an seine Mitarbeiter machen und über Oesterich, der letztlich genehmigen musste, an den Personalbereich senden.

Er hasste diese Arbeit. Das Budget reichte jedes Jahr hinten und vorne nicht. Oesterich schob die Verantwortung auf seine Vorstandskollegen. König wiederholte ständig, nach der letzten Erhöhung der Boni habe kein Händler mehr die Bank verlassen. Also gebe es im Markt auch keine besseren Angebote. König! Wenn er den Namen nur hörte, ärgerte er sich schon. Der arbeitet überall gegen mich, dachte Philipp.

Jetzt hatte er sogar Weck angestiftet, das Wertpapierportfolio durch die Revision und ausgerechnet Schmahl prüfen zu lassen. Auf den würde er Maria ansetzen, die würde mit ihm fertig werden. Reitz war entschieden zu weich.

Das Budget lag für vierundzwanzig Händler bei insgesamt vierhundertfünfzigtausend Euro. Das war wenig mehr als im letzten Jahr. Die Erlösziele hatten sie aber weit übertroffen. Er würde den Betrag nicht mit der Gießkanne verteilen, sondern die Spitzenleute überproportional bedenken. Wenigstens bei denen musste er sicherstellen, dass sie nicht abwanderten.

»Sie sollen bitte kurz zu Herrn Oesterich kommen«, rief Chris laut aus dem Vorzimmer.

Philipp zog sein Jackett an und machte sich auf den Weg. Oesterich war noch nicht lange bei der Bank. Der frühere Chefhändler einer Investmentbank war vor etwa drei Jahren vom Aufsichtsrat der Advanced Investment Bank in den Vorstand gewählt worden. Er war Investmentbanker durch und durch. Zu seinen Kollegen hatte er nur oberflächlichen Kontakt. Als Einziger im Vorstand fuhr er privat einen Porsche und sammelte Oldtimer wie andere Leute Briefmarken. Seine Oberhemden waren stets blau-weiß gestreift. Die Hemdärmel endeten in sorgfältig gestärkten und gebügelten Doppelmanschetten, die durch reichlich verzierte goldene Manschettenknöpfe zusammengehalten wurden. Wenigstens trug Oesterich keinen Siegelring. Da er jeden Tag wie aus dem Ei gepellt erschien, musste er eine Menge blauer Anzüge haben. Sein Jackett zog er auch bei größter Hitze nicht aus. Dies war keine besondere Leistung, da seine Räume zum Leidwesen der ihn umgebenden Damen auf knapp zwanzig Grad klimatisiert waren. Ungeachtet dessen waren die Assistentinnen von seinem Geschmack begeistert.

»Herr Berressem, kommen Sie herein«, rief Oesterich von seinem Schreibtisch durch die offene Tür. »Sie können sich wahrscheinlich schon denken, dass ich ein kleines Kuvert für Sie habe. Mit Dank für die gute Zusammenarbeit hier der Bonus für 2006.«

Oesterich gab ihm die Hand und überreichte mit der Linken das Kuvert.

»Angesichts Ihrer Erfolge hätte es zwar mehr sein können, aber Sie wissen ja, dass unser Budget begrenzt ist. Wenn der Aufbau Ihres Segments weiter so erfolgreich verläuft, werden wir für 2007 sicher über eine größere Summe reden können.«

»Besten Dank«, sagte Philipp höflich.

»Es tut mir leid, dass ich heute nicht mehr Zeit für Sie habe. Wir sollten uns in den nächsten Tagen einmal in Ruhe zusammensetzen. Bis dann, Herr Berressem«, verabschiedete ihn Oesterich so schnell, wie er ihn begrüßt hatte.

Das war nichts Neues. Oesterich hatte selten Zeit für ein ausgiebiges Gespräch mit seinen Führungskräften. Er pflegte die Kontakte im In- und Ausland zu Banken und Investoren. Das Geschäft überließ er weitgehend seinen Führungskräften. Das war im Grundsatz das, was sich Philipp wünschte. Er war sich im Klaren, dass er auf der anderen Seite bei größeren Problemen auch nicht mit Oesterichs Hilfe rechnen konnte.

Noch auf dem Gang riss Philipp das Kuvert auf. Der edle Stahlstichbogen von Oesterich zeigte im Zentrum einen hervorgehobenen, fett gedruckten Betrag von hundertneunzigtausend Euro. Er wusste nicht, ob er damit zufrieden sein sollte. Bei manch anderer Bank hätte er mindestens das Doppelte erhalten, in den USA oder Großbritannien ein Mehrfaches. Er würde bei nächster Gelegenheit J. R. dazu befragen. Der kannte den Vergütungsmarkt in New York und London besser als er und war bei der Deutschen Kommerzialbank sicher sehr großzügig bedient worden.

5 Subprime

Der Blick war fantastisch. Ein anderes Wort fiel ihm nicht ein. Er war zum achten Stock hochgefahren, hatte über eine kleine Treppe den Ausgang zum Dachgarten gefunden und betrachtete die Wolkenkratzer ringsum. Man konnte nicht sagen, dass alles schön anzuschauen war. Die monumentale Größe allein sprach seine Sinne an. Dass die Menschen sich gegen die Schwerkraft stemmten, dass sie in den Himmel bauten und Platz schufen, den die Grundfläche verweigerte, dass sie etwas Grenzenloses wagten, beeindruckte ihn.

Philipp hatte den Besuch der Filiale New York der Advanced Investment Bank genutzt, sich die Metropole anzuschauen. Spontan hatte er einen Immobilienmakler aufgesucht. Er hatte nie vorgehabt, sich hier eine Wohnung zu kaufen, zumal er wusste, dass die Preise irrsinnig hoch waren. Die Kollegen hier konnten sich das leisten. Die Boni zahlreicher Spitzenhändler bei den Investmentbanken waren so hoch, dass es auf eine Million Dollar mehr oder weniger für eine Wohnung nicht ankam. Philipp hatte gelernt, knapp zu rechnen. Geld musste man haben, viel Geld interessierte ihn nur dann, wenn andere es hatten.

Seine Pläne für einen Porsche hatte er schon aufgegeben. Er konnte ihn sich leisten, aber eine solche Ausgabe lediglich für ein neues Gaspedal schien ihm überzogen. Davon konnte er die Wohnungseinrichtung bezahlen. Sein Depot in Deutschland würde er mit einem satten Gewinn auflösen und die

Wohnung kaufen. Vielleicht war noch ein kleiner Kredit nötig, den er kurzfristig zurückzahlen konnte.

»Wofür brauche ich die Wohnung eigentlich?«, zweifelte er nur kurz. Vielleicht war es der Wunsch, zu Hause zu sein, wo auch immer das sein mochte.

Philipp stieg wieder hinunter und öffnete die Wohnungstür. Der Makler, der gute Beziehungen zur Filiale pflegte, hatte ihm die leeren Räume gezeigt und die Schlüssel überlassen, damit er in Ruhe seine Entscheidung treffen konnte. Er solle sie morgen früh in der Filiale hinterlegen, falls er sich gegen den Erwerb entschied.

Drei Stunden war er durch die Gegend spaziert. Vom Haus in der East 88th Street zum Central Park, durch idyllische kleine Straßen mit alten zwei- bis dreistöckigen Häusern, die er hier nicht erwartet hatte, eingerahmt von Bäumen, die um ihr urbanes Leben kämpften. Zum Broadway, wo er sich mit Catherine Deysson treffen wollte, hatte er es nicht geschafft und nahm für zwei Stationen die Subway. Einer seiner beiden Händler in der Filiale, Jim Deysson, hatte am Abend seiner Ankunft in New York zu einer Party eingeladen. Es war eine Nacht mit Kollegen und deren Bekannten gewesen, wie er es schätzte: freundlich und unverbindlich, oberflächlich und unkompliziert. Er hatte Catherine kennengelernt und sich gleich mit ihr verstanden. Sie war vielleicht wenige Jahre älter als er. So genau konnte man das bei Kerzenschein nicht sagen. Sie hatten sich für den nächsten Abend um acht Uhr zum Essen verabredet. Früher konnte sie nicht.

Ein Taxi hielt am Straßenrand in der zweiten Reihe. Aus dem geöffneten Fenster rief Catherine laut seinen Namen und winkte ihn ungeduldig zu sich.

»Steig ein, zu Fuß ist es zu weit!«

Sie hatte es übernommen, einen Italiener für ihr Abendessen auszusuchen. Er war sicher, dass es eine der ersten Adressen war. Wie Jim ihm angedeutet hatte, war sie sehr vermögend.

Philipp wollte sie per Handschlag begrüßen, war aber vollkommen überrascht, als sie sich zu ihm hinüberbeugte und ihn knapp neben den Mund auf die Wange küsste.

»Hast du dir die Wohnung angeschaut?«, fragte sie nüchtern, als hätten sie rein geschäftlich miteinander zu tun, und gab schon selbst die Antwort: »Die Gegend ist nicht schlecht, aber einige hundert Meter weiter Richtung Central Park ist es schöner.«

»Das habe ich gesehen, kann es aber nicht bezahlen. Das Gebäude hier ist knapp hundert Jahre alt, einigermaßen renoviert, liegt zentral, alles, was ich brauche, ist in der Nähe. Gut zu vermieten ist die Wohnung wohl auch.«

Der Taxifahrer bremste abrupt, als Catherine ihm das Lokal nannte. Sie zahlte, ohne Philipp die Chance zu geben, den Kavalier zu spielen. Im Restaurant schien sie allen bekannt zu sein. Auch etliche Gäste nickten ihr freundlich zu. Ein großer Tisch in der Mitte des Raums war für zwei Personen gedeckt. Der Kellner geleitete Catherine zu ihrem Platz, der einen Blick auf den größten Teil des Lokals ermöglichte, aber auch sie selbst in den Mittelpunkt rückte. Sie war nicht die Frau, die sich in diskreten Ecken versteckte, um aus sicherer Warte andere zu beobachten. Sie stellte sich ins Zentrum, bereit, alles weitere in die Hand zu nehmen.

Catherine hängte ihre schwarze Handtasche über die Stuhllehne und versuchte, mit beiden Händen ihr langes blondes Haar im Nacken zu bündeln. Sie hatte den Teint einer Vierzigjährigen, die die Sonne mied und sich auf ihr Rouge verließ. Das Leben hatte einige Spuren hinterlassen, die noch nicht auffällig waren. Das Gesicht war schmal, die Lippen dezent geschminkt.

Wenn sie die Haare im Nacken lose zusammenfasste, dominierten ihre hellblauen Augen. Ihre Gesten waren entschieden, nichts wirkte zögerlich. Ihre schlanken Beine und Arme zeigten eine Muskulatur, die so nur durch körperliche Qualen und unbändigen Ehrgeiz entsteht. Er war sich sicher, dass auch Bauch, Hüften und Po perfekt in Form gebracht waren. Die Brüste waren, wenn vorhanden, gut versteckt. Der knappe Halsausschnitt ließ jedenfalls keine verlässlichen Schlüsse zu. Philipp war sich bewusst, dass diese Frau anstrengend sein würde.

Innerhalb einer Stunde hatten sie gegessen. Catherine erhielt jeweils nur Miniportionen, ohne dass sie dem Kellner etwas erklären musste. Nur beim Rotwein – sie hatte einen Brunello ausgesucht, der fast nicht bezahlbar war – hielt sie mit. Er hätte gern ein Dessert gegessen, traute sich aber nicht zu bestellen, weil er sie nicht provozieren wollte.

Als Catherine kurz zur Toilette ging, hatte er erstmals Zeit, das Lokal und die Gäste zu betrachten. Im Grunde war kein Unterschied zu Europa zu erkennen. Alles war nur etwas aufwendiger und teurer, als er es kannte. Außer Spiegeln und abgetöntem Gips an den Wänden sowie teuren Dekorationsstoffen fiel auch hier den Architekten nichts ein. Die Kellner trugen die übliche selbstgefällige Blasiertheit zur Schau, die einem das Gefühl vermittelte, nur gnadenhalber bedient zu werden. Catherine kam, vom Geschäftsführer begleitet, zurück und sagte mit einem knappen Lächeln zu Philipp:

»Gehen wir, der Abend ist noch lang.«

Er stand abrupt auf, wobei der Stuhl auf dem Teppichboden nicht nach hinten glitt, sondern kippte. Er wurde rot im Gesicht und kam sich vor wie ein kleiner Schuljunge. Ihre blauen Augen hefteten sich für einen Augenblick an sein Gesicht, bis sie den Kopf zum Geschäftsführer wandte und nickte. Sie verließen das Lokal und winkten einem Taxi.

»Ich will dir die schönste Wohnung von New York zeigen«, sagte Catherine, als sie die Eingangshalle passierten, und steckte eine Karte in das Lesegerät des Aufzugs. Philipp war sich nicht sicher, ob sein Magen durch den mit hoher Geschwindigkeit anziehenden Fahrstuhl oder das energische Handeln seiner neuen Freundin in Schwierigkeiten geriet. Als hätte Catherine seine Unsicherheit bemerkt, fasste sie ihn bei der Hand und zog ihn im achtunddreißigsten Stockwerk auf den Flur, der zu vier Wohnungstüren führte.

Philipp sah nicht das hell erleuchtete Manhattan, nicht die riesigen Flächen der offen gestalteten Wohnung, kein Stück der erlesenen Einrichtung. Er schloss die Augen, als Catherine ihm Jackett, Krawatte und Hemd mit geübten Griffen auszog, bevor er eine Chance hatte, sich zu orientieren.

»Sie ist nicht hübsch, aber ...«, dachte er, als er erschöpft auf der Couch lag. Sie hatte ihn fast eine Stunde gefordert, dabei offensichtlich das getan, was ihr spontan in den Sinn kam und er sich vielleicht heimlich wünschte. Erstaunt hatte er bemerkt, dass ihn ihre aktive Rolle mehr erregte als alles andere.

Catherine kam nackt aus dem Bad zurück. Ihre Brüste waren größer als er erwartet hatte. Ihren knabenhaften Hüften und den schlanken Beinen sah man die gerade unter Beweis gestellte Gelenkigkeit an. Sie stellte sich vor ihn hin und betrachtete seinen auf die Lehne gebetteten Kopf, der auf der Höhe ihres glatt rasierten Geschlechts lag.

»Keine Angst«, sagte sie lächelnd, »du darfst dich jetzt etwas ausruhen.«

Er wusste nicht, ob sie scherzte oder ernsthaft ihren Sport fortsetzen wollte.

Als der elektronische Wecker um sieben Uhr die amerikanische Nationalhymne spielte, hatte er Mühe, sich zurechtzufinden. Er lag auf einem großen Bett, ein dünnes hellgraues Seidenlaken bedeckte seinen nackten Körper. Die Jalousien hatten sich schon automatisch geöffnet und ließen nur Dunst und Nässe hinter den Scheiben erkennen. Er genoss die Trägheit seines Körpers und versuchte, sich an die Nacht zu erinnern. Sie hatten noch einen Drink zu sich genommen und dann wollte Catherine schlafen. Sie hatte ihm ohne Zögern bedeutet, dass ihr Schafzimmer für ihn tabu sei und ihn in einem weiteren Raum untergebracht, der mit Schrank und Kommode spartanisch möbliert war. Nur das King-Size-Bett fiel aus dem Rahmen. Ein kleines Duschbad war angeschlossen. Er fragte sich, wer sonst dieses Zimmer nutzte. Wer empfindsam war, mochte sich hier nicht länger aufhalten.

Er stand noch unter der Dusche, als Catherine hereinkam und die Glastür öffnete.

»Ich muss zum Flughafen. Ich habe einen Auswärtstermin und komme erst morgen Abend wieder. Sehen wir uns?«

Sie legte ihre Hand auf seine nasse Hüfte, zog mit der anderen seinen Kopf zu sich heran und küsste ihn so intensiv, dass er sich sofort an einige Details der gemeinsame Nacht erinnerte. Bevor er etwas bemerkte, hatte sie den Wasserhahn auf »Kalt« gedreht und schnell die Glastür geschlossen. Wie so oft hatte er Schwierigkeiten mit der Bedienung der amerikanischen Armaturen und brauchte eine Zeit, bis er wieder eine angenehme Temperatur gefunden hatte.

Sie rief noch: »Schließ die Wohnungstür«, und verschwand.

Wäre er in der Vergangenheit verwöhnt worden, hätte er jetzt ein opulentes Frühstück, bereitet von zarten Händen, erwartet. Aber er hatte Catherine richtig eingeschätzt: Im Kühlschrank befand sich Milch, die sicher der Hausservice hineingestellt hatte, und in einem Schrank gab es verschiedene Sorten Cornflakes. Er betrachtete die Schrankinhalte mit einem gewissen Interesse, aber sie hielten keine Überraschungen bereit. Er fuhr zum Hotel, zog sich um und ging dann ins Büro. Dort würde es Kaffee und eine Kleinigkeit zum Frühstück geben.

Catherine verließ den Flughafen von L.A. und winkte einem Taxi. Sie war auf Weg zu einem der bedeutenden Investoren des Hedge-Fonds »Grand Canyon XIV«. Sie wollte ihm – was regelmäßig geschah – die Ergebnisse des letzten Halbjahres und die künftige Strategie erläutern. Ihr war es zusammen mit ihren zwei Co-Managern gelungen, in der letzten Periode eine Rendite von zwölf Prozent zu erzielen. Es gab Fonds mit besseren Ergebnissen, aber sie hatten es geschafft, über die Jahre die Risiken niedrig zu halten und größere Ausschläge zu vermeiden. Im Vergleich zu anderen Fonds war Grand Canyon überschaubar und von drei Großinvestoren dominiert, die gute Renditen wollten, aber deren Verstand noch nicht von der Gier aufgefressen worden war. Investiert wurde im Wesentlichen am Aktien- und Anleihemarkt. Sie überlegten derzeit einen Einstieg in Rohstoffprodukte.

Seit Catherine für den Fonds arbeitete, hatte sie sehr gut verdient. Geld spielte für sie keine Rolle mehr. Sie könnte von heute auf morgen den ewigen Urlaub auf den Bahamas antreten, doch mit zweiundvierzig fühlte sie sich hierfür zu jung.

Catherine fragte sich nüchtern, ob sie dem Privatleben künftig eine Chance geben sollte. Aber Torschlusspanik war ihr fremd. Bisher war sie voll in ihrem Beruf aufgegangen, größere private Freundschaften empfand sie als lästig. Ab und zu lernte sie jemanden auf einer der zahlreichen Partys der Szene kennen und startete eine unkomplizierte Beziehung, die selten länger als ein halbes Jahr dauerte. Dann verlor sie die Lust auf Zweisamkeit. Sie bedauerte das nicht und verspürte auch keinerlei Sehnsucht nach Unbekanntem. Sie würde sehen, wie sich Philipp entwickelte. Vielleicht war das eine neue Option, die sie zum Termin ausüben oder verfallen lassen konnte.

Jim Deysson zog sein Headset ab und ging zum Kaffeeautomaten. Wie seine Schwester hatte er volles, blondes Haar und blaue Augen, die an ihre skandinavischen Vorfahren erinnerten. Er war knapp zwei Meter groß und hatte Mühe, seine kräftige Gestalt im Anzug unterzubringen. Alles schien ihm zu eng zu sein, obwohl die Größe richtig gewählt war. Er fühlte sich im Jackett nicht wohl und man konnte es ihm ansehen.

Philipp, sein Chef, hatte sich bei ihm gemeldet, um die Ausbaustrategie für das Geschäft mit Asset Backed Securities, insbesondere den US-Papieren, zu diskutieren. Jim war im Prinzip nicht gegen weitere Geschäfte, aber mit zwei Mitarbeitern im Handel konnte man nicht das große Rad drehen. Ein weiterer Kollege arbeitete ihm zu, sodass ohne zusätzliche Unterstützung nichts mehr ging. Er hatte auch nach Kontakten mit etlichen Kollegen bei anderen Banken ein Gefühl der Unsicherheit. Sicher würde eines Tages die Konjunktur einbrechen und den heiß laufenden Immobilienmarkt abkühlen. Dann sollte man rechtzeitig abgesprungen sein. Catherine schaffte das immer. Jim bewunderte seine Schwester, die beharrlich wie ein strategisch denkender Schachspieler den richtigen Zug machte, selten in Bedrängnis geriet und stets die Nerven behielt. Er liebte sie wegen ihrer Stärke und Ausgeglichenheit, sie liebte ihn als den kleinen Bruder, den sie schon immer behütet hatte. Catherine war in seinem Leben der ruhende Pol.

Jim nahm den Aufzug zur vierunddreißigsten Etage. Dort erwartete ihn Philipp im eindrucksvollsten Besprechungszimmer der Niederlassung. Der damalige Vorstand, ein Vorgänger Oesterichs und Freund gehobener Repräsentation, hatte sich diesem Raum für Empfänge herrichten lassen. Er lag außerhalb der eigentlichen Filialräume und kostete die Miete, die der fantastischen Sicht auf ganz Manhattan entsprach. Zum Service gehörte auch ein exzellentes Catering. Große Empfänge für bedeutende Kunden hatten hier noch nicht stattgefunden. Stattdessen wurde der Raum für die Unterbringung wichtiger Gäste aus Deutschland, wie Oesterich oder anderer Vorstände, und für Geburtstagsfeiern der Mitarbeiter genutzt. Philipp hatte während seines Aufenthalts den Raum wie selbstverständlich für sich beansprucht.

Den Telefonhörer in der Linken, legte Philipp seinen rechten Zeigefinger auf die Lippen und bedeutete Jim, am Besprechungstisch Platz zu nehmen. Sein Erscheinen hatte ihn leicht verwirrt, vielleicht wegen seiner Ähnlichkeit mit Catherine. Auch Jim spürte, dass er gegenüber Philipp nicht mehr so unbefangen war wie früher. Er wusste zwar nicht, wie nahe sich die beiden gekommen waren, als sie gemeinsam die Party verließen, aber er kannte seine Schwester gut.

»Ich werde ein Konzept erarbeiten und so schnell wie möglich umsetzen. Nächste Woche bin ich in Frankfurt zurück«, schloss Philipp das Gespräch ab.

»Das war Oesterich. Er hat mich informiert, dass unser aufsichtsrechtliches Eigenkapital für weitere Käufe von Asset Backed Securities nicht ausreiche. Das sei bei der Vorstandsvorlage durch das Rechnungswesen falsch eingeschätzt worden. Ich solle nach Wegen suchen, Geschäfte außerhalb der Bilanz darzustellen.«

»Heißt das, wir werden die Expansion stoppen?«, fragte Jim erleichtert.

»Nein, auf keinen Fall. Ich nehme an, du hast mit Reitz geklärt, in welchem Umfang du tätig werden sollst. Ich bin dafür, dass wir gleichermaßen hier und in Frankfurt kaufen.

Dann nutzen wir die Kapazitäten besser. Du solltest dich vor allem um die Subprime - Papiere kümmern. Wie schätzt du den Markt ein?«

Jim sah ein, dass er wenig Spielraum hatte, sich dem Geschäft zu entziehen. Ein klein wenig zu bremsen, konnte aber nicht schaden.

»Reitz hat mir gesagt, wir dürften nur Papiere mit Triple A oder Double A kaufen. Da gibt es genügend am Markt. Allerdings sind die Renditen nicht so üppig wie bei schlechteren Ratings.«

»Aber immer noch besser als bei Unternehmenskrediten«, warf Philipp ein. Er wollte die Sache abschließen.

»Ich bitte dich, mir bis übermorgen ein Musterportfolio aufzustellen, damit wir die notwendigen Aktionen festlegen können. Wie geht es übrigens deiner Schwester?«

Jim hatte seine Sicherheit zurückgewonnen und lachte.

»Das müsstest du besser wissen. Ich habe sie die letzten Tage nicht gesehen.«

Doch Philipp ließ sich nicht aus der Reserve locken.

Der Flieger aus L.A. war pünktlich um acht Uhr abends gelandet. Philipp stand am Gate und erwartete Catherine. Er hatte sich überlegt, eine einzelne Rose zum Empfang mitzubringen, war dann aber zu dem Schluss gekommen, dass Catherine das nicht mögen würde. Es passte nicht zu ihr, im Übrigen auch nicht zu ihm.

Catherine erblickte ihn, ohne erstaunt zu sein. Philipp hatte sich nicht angekündigt. Er war von seiner absonderlichen Idee selbst überrascht gewesen, hatte sich in ein Taxi gesetzt und zum Flughafen fahren lassen.

»Was machen wir heute Abend?«, fragte sie unvermittelt und drückte ihm den Griff ihres Trolleys in die Hand.

»Alles, was du möchtest«, erwiderte Philipp mit einem Lächeln, das sich bei ihm selten so offen zeigte.

»Das machen wir auch, aber zuerst möchte ich etwas essen. Hast du schon Pläne, wie du deine Wohnung einrichtest? Wenn du bald nach Frankfurt zurückfliegst, wird es langsam Zeit. Ich helfe dir dabei«, entschied Catherine.

Philipp berichtete, dass er im Büro gewesen sei und eigentlich keine Zeit habe, sich jetzt um die Wohnung zu kümmern. Sie beschlossen, in ein Einrichtungshaus zu gehen, das bis Mitternacht geöffnet hatte. Catherine würde anschließend dafür sorgen, dass die Möbel vernünftig geliefert und aufgestellt würden.

»Das sind ja horrende Preise«, stellte Philipp fest, als er die Gesamtausgaben vor Ort überschlagen hatte.

»Du bist hier nicht bei diesem komischen Skandinavier, den du aus Europa kennst. Ich schraube hier nicht selbst. Lass mich nur machen. Ich helfe sparsamen Deutschen gerne«, reagierte Catherine gelassen.

Philipp wusste nicht genau, wie er das deuten sollte, fragte aber nicht nach.

Die Nacht wurde kurz und heftig. Am nächsten Morgen fuhr er hoch beglückt und voller Tatendrang ins Büro. Eine letzte Besprechung mit seinen Mitarbeitern gab ihm die Gewissheit, dass die erteilten Aufträge in seinem Sinne ausgeführt und den gewünschten Erfolg bringen würden. Er hatte sich in New York wohl gefühlt. Bankgeschäfte und Handel bestimmten sogar seine Beziehung zu Catherine.

Hier könnte ich leben und den ganzen alten Ballast abwerfen, dachte er auf dem Rückflug nach Frankfurt.

Eric nahm sein Rotweinglas und ließ sich in seinen Sessel fallen. Der Tag war anstrengend gewesen. Die Prüfung des Jahresabschlusses 2006 war in der Schlussphase. Sie standen kurz vor der Veröffentlichung. Seit er auch für das Rechnungswesen zuständig war, kam er nicht mehr zur Ruhe. Die Carefree Credits stand zwar leidlich gesund da, aber einige Kreditausfälle im Mittelstandsgeschäft machten ihm Sorgen. Die Wirtschaftsprüfer verlangten Wertberichtungen, die er anderweitig kompensieren musste. Der Vorstand wollte unbedingt einen Gewinn ausweisen. Die Effekte der Personalkostensenkungen würden sich in voller Höhe erst im Geschäftsjahr 2007 zeigen. Bis dahin würde hoffentlich auch die Konjunktur anziehen.

»Zu viele Hoffnungen und zu wenig Greifbares«, war das Resümee seiner Überlegungen.

Den »Financial Commerce« hatte er auf den Tisch geworfen, nachdem er ihn zwar den ganzen Tag vor Augen gehabt, aber noch nicht einmal einen Blick ins Inhaltsverzeichnis geworfen hatte. Anna hatte Mary für einige Tage zur Großmutter gebracht und war noch nicht zurück. Sie waren beide froh, ein paar Tage für sich zu haben. Er legte die Beine hoch und las wie stets die letzten Seiten zuerst. Er vertiefte sich eine Zeit lang in den Klatsch aus Wirtschaft, Politik und Kultur. Schließlich landete er doch noch vorne im Inhaltsverzeichnis und stutzte.

»Amerikanischer Hypothekenanbieter First East Mortgage Finance zahlungsunfähig«, stand dort.

Er blätterte zum Artikel. Angeblich wurde die Hälfte der Belegschaft mit rund dreitausend Mitarbeitern entlassen. Das Unternehmen saß auf acht Milliarden Dollar Schulden, die nicht mehr bedient werden konnten. Überwiegend waren zweitklassige Hypothekenkredite an Endverbraucher vergeben worden.

»Wieso habe ich das nicht im Büro aktuell auf dem Reuters-Bildschirm gesehen?«, fragte er sich.

Er ging sofort zum PC und wurde nach wenigen Minuten fündig. Bereits am fünfzehnten März hatte sich »Handel & Börse« mit dem amerikanischen Subprime-Markt befasst und berichtet, dass das Rating der First East Mortgage massiv herabgestuft worden sei. Weitere Hypothekenanbieter seien nach Aussage der Ratingagentur nicht betroffen. Im Übrigen gehe man davon aus, dass sich bis Ende des Jahres 2007 der US-Immobilien-Markt stabilisieren werde.

Die frohe Botschaft am Ende des Artikels trug nicht zu Erics Beruhigung bei. Er griff zum Telefon und erreichte sofort Großkurth, der mit seiner Frau beim Abendessen saß.

»Entschuldigen Sie die Störung«, sagte Eric und berichte die Neuigkeit. Großkurth war aber bereits umfassend informiert und beruhigte ihn.

»Ich habe alles schon prüfen lassen. Wir haben keinerlei Geschäftsbeziehung zu dieser oder ähnlichen Banken in den USA. Wir haben einen kleinen Bestand an US-Papieren, von denen wir uns aber trennen wollen. Selbst wenn der Markt vollständig zusammenbricht, wird uns das nicht viel kosten.«

Eric war erleichtert und wünschte einen schönen Abend. In einer solchen Situation konnte man auch Kollegen schätzen, die ansonsten wegen ihrer nahezu neurotischen Vorsicht belächelt wurden. Er wollte gerade den Hörer in die Ladeschale stellen, als Anna die Wohnzimmertür öffnete.

»Mit wem hast du telefoniert?«, fragte sie sofort.

»Du könntest zumindest »Guten Abend« sagen und mir einen Kuss geben«, erwiderte Eric.

»Tut mir leid. War es deine Freundin?«, lächelte sie.

»Wenn du Großkurth so bezeichnen willst. Aber vielleicht meinst du auch seine Frau.«

Eric ärgerte sich, dass Anna immer wieder von Eifersuchtsregungen gepackt wurde. Sie versuchte zwar, das in Ironie zu verpacken, es gelang ihr aber nur unzureichend. Er drückte ihr den Financial Commerce in die Hand und ging in die Küche, um eine Kleinigkeit zum Essen zu holen.

»Ich habe etwas Fertiges gekauft. Du brauchst nur Teller und Besteck zu bringen«, rief sie und nahm einen Schluck aus Erics Rotweinglas. Dann las sie den Artikel in Ruhe.

»Das war nicht anders zu erwarten, wenn sie überwiegend zweitklassige Kredite gewährt haben. Die Zahl der Ausfälle scheint erschreckend hoch zu sein.«

Eric berichtet über seine Internetrecherche und das Gespräch mit Großkurth und wunderte sich, dass auch Anna die Informationen nicht kannte.

»Ich bin für den US-Markt nicht zuständig und kann mich in der knappen Zeit nicht um alles kümmern. Aber ich weiß, dass Rosen konsequent seine Strategie des Ausstiegs fortgesetzt hat. Er hat in großem Umfang europäische Papiere gekauft, besonders in europäische Staatsanleihen investiert. Das liegt in meiner Zuständigkeit. Er muss schließlich das Geld wieder unterbringen.«

»Bist du sicher, dass diese Länder bessere Risiken sind?« Eric zweifelte.

Anna zuckte mit den Schultern. »Es geht das Gerücht um, die Advanced Investment Bank sei massiv im US-Geschäft tätig und weite es immer mehr aus.«

»Ich werde Philipp morgen anrufen. – Wie geht es deiner Mutter? Schafft sie das mit Mary?«, wechselte Eric das Thema.

»Sie freut sich, ihre Enkelin ein paar Tage verwöhnen zu können. Das belastet sie körperlich, gibt aber psychischen Auftrieb. Sie wollte es unbedingt machen. Und uns tut es auch gut«, antwortet Anna und zog Eric zu sich.

»Sie sollen sofort in die Vorstandssitzung kommen«, meldete sich die Sekretärin am Autotelefon.

Ausgerechnet heute hatte Philipp einmal ausgeschlafen und war erst um neun Uhr losgefahren. Es waren nur noch wenige Minuten bis zur Tiefgarage. Er hetzte zum Aufzug und fuhr unmittelbar in den zwölften Stock. Er betrat den Sitzungsraum, ohne zu wissen, was man von ihm wollte.

»Herr Berressem«, eröffnete der Vorsitzende, »wir diskutieren gerade die Schließung eines Hedge-Fonds der »Universalbank«, der in den USA domiziliert und angeblich einen Verlust mit Subprime-Papieren von zweihundert Millionen US-Dollar gemacht haben soll. Was können Sie uns zu dem Thema sagen?«

Philipp konnte seine Überraschung nicht verbergen. Fahrig fuhr er mit der linken Hand über die Stirn, während seine Rechte krampfhaft den Kugelschreiber umfasste. Er hatte keinerlei Unterlagen vor sich, die ihm hätten helfen können. Neben ihm saß auch nicht Maria Weingarten, sondern Handelsvorstandvorstand Oesterich, der nervös in seinen Akten blätterte.

»Ich habe das auch gelesen, doch meine Recherchen waren bisher ohne greifbares Ergebnis«, log Philipp. Er musste Zeit gewinnen.

»Sie können uns aber sicher sagen, was Sie an US-Immobilienpapieren in Ihrem Portfolio haben«, hakte der Vorsitzende nach.

Philipp gewann einen Teil seiner Selbstsicherheit wieder.

»Nach der vom Vorstand genehmigten Planung liegen wir derzeit bei vierkommadrei Milliarden Euro für Asset Backed Securities insgesamt. Alle Papiere verfügen über ein gutes Rating«, gab er die Spitze gezielt zurück.

Oesterich ergänzte mit Blick auf Philipp sofort, dass er immer wieder dazu ermahnt habe, nur exzellente Ratings zu akzeptieren.

Der Vorsitzende unterbrach lächelnd:

»Herr Kollege, wir sind noch nicht bei Schuldzuweisungen und brauchen so etwas hoffentlich auch nicht. Zuerst sollten wir die Fakten ermitteln und Herrn Berressem und das Risikocontrolling beauftragen, bis zur nächsten Sitzung den Markt und die möglichen Auswirkungen auf unser Portfolio darzustellen. Dabei sind alle denkbaren Szenarien zu berücksichtigen, also auch der GAU oder der Worst Case, wie Sie zu sagen pflegen. – Wir kommen zum nächsten Tagesordnungspunkt.«

Philipp begriff, dass er gehen durfte. Auf dem Flur stieß er fast mit König zusammen, der gerade auf dem Weg ins Sitzungszimmer war. Sie nickten sich kurz zu und gingen ihrer Wege.

»Maria soll sofort kommen«, raunzte Philipp im Vorbeigehen seine Sekretärin Christina an. Diese war schon einiges gewöhnt, aber gegrüßt hatte Philipp bisher immer. Die Vorstandssitzung schien für ihn nicht gut verlaufen zu sein. Sie griff zum Hörer, aber Maria meldete sich nicht. Christina ging sie suchen und fand sie im Zimmer von Reitz.

»Komm bitte sofort zu Philipp, Maria. Dicke Luft!«

Reitz ahnte, dass es um Asset Backed Securities ging, und schloss sich an.

Philipp schaute irritiert, als die beiden sein Zimmer betraten, erfasste aber, dass Reitz der zuständige Teamleiter war, und gab die Vorstandsaufträge weiter. Reitz berichtete über die aktuellen Marktdaten und erinnerte daran, dass er Philipp einen Vermerk über die zunehmenden Probleme der US-Immobilien zugeleitet habe. Offensichtlich hat er alle notwendigen Informationen präsent und sich rechtzeitig abgesichert, dachte Philipp. Die Distanzierung hatte auch in seiner Abteilung begonnen.

Heute Abend wollte er nicht allein sein. Eric war mit Anna zusammen und seitdem kaum noch verfügbar, Maria wich einem privaten Kontakt mit ihm aus, nur Violetta blieb übrig. Er hatte sich etliche Tage nicht mehr bei ihr gemeldet. Seit New York, vielleicht schon seit Georgetown, gab es Probleme in der Beziehung. Nicht, dass er ein schlechtes Gewissen gehabt hätte, er fühlte sich frei. Aber die Unterhaltung mit Violetta war ausgesprochen zäh. Stets blieb Unausgesprochenes im Raum. Unbewusst hatte er Angst, Violetta zu verlieren und drückte auf die Kurzwahltaste. Violetta meldete sich.

»Ich bin gerade auf dem Sprung ins Kino«, sagte sie. »Es gibt einen neuen James Bond. Den will ich mir ansehen. Du kannst mitgehen, wenn du magst.«

»Ich bin nicht unbedingt in Kinolaune heute Abend. Können wir nicht essen gehen?«, schlug er vor.

»Das geht auch noch anschließend. In jedem Kino gibt es Popcorn«, blieb Violetta hartnäckig.

Philipp registrierte, dass sie sich immer mehr frei schwamm. Er gab nach und sie trafen sich im Kino. Der Film lenkte ihn tatsächlich ab, sodass er seine geschäftlichen Probleme für einige Stunden vergessen konnte. Wie immer waren die technischen Details des Films aberwitzig und abseits des physikalisch Möglichen. Die Handlung keines dieser Filme hatte ihn je überzeugt, dennoch schaute er sie gerne an. Der Held blieb immer der Sieger, sowohl im Job als auch bei den Frauen.

Die Siegerrolle hatte ihm Violetta heute nicht zugedacht. Sie kam ihm seltsam sperrig vor. Die Unterhaltung blieb auch beim Italiener noch mehr als früher an der Oberfläche. Sie sprachen über Eric und Anna, die Spedition und ein wenig über seinen derzeit schwierigen Job. Das Thema New York wurde gemieden.

»Kommst du noch mit zu mir?«, fragte Philipp gegen halb zwölf.

Violetta antwortete nicht sofort, sondern genoss ihr Tiramisu. Schließlich meinte sie, es sei schon ziemlich spät, ließ sich aber doch noch erweichen.

»Aber nur, wenn wir morgen auch in Ruhe zusammen frühstücken.«

Violetta wusste selbst nicht, warum sie diese Bedingung stellte. Sie hatte sich eigentlich vorgenommen, nicht mehr mit Philipp zu schlafen, bevor er nicht sein Verhalten änderte. Andererseits machte es ihr Spaß, ihn unter Druck zu setzen und Dinge tun zu lassen, die er sonst stets vermied.

»Klar doch, ich hole die Brötchen«, willigte er sofort ein.

Sie gab sich aber keinen Illusionen hin und glaubte nicht, dass ein Frühstück irgendetwas an der Beziehung retten konnte.

»Setz bitte schon einmal Spaghetti auf und hol das Pesto aus dem Gefrierfach«, rief Maria in ihr Telefon und packte gleichzeitig die Sachen auf ihrem Schreibtisch zusammen.

»Wie lange die brauchen und wie viel du nehmen sollst?«, wiederholte sie lachend.

»Männer!«, rief sie mit Blick auf Reitz, der gerade an ihrem Zimmer vorbeiging und ihr zum Abschied zuwinkte.

»Nimm einfach die ganze Packung, aber nicht zu weich kochen, »al dente« nennt man das. Bis gleich.«

Conrad und sie kannten sich schon fast zwei Jahre und wollten eigentlich schon längst zusammenziehen. Sie hatten überlegt, eine ausreichend große Eigentumswohnung im Frankfurter Umland zu kaufen, sobald er sein zweites Staatsexamen geschafft hatte. Die schriftliche Prüfung war mit einem Spitzenergebnis bestanden, das Mündliche stand bevor.

Der Markt für Juristen war zwar ausgesprochen schwierig, aber Conrad konnte sich die Jobs aussuchen. Er war bereits diplomierter Betriebswirt und hatte dann das Jurastudium angeschlossen. Die Kombination war sehr selten. Seine Wahlstation bei der Staatsanwaltschaft für Wirtschaftskriminalität hatte damit geendet, dass ihm für eine Rückkehr nach dem Examen alle Türen geöffnet wurden. Er ging aber davon aus, dass er zuvor auch im Richterdienst tätig sein musste, was ihn weniger interessierte. Conrad konnte sich auch nicht vorstellen, sein Leben lang Straftäter zu verfolgen und anzuklagen. Er würde lieber als Anwalt in einer Wirtschaftskanzlei den ersten Einstieg im Zivilrecht suchen. Ihm war klar, dass er dann auch am Wochenende arbeiten musste. Aber schließlich waren auch die Einkommen auf einem wesentlich höheren Niveau.

Maria öffnete die Wohnungstür, als Conrad gerade laut schlürfend heiße Spagetti in seinen Mund sog, um die Konsistenz zu prüfen. Er hatte in einer Kochsendung im Fernsehen gesehen, dass man das ohne Verbrennungen überstehen konnte, wenn genügend kalte Luft beigemischt war. Es sah auch lustig aus und war als Geräusch vielfältig interpretierbar.

»Was ist denn hier los?«, rief Maria aus dem Flur und lachte. Sie erblickte Conrad, der mit offenen Mund Spagetti hin- und herschob, um sich nicht zu verbrennen.

»Sie sind gut, wir können gleich essen. Du kannst den Rotwein schon ausgießen.«

Maria genoss es, dass Conrad jetzt Zeit hatte und meistens zu Hause war.

»Wie war dein Tag?«, fragte sie ihn.

»Langweilig wie immer. Ich habe ein paar Stunden für die Prüfung gearbeitet und mit einigen Anwaltskanzleien telefoniert. Alle sind sehr interessiert. Ich werde in den nächsten Tagen meine Unterlagen versenden. Die Ergebnisse der schriftlichen Prüfung habe ich ja, besser könnte es nicht sein.«

Maria wusste, dass Conrad mit genügend Selbstvertrauen ausgestattet war.

Sie musste an Philipp denken. Auch er war stets auf der Suche nach Selbstbestätigung und Wagnis. Risiken und Erfolg waren sein Lebenselixier. Anfangs hatte sie ihn deswegen bewundert. Jetzt war sie froh, mit Conrad einen Partner gefunden zu haben, der in allem das Augenmaß wahrte. Die Entwicklung in der Bank zeigte, dass Innehalten und Abwägen manchmal besser waren als blinde Aktion.

»Woran denkst du?«, fragte Conrad, der ihre Stirnfalten beobachtete hatte, die sich immer wieder aufs Neue über ihrer Nasenwurzel zusammenzogen.

»Ach, nichts. Das Büro lässt mich nicht los«, antwortete sie gedankenverloren.

»Wie war das mit dem Tatbestand der Untreue? Kann das auch mich treffen?«, fragte sie einige Zeit später und reichte Conrad das Rotweinglas zum Kosten.

Conrad schaute sie überrascht an und antwortete mit gespieltem Ernst:

»Ich hoffe, du hast dir nicht Philipp als Objekt der Untreue ausgesucht.«

»Unsinn, ich meine das Strafrecht.« Maria blieb ernst. »Hast du nicht gesagt, die Nazis hätten den Paragraphen erfunden?«

»Ganz so war es nicht. Sie haben die Vorschrift nur erweitert und verschärft. Warum beschäftigt dich das Thema?«

»Reitz hat mit Schmahl diskutiert, ob wir persönlich irgendwelche Konsequenzen zu befürchten hätten, wenn mit den US-Immobilienpapieren etwas schief ginge. Es sieht im Moment nicht danach aus, aber es gibt einen Menge Gerüchte. Schmahl hat berichtet, dass wieder ein Kreditvorstand einer Bank wegen Untreue zu drei Jahren Freiheitsstrafe verurteilt wurde. Stehe ich jetzt auch schon mit einem Fuß im Gefängnis? Das darf doch nicht wahr sein!«

Maria hielt die Gabel in die Luft, als wollte sie einen imaginären Richter damit aufspießen. Ihre grünen Pupillen glänzten und die dunkelblonden Augenbrauen zogen sich zusammen.

Conrad antwortete wie alle Juristen, die entweder unsicher sind, Zeit gewinnen oder wie er keine vorschnellen Urteile fällen wollten.

»Es kommt darauf an ...«

»Worauf?«, fragt Maria instinktiv.

»Na, auf den Sachverhalt. Wenn Anhaltspunkte für eine Unternehmenskrise bestanden, muss der Vorstand noch genauer als sonst prüfen, ob der Kredit zurückgezahlt werden kann. Tut er das vorsätzlich nicht, kann er sich strafbar machen.«

Maria war mit der Antwort unzufrieden.

»Wenn ich überlege, was ich so den ganzen Tag entscheide und an Vorlagen schreibe. Da kommt eine ganze Menge an versteckten Fehlern zusammen«, gab sie zu bedenken und räumte den Tisch ab.

»Was steht eigentlich genau in dem Paragraphen«, fragte sie im Hinausgehen.

Conrad holte den Gesetzestext, blätterte kurz und legt ihn auf den Tisch. Maria setzte sich wieder und fing an zu lesen.

§ 266 Untreue

(1) Wer die ihm durch Gesetz, behördlichen Auftrag oder Rechtsgeschäft eingeräumte Befugnis, über fremdes Vermögen zu verfügen oder einen anderen zu verpflichten, missbraucht, oder die ihm kraft Gesetzes, behördlichen Auftrags, Rechtsgeschäfts oder eines Treueverhältnisses obliegende Pflicht, fremde

Vermögensinteressen wahrzunehmen, verletzt und dadurch dem, dessen Vermögensinteressen er zu betreuen hat, Nachteil zufügt, wird mit Freiheitsstrafe bis zu fünf Jahren oder mit Geldstrafe bestraft.«

Nach einiger Zeit klappte sie das Taschenbuch zu, blickte auf den Titel »*Strafgesetzbuch der Bundesrepublik Deutschland*« und schob es Conrad hin.

Unwillig sagte sie: »Ich verstehe kein Wort.«

Das Gespräch würde zu keinem befriedigenden Ergebnis führen, vermutlich, weil es objektiv keines gab. Bei Totschlägern und Dieben konnte man die Tat mit Händen greifen, aber Untreue?

Ihre Probleme waren im Moment ganz andere. Sie musste zusammen mit Reitz für Philipp die Vorstandvorlage entwerfen. Große Teile hatte sie schon fertig, war aber nicht zufrieden. Sie hatte das Gefühl, dass der Vorstand, besonders der Vorsitzende, bei den US-Immobiliengeschäften den Rückzug antreten wollte, vielleicht sogar schon nach den Schuldigen suchte. Wenn es zu großen Ausfällen käme, würde der Aufsichtsrat als erstes den Vorstand in die Verantwortung nehmen, der Vorsitzende würde auf die Handels- und Risikovorstände zeigen und so weiter. Sie mochte sich nicht ausmalen, was Berressem, Reitz und vielleicht sogar ihr passieren würde.

Allmählich sollte sie abschalten und sich von ihrem Bürostress lösen. In letzter Zeit hatte sie damit Schwierigkeiten. Die Unbefangenheit der ersten Monate mit Conrad war von ihnen abgefallen. Sie dachte häufig an ihren Job, der sie immer mehr in eine bisher nicht gekannte Verantwortung hineinzog. Conrad hatte seine lockere studentische Einstellung abgelegt und wollte als Anwalt Karriere machen. Sie liebten sich, da bestand kein Zweifel, und kamen gut zusammen aus, aber sie mussten aufpassen, dass die Arbeit nicht den privaten Alltag zu bestimmen begann.

Reitz hatte sich für die Mittagszeit mit Maria verabredet. Es war dann etwas ruhiger und sie hatten beide Zeit, den Entwurf der Vorstandsvorlage intensiv zu diskutieren. Es kam jetzt darauf an, keine Fehler zu machen. Er hatte überhaupt keine Lust, nur wegen des unbändigen Ehrgeizes von Philipp seinen Job zu verlieren.

Maria kam wie ein Sturmwind auf ihn zugerast und hatte zwei Stapel Papier in der Hand.

»Heute Nachmittag müssen wir mit der Vorlage zu Philipp. Ich habe gleich die aktuelle Fassung ausgedruckt und dir eine mitgebracht. Das geht schneller, als wenn wir beide am Bildschirm hängen«, sagte sie und rollte einen weiteren Stuhl an seine Seite.

Marias Erscheinen hatte sonst stets ein Lächeln in sein Gesicht gezaubert. Aber nachdem er den Bericht gründlich studiert hatte, zeigte sich eine steile Sorgenfalte auf seiner Stirn. Sein Gesicht war grau, als hätte er wenig geschlafen. Er begann sofort, seine Bedenken zu formulieren.

»Du musst noch einfügen, dass wir stets die fachlichen Beurteilungen des Back Office, des Risikocontrolling und der Spezialisten des Research eingeholt haben. Kein Bereich hat ein unvertretbares Risiko gesehen. Sag bitte auch, dass wir die Planvorgaben aus dem jährlichen Budgetprozess zu erfüllen hatten und auch die Ziele erreicht haben. Jeder weiß, dass Erlöse nicht wie Obst auf den Bäumen wachsen. Insbesondere Oesterich wollte mit Macht dieses Geschäft forcieren.«

»Du bist aber geladen heute«, meinte Maria anerkennend. Sie hatte Reitz bisher selten so ernsthaft und nüchtern erlebt. Aber er hatte in allem Recht.

»Ich werde die betreffenden Passagen ändern und dir die Neufassung mailen. Wir treffen uns dann später bei Berressem.«

Reitz fiel sofort auf, dass Maria Philipp nicht mehr beim Vornamen nannte. Das Virus hatte sich auch bei ihr eingenistet.

Philipp hatte sein Mittagessen beendet und sich wieder am Schreibtisch niedergelassen. Mit Wehmut dachte er an die Zeiten, in denen er mit Eric zum Essen gegangen war und all die Probleme, die ihn beschäftigten, diskutieren konnte. Er fühlte sich zunehmend in der Advanced Investment Bank isoliert, ohne sich einzugestehen, dass er selbst nie etwas getan hatte, Schranken zu überwinden und Erfolge zu teilen. An einem Nachbartisch hatten Meier und Schmahl gesessen und sich die ganze Zeit leise unterhalten. Sie hatten ihn mit Sicherheit gesehen, aber bewusst nicht zu ihm herübergeschaut.

Schmahl war vor einiger Zeit bei ihm abgeworben worden, um das Team »Handelsrevision« zu übernehmen. Die Revision musste im Auftrag des Vorstands ihr Know How in diesem Bereich verbessern. Mit dem Wachstum bei den Handelsgeschäften entstanden auch neue Risiken, die mit den alten Methoden nicht beurteilt werden konnten. Schmahl hatte schon einiges an Unterlagen angefordert und war sicher dabei, Philipps Geschäfte zu überprüfen und dem Vorstand jeden kleinen Fehler zu offenbaren. Meier unterstützte ihn wahrscheinlich mit Rat und Tat.

Philipp hatte schon früher zu Reitz gesagt, dass in der Bank mehr Leute arbeiteten, die nachträglich sagen konnten, was falsch gemacht worden war, als Mitarbeiter, die an der Front echtes Geld verdienten. Jetzt würde Schmahl zusammen mit König und Meier versuchen, ihn an die Wand zu stellen. Philipp war überzeugt, dass die unfaire Schlacht schon begonnen hatte.

Das Telefon unterbrach seine trüben Gedanken und spielte die ersten blechernen Takte aus »New York« von Frank Sinatra, die Chris vor einigen Wochen programmiert hatte. Seine Sekretärin hatte bemerkt, dass er an New York hing und wollte ihm einen Freude machen. Das Telefon war über die Mittagszeit umgestellt, sodass er die Gespräche selbst entgegennehmen musste.

»Hi Philipp«, meldete sich Joseph Kearnes, der Leiter der kleinen irischen Tochter der Advanced Investment Bank.

Philipp hatte entsprechend dem Auftrag von Oesterich die Gesellschaft gegründet, um außerhalb der Bilanz der Advanced Investment Bank europäische und amerikanische Asset Backed Securities zu erwerben. So konnte die Bank eine Anrechnung auf das Eigenkapital vermeiden und gleichzeitig über die irische Tochter Steuern sparen. Maria hatte das Ganze sorgfältig von den Stabsbereichen des Hauses und auch extern prüfen lassen. Es war in jeder Hinsicht einwandfrei, glaubte er.

Joseph war verärgert, weil sowohl Maria als auch Schmahl von ihm die neuesten Zahlen und etliche Unterlagen haben wollten. Er könne sich nicht tagelang damit beschäftigen, den Wissensdurst der Zentrale zu befriedigen. Er sei für Geschäfte zuständig und nicht für Stabsarbeit. Philipp beruhigte ihn und klärte ihn über den Hintergrund auf.

»Was tut sich denn so in den Märkten?«, fragte Philipp, um die Diskussion auf die fachliche Ebene zu bringen.

»Ich habe das Gefühl, dass in den USA irgendetwas in Bewegung gerät. Die neuesten Entwicklungen im Häusermarkt zeigen nach unten. Seit Ende 2006 hat sich die Zahl der Baugenehmigungen halbiert. Kaum jemand investiert noch. Bisher sieht man aber an den Kursen unserer Papiere noch keine Veränderung.«

Sie verblieben so, dass Joseph den Markt beobachten und sich auch mit der Zentrale in Frankfurt abstimmen solle. Für weitergehende Entscheidungen schien es noch zu früh.

Philipp erinnerte sich gerne an seinen Aufenthalt in Dublin. Er war mit Joseph durch die Pubs gezogen und bis zum frühen Morgen im Zanzibar und in der Temple Bar gewesen. Die Iren verstanden zu feiern. Sein Vorurteil, dass irische Frauen alle blass und rothaarig waren, hatte er ablegen müssen. Er hatte das Gefühl gehabt, das alles möglich war, geschäftlich und privat. Innerhalb eines Jahrzehnts war aus einem verschlafenen Dorf ein riesiges Finanzzentrum geworden, das immer weiter wuchs.

Sie hatten lange überlegt, ob sie im teuren Süden oder im günstigen, aufstrebenden Norden Dublins ein Büro anmieten sollten. Im Bankenviertel beeindruckte sie einer der modischen Glaspaläste des beginnenden Jahrtausends. Der Architekt hatte für mehrere unterschiedlich hohe Kuben Betonskelette so errichten lassen, dass nur ein einfacher hellgrauer Außenrahmen und dunkle Traversen für die Böden sichtbar waren. Die quadratischen Flachdächer waren mit kleinen Glaspyramiden gekrönt, die ihren Ursprung in der Spielzeugkiste zu haben schienen. Der ganze Rest bestand aus Glas und war vollständig durchsichtig. Philipp überzeugte die nüchterne Klarheit der Idee: Der Rahmen war die Hauptsache und hielt das ganze Werk zusammen.

Auch im Inneren überzeugte das Konzept. Zahlreiche europäischen Unternehmen und Banken hatten sich hier eingemietet und nutzten den angebotenen Service. Man konnte über Nacht eine Gesellschaft gründen, ein Büro eröffnen, Sekretariate, Besprechungszimmer und diskrete Restaurants nutzen, sich mit kompletter Hard- und Software versorgen lassen. Die ganze Infrastruktur war vorhanden. Kontakte zu anderen Banken, Anwälten und Beratern entstanden praktisch von selbst. Ein idealer Standort in einem boomenden Markt.

Als Philipp aber den Quadratmeterpreis hörte, war das Thema für ihn erledigt. Er wies Joseph an, im Norden anzumieten und das notwendige Personal bis zu dem von ihm gesetzten Limit einzustellen. Was nützte das ganze Geschäft einer Filiale in Irland, wenn er am Ende mehr Kosten als Gewinne verbuchen musste? Es ging alles zu Lasten seines Profitcenters und von dessen Ergebnis hing auch sein Bonus ab.

Als er aufgelegt hatte, betraten Maria und Reitz sein Zimmer. Sie hatten gewartet, bis sein Telefonat beendet war. Er informierte beide über das Gespräch mit Joseph.

Maria verteilte den aktuellen Entwurf der Vorstandsvorlage und führte durch die Unterlagen.

»Also, der Vorstand hat uns und das Risikocontrolling beauftragt, bis zur nächsten Sitzung den Markt und die denkbaren Auswirkungen auf unser Portfolio darzustellen. Wir haben eine Markteinschätzung vom Research über den amerikanischen und europäischen Markt eingeholt, besonders über die Länder, in denen wir Asset Backed Securities investiert haben. Hauptsächlich sind dies die USA, Spanien und Großbritannien. Die Kurse der Papiere sind alle unauffällig, die Ratings sind unverändert. Fancy & Mood hat erst vorigen Monat mitgeteilt, dass man nicht mit einer Welle negativer Ratingänderungen rechne und von einer Stabilisierung des Marktes bis Ende 2007 ausgehe. Manche meinen aber, die Blase würde platzen, andere reden vom »Erschlaffen«. Es geht also abwärts. Das in aller Kürze zur Vorlage.«

»Ich sehe das nicht so negativ«, warf Philipp ein. »Selbst wenn es zu einer konjunkturellen Abkühlung kommen sollte, bleiben die bestehenden Immobilien unberührt. Ihr eigenes Haus geben die Leute als letztes auf und werden bis zum letzten Cent kämpfen.«

Reitz widersprach entschieden:

»Du musst sehen, dass die Beleihungen oft zum alten, hohen Wert der Häuser erfolgten und bei einem Preisverfall die Banken nicht mehr gesichert sind. Sie werden Anpassungen verlangen. Überdies laufen Unmengen von günstigen Festzinsvereinbarungen in den USA aus.«

»Ihr müsst die Kirche im Dorf lassen«, bemerkte Philipp abschließend. »Maria hat zu Recht darauf hingewiesen, dass unsere Papiere ein gutes Rating haben, nur ein geringer Anteil Subprime beigemischt ist und wir erst dann im Risiko sind, wenn vorher rund achtzig Prozent der nachrangigen Gläubiger ausgefallen sind.«

Philipp glaubte, dass es schon einen Weltuntergang geben müsste, bevor hier irgendetwas schief ginge.

Der Toningenieur blendete den Abschlussakkord ein, die Kamera zeigte in Großaufnahme das sorgfältig geschminkte Gesicht der Moderatorin.

»Ich wünsche Ihnen einen schönen Abend und hoffe, dass unsere Sendung Ihnen auch heute wieder gefallen hat. Vielleicht sehen wir uns in der nächsten Woche wieder. Ich verspreche Ihnen ein spannendes Thema: Es geht um Untreue. Wenn Sie das mit Ihrer Partnerin oder Ihrem Partner vorher diskutieren und uns helfen wollen, können Sie auf unserer Website einen Fragebogen ausfüllen. Über das Ergebnis werden wir beim nächsten Mal berichten. Bis dann – Ihre Carmen Abendroth.«

Carmen drückte die Fernbedienung, der Recorder ging in Ruhestellung und das Bild erlosch. Sie konnte mit der Sendung zufrieden sein. Die Einschaltquoten lagen seit Monaten im Spitzenbereich und sie erhielt zahlreiche Angebote, zur Konkurrenz zu wechseln. Hier bei Info24, einem öffentlich-rechtlichen Kanal, ging es ihr aber gut. Sie hatte keinen wesentlichen Druck und konnte über Themen und Interviewpartner frei entscheiden. Auch das Betriebsklima war perfekt. Vom Honorar konnte man gut leben, warum also wechseln? Sie war mit ihrem Leben zufrieden.

Das nächste Thema würde die Zuschauer sicher verblüffen. Jeder dachte an eheliche Untreue. Sie wollte den Kreis aber viel weiter ziehen.

Vor dem Eingang des Sechs-Familienhauses parkte ein älteres Dieselfahrzeug, das nur Hannes Jaeger gehören konnte. Carmen kannte das Geräusch und drückt einen Augenblick später auf den Türöffner, ohne das Klingeln abzuwarten. Hansi, so nannte sie ihn, weil er das nicht mochte, hatte eine panische Angst, irgendjemand könnte ihn erkennen. Er schlich sich stets leise und unauffällig durch Haustür und Treppenhaus in ihre Wohnung. Carmen war sicher, dass jeder im Haus ihn kannte und genau wusste, wann er kam und ging. Sie hörten vielleicht auch intime Geräusche, die er nicht immer unterdrücken konnte oder wollte.

Aber alle Nachbarn waren wesentlich netter, als Hansi es unterstellte. Niemand wollte ihm Böses. Vor einigen Monaten hatte eine Nachbarin sie angesprochen und gefragt, ob ihr Freund auch beim Fernsehen beschäftigt sei. Hannes hatte lediglich eine Pressekonferenz gegeben. Carmen fand es lustig, dass Staatsanwälte schon als TV-Angestellte angesehen wurden, hatte es ihm aber nicht gesagt.

Hannes küsste sie kurz und warf sich erschöpft auf die Couch.

»Müde darfst du zu Hause sein, aber hier bist du bei deiner Geliebten«, begrüßte sie ihn spöttisch.

Sie schätzte die Unterhaltung mit ihm. Es war nie langweilig oder niveaulos. Vielleicht empfand sie das auch nur, weil sie sich höchstens zweimal wöchentlich trafen. Aber auch dann konnte sich eine Routine entwickeln, von der sie bisher verschont geblieben waren.

»Hast du eigentlich gehört, dass Unternehmer Kerkel wieder ein Verfahren gegen seine frühere Hausbank angestrengt hat?«

Carmen hatte diesen inneren Zwang zur Recherche. Eine Berufskrankheit.

»Straf- oder Zivilverfahren?«, fragte Hannes knapp.

»Ist doch egal. Ihr Juristen seid alle Pedanten.«

»Unsinn! Für das erste geht man ins Gefängnis, beim zweiten muss man zahlen.«

»Jetzt muss ich aber lachen. Du beendest doch alle deine Wirtschaftsstrafsachen mit Geldzahlungen, bevor du sie überhaupt abgeschlossen hast«, bezog sich Carmen auf den Fall eines Vorstands, der viel Pressewirbel verursacht und den die Staatsanwaltschaft gegen eine Geldbuße von hunderttausend Euro hatte einstellen lassen.

»Du übertreibst«, sagte Hannes ärgerlich.

Er wusste, dass er in zahlreichen Wirtschaftsstrafverfahren keine andere Chance hatte, als mit Gericht und Verteidigung einen Deal nach dem Motto zu machen: »Gibst du einen Teil der Vorwürfe zu, stellen wir das Verfahren gegen eine Geldbuße ein und vergessen den Rest.« Der »Täter« galt dann als nicht vorbestraft.

Wie so oft hatten sie mit großem Ehrgeiz tonnenweise Akten bei Unternehmen beschlagnahmt, zwei bis drei Jahre durchgearbeitet, ohne wirklich zu einem klaren Ergebnis kommen zu können. Besonders Vorständen konnten sie oft nur Untreue nach § 266 Strafgesetzbuch, der sehr schwammig formuliert war, vorwerfen. Das konnte alles oder nichts ergeben. Pflichtwidriges Handeln und Vorsatz waren schwer nachzuweisen.

Als er mit einem Verteidiger vor einiger Zeit über einen Fall diskutiert hatte, meinte dieser nur sarkastisch:»Wenn jede Dummheit oder jeder geschäftliche Misserfolg eines Vorstands strafbar wären, säßen zwei Drittel aller Unternehmensleiter im Gefängnis.«

»Weißt du eigentlich, dass du auch Untreue begehst?«, fragte Carmen lächelnd. »Wie viele Jahre stehen auf so etwas, besonders wenn man seine Frau immer wieder betrügt. Ihr Juristen nennt das Fortsetzungszusammenhang, glaube ich. Und ist das jetzt Betrug oder Untreue?«

Hannes schaute überrascht auf, schüttelte den Kopf und antwortete:

»Ich muss jetzt weg. Ich wollte nur auf einen Sprung vorbeischauen. Sehen wir uns am Freitag? Am Wochenende bin ich mit der Familie unterwegs.«

»Was macht eigentlich deine Tochter? Hat sie ihr BWL-Studium beendet?«, fragte Carmen, unbeeindruckt von seiner plötzlichen Eile.

Sie war über die Familie informiert und wusste auch, dass Julia Jaeger in Köln Betriebswirtschaftslehre und Bankbetriebswirtschaft studierte.

»Sie will nach dem Examen zu einer Bank«, entgegnete Hannes unwillig.

»Ist doch schön. Dann kann sie deine Vorurteile abbauen und dir das Bankgeschäft endlich richtig erklären. Für eine Recherche habe ich gerade den Hochschulanzeiger gelesen, in dem die Banken wie verrückt um Hochschulabsolventen werben. Sie bieten eine aufwendige Trainee-Ausbildung an und investieren viel Geld in die jungen Leute. Die meisten werden schon während des Studiums magisch vom Investmentbanking angezogen. Jeder glaubt, er könne künftig mit Millionen jonglieren und immer zehn Prozent davon auf seinem Konto wiederfinden.«

»Hatte ich auch gedacht, aber meine Tochter ist grün angehaucht und redet immer von Nachhaltigkeit. Der Grundsatz solle, meint sie, auch für Banken gelten.«

Er konnte sich an die Diskussion mit Julia erinnern. Sie wollte aus der Bank heraus die Gesellschaft verändern. Nicht die Rendite der Bank sei entscheidend, sondern der nachhaltige gesellschaftliche Nutzen. Das müsse man auch jedem Unternehmenskunden der Bank klarmachen.

Hannes hatte in seiner Studentenzeit viel demonstriert. Aber auf solche unsinnigen Ideen waren er und seine Kommilitonen nicht gekommen. Vielleicht entstanden neue Ideen auch nur, weil jede junge Generation das dachte, was noch nie gedacht worden war. Zumindest glaubte sie das, obwohl in der Geschichte alles wiederkehre.

Carmen unterbrach seine Gedanken.

»Dann frag sie doch einmal, ob dieser Grundsatz auch für ihr Gehalt gelten solle. Und wer ihr Gehalt zahlt, die wenig verdienende Bank oder die von ihr beglückte Gesellschaft.«

Carmen hatte schon viele Diskussionen dieser Art geführt. Alle endeten wie das »Hornberger Schießen«: Viel Pulverdampf, aber kein erfolgreicher Schuss. Sie drückte Hannes, der aufbrechen wollte, in die Couch zurück und setzte sich auf seinen Schoß.

Georg Schmahl hatte sich durch hunderte Seiten von Kreditbeschlüssen, Markteinschätzungen des Research und der Fachabteilungen, Vermerken zahlreicher Mitarbeiter und Fachliteratur aus der Bücherei und das Internet gearbeitet. Er machte das gern. Seine Zeit am Handelstisch, das ständige Telefonieren und Jonglieren mit Kapital und Konditionen vermisste er nicht. Er liebte es, in Ruhe Unterlagen zu lesen, sich ein Urteil zu bilden und das Ergebnis sauber zu formulieren.

Der Vorstand und die Führungskräfte schätzten ihn, wenigstens solange sie nicht selbst Gegenstand der Prüfung waren. Aber dann hatte er immer noch die Nichtbetroffenen als Stütze, die ihm gerne halfen. Staatsanwalt und Richter in einer Person zu sein, verlieh Bedeutung, ohne dass Machtinsignien notwendig waren. Aber er war nicht eitel oder gar schadenfroh, wenn das Prüfungsergebnis negativ war. Ihm machte einfach seine Arbeit Freude und er hielt sie im Interesse der Bank für notwendig.

Die Geschäfte der Abteilung »Asset Backed Securities« unter Berressem hatten ihm schon immer Sorgen bereitet. Zunächst war da ein reines Bauchgefühl. Nicht, dass er grundsätzlich gegen das Geschäft oder gegen Berressem war. Er konnte die Risiken nicht quantifizieren, aber sie bestanden. Nach seiner Meinung durfte man sich nicht nur auf das gute Rating stützen. Er war deshalb froh, dass der Vorstand in seiner letzten Sitzung Berressem massiv unter Druck gesetzt und das weitere Eingehen von Subprime-Anlagen mit Ratings schlechter als Triple A untersagt hatte.

Den Vorsitzenden Weck hatte besonders verärgert, dass über die irische Tochtergesellschaft Papiere in größerem Ausmaß gehalten wurden, ohne dass der Vorstand dies wusste. Oesterich hatte sich gemäß Protokoll nicht geäußert. Vielleicht hatte Berressem das Geschäft mit ihm abgestimmt oder sogar in dessen Auftrag gehandelt. Bisher vermieden es alle, zu dem Thema etwa zu sagen. Irgendjemand wird die Verantwortung übernehmen müssen, dachte Schmahl. Weck hatte ihn beauftragt, den ganzen Komplex zu prüfen. In einer weiteren Sitzung des Vorstands sollte er das Ergebnis seiner Prüfung darstellen.

»Eric, ich habe heute einem Bettler einen Euro geschenkt«, sagte Mary stolz. Er hat gesagt: »Vielen Dank, kleines Fräulein«. Bin ich ein Fräulein?«

»Aber sicher«, antwortete Anna.

»Das war ein sehr höflicher Mann. Er wollte sich nett bei dir bedanken«, ergänzte Eric.

Sie hatten vereinbart, dass Eric wenigstens an einem Abend in der Woche so zeitig zu Hause war, dass sie gemeinsam essen konnten, bevor Mary ins Bett ging. Bisher hatte es funktioniert. Anfangs erschien Eric die Unterhaltung mit Mary etwas kompliziert. Er hatte sich aber an die kindliche Denkweise gewöhnt und war erstaunt, wie einfach und treffend die Logik manchmal war. Die kindliche Perspektive hatte nicht nur eine andere räumliche Dimension – wenn man so tief stand, sah alles anders aus –, sondern ihr fehlte jede Voreingenommenheit. Beim Bettler war sie mit der Tatsache zufrieden, dass der Mann arm war und unglücklich auf dem Boden saß. Die Frage, ob er das Geld vertrank, vielleicht doch noch arbeiten konnte oder Unterstützung vom Staat erhielt, beeinträchtigte nicht ihr Mitgefühl.

»Ich will heute mit Eric Zähne putzen«, sagt Mary und rutschte von ihrem Stuhl herunter.

»Ich möchte gerne«, korrigierte Anna und räumte den Tisch ab, während die beiden im Bad verschwanden.

Sie war froh, wenn sie ihre Ruhe hatte. Im Büro war der Teufel los gewesen. Die Ratingagenturen, insbesondere Fancy & Mood, hatten die Ratings zahlreicher Asset Backed Securities heruntergestuft, was zu erheblichen Kursverlusten geführt hatte. Bei der Deutschen Konsortialbank hatte Rosen sehr weitsichtig agiert und viele Papiere schon vor Monaten verkauft. Er hatte aber noch immer einen Bestand von drei Milliarden Euro, die jetzt mit einem durchschnittlichen Kurs von sechsundneunzig Prozent notierten. Das entsprach einem Kursverlust von hundertzwanzig Millionen. Ein Teil des Jahresergebnisses würde also schon fehlen, und niemand wusste, wie sich die Kurse weiterentwickelten.

»Ihr könnt froh sein, dass ihr diese Papiere nicht gekauft habt«, meinte sie zu Eric, der sich gerade neben sie gesetzt hatte. »Bei uns gerieten alle in Panik, die irgendwie mit dem Erwerb zu tun hatten. Viele wussten, welche Probleme im amerikanischen Immobilienmarkt steckten, aber jeder hat gedacht, das gute Rating sei ein ausreichender Schutz.«

Eric zuckte mit den Schultern. Er hatte damals gründlich geprüft und wusste, dass ungewöhnlich hohe Renditen immer verdächtig waren, genauso wie meterdicke Verträge. Aber auch im Geschäft von Carefree Credits gab es genügend Probleme.

»Unsere Rendite ist nicht ausreichend. Der Wettbewerb zwischen den Banken ist so gnadenlos, dass wir teilweise nicht auf unsere Kosten kommen.«

Sie hatten beide keine Lust mehr auf Zahlen und geschäftliche Probleme. Eric schaltete den Fernseher an, um zu sehen, was es in der Politik Neues gab. Finanzminister Steinbrück verkündete, dass er wegen des neu erstarkten Euro positiv in die Zukunft sehe. Das Bruttoinlandprodukt werde voraussichtlich um drei Prozent steigen. Die US-Immobilienkrise wurde nur kurz erwähnt.

Vor dem Wetterbericht schalteten sie um auf »Info24«. Hier begann das Magazin »Fünf nach Zehn« mit Carmen Abendroth.

»Meine Damen und Herren, vielen Dank für die zahlreichen Mails und Antworten zu unseren Fragen. Wir wollten Ihre

Meinung schon vor der Sendung erfahren, um Sie jetzt mit den Fachleuten diskutieren zu können. Das Ergebnis wird Sie überraschen: Vierunddreißig Prozent der Männer und dreiunddreißig Prozent der Frauen sagen, dass sie schon einmal untreu waren. Aber niemand hat uns auf die Frage geantwortet, welche Varianten der Untreue wir sonst noch kennen. Ein Zuschauer hat die Frage missverstanden: Wir meinten nicht Sex zu dritt, zu viert und so weiter. Sex ist nicht alles.«

Anna warf Eric einen kritischen Blick zu, der offen ließ, ob sie die Antwort des Zuschauers oder ein unterstelltes geheimes Einverständnis Erics als unpassend empfand. Eric lachte und zeigte auf den Bildschirm.

»Wenn Sie in der Internetsuchmaschine das Wort »Untreue« eingeben, erscheinen absonderliche Überschriften«, fuhr die Moderatorin fort.

Die Kamera blendete den Internetauszug ein, sodass der Zuschauer sich selbst ein Bild machen konnte.

»Neun Monate Bewährung für gewerbsmäßige Untreue«
»Beziehung retten – die neun Liebeskiller vermeiden«
»Detektive gegen Untreue – Bayern«
»Untreue – Sex – Mobbing: Unternehmen schweigt
»Untreue macht keine Ferien – Treuetestportal«

»Sie sehen, dass es bei Untreue zwar meist, aber nicht immer um Erotik geht. Das Thema ist komplexer als Sie vielleicht annehmen. Deswegen haben wir heute einen Fachmann eingeladen, Herrn Professor Dr. Jacob Sistig, Ordinarius für Soziologie an der Universität Jena. Ihn frage ich jetzt: Was ist Untreue, Herr Professor?«

Carmen Abendroth wandte sich zu dem neben ihr stehenden Herrn und schaut ihn erwartungsvoll an. Die Kamera blendete ihr unter einer dezenten Puderschicht verdecktes Gesicht aus und zeigte einen Mann in den Sechzigern mit

Dreitagebart und Halbglatze. Die kümmerlichen Reste des Haupthaares waren in einem grauen Pferdeschwanz über dem Kragen eines verschlissenen braunen Jacketts mit einem einfachen Gummi zusammengefasst.

»*Untreue ist nichts anderes als die Verletzung bestehenden Vertrauens. Differenzieren müssen wir, woraus sich das Vertrauen ergibt. Das kann eine familiäre, eine freundschaftliche oder eine geschäftliche Beziehung sein.*«

»*Was geschieht, wenn das Vertrauen verletzt wird*«?, unterbrach ihn Carmen sofort, um längere Ausführungen zu unterbinden. Nach einem indignierten Blick und kurzem Räuspern antwortete Sistig:

»*Nun, eine Verletzung wird vom Betroffenen und der Gesellschaft geahndet. Das kann durch Rüge, Abbruch einer Beziehung oder Bestrafung geschehen.*«

Carmen Abendroth hatte sichtliche Mühe, den Hochschullehrer daran zu hindern, eine komplette Vorlesung zu halten. Sie befürchtete zu Recht, die Zuschauer würden das Programm wechseln, und unterbrach ihn abrupt, während das plötzlich hochrot angelaufene Gesicht Sistigs eingeblendet wurde. Die Kamera zeigte anschließend eine freundlich lächelnde Carmen Abendroth und schwenkte dann auf einen weiteren Herrn, der nervös mit den Augen die Kamera suchte, jedoch den falschen Punkt fixierte.

»*Wir haben als weiteren Gast Herrn Dr. Hermann Giel eingeladen, einen erfahrenen und bekannten Strafverteidiger, der sich besonders im Wirtschaftsstrafrecht einen Namen gemacht hat. Herr Giel, im Strafrecht gibt es einen Untreue-Paragraphen, der gerade in den letzten Jahren etlichen Wirtschaftsführern zum Verhängnis geworden ist. Können Sie uns die Hintergründe näher erklären?*«

Giel nickte kurz und wandte sich an Sistig.

»Lassen Sie mich zunächst zu den Ausführungen von Prof. Sistig kommen. Sein Ansatz über den Vertrauensbruch gilt auch im Strafrecht. Die Untreue wurde lange, das heißt bis ins neunzehnte Jahrhundert, durch den Tatbestand des Diebstahls und der Unterschlagung abgedeckt. Wer also ihm anvertraute Gegenstände einem anderen wegnahm, wurde bestraft. Schon die Preußen und das Deutsche Reich kamen 1871 im neuen Strafgesetzbuch auf die Idee, nicht nur das Eigentum, also die konkreten Gegenstände, sondern auch das Vermögen zu schützen.«

Carmen wollte verhindern, dass auch Giel ins Fabulieren geriet und unterbrach ihn:

»Wenn Sie die Untreue einem Laien ganz einfach erklären wollen, wie würden sie es formulieren?«

Giel nahm es gelassen und nickte kurz.

»In strafrechtlichen Untreue-Fällen hat der Beschuldigte nicht unbedingt etwas in die eigene Tasche gesteckt, sondern ihm anvertrautes Vermögen schlecht verwaltet und dadurch einem anderen geschädigt. Hat jemand Geld für sich genommen, haben wir es mit Betrug, Diebstahl, Unterschlagung oder Bestechung zu tun.«

Die Moderatorin dankte Giel und wandte sich wieder Sistig zu.

»Herr Prof. Sistig, warum sind Menschen eigentlich untreu? Was gibt es an wissenschaftlichen Erkenntnissen?«

»Strafrechtlich kann ich nichts sagen. Aber der Ehebruch ist natürlich eingehend untersucht. Manche glauben, beweisen zu können, dass die Untreue genetisch bedingt sei. Sie sei grundlegendes Konzept der Evolution. Dass soziale Faktoren eine Rolle spielen, wie das Milieu, in dem man aufgewachsen ist, ist sicher. Untersuchungen über Menschen, die häufig ihre Sexualpartner wechseln, ergaben, dass sie nur ein minimales Pflicht-

gefühl haben. Wenn das stimmt, kann man es vielleicht auch auf die Kriminalität übertragen.«

Anna hatte die letzten Beiträge aus der Ferne gehört und setzte sich neben Eric.

»Findest du das interessant?«, fragte sie missmutig.

»Eigentlich nicht, ich habe nur auf dich gewartet. Wir sollten vielleicht noch die Nachrichten anschauen und dann ins Bett gehen.«

»Du meinst also, wir sollten an Untreue-Vermeidungsstrategien arbeiten.« Anna lachte.

»So habe ich das bisher nicht gesehen, aber die Idee ist bestechend«, antwortete Eric und ließ sich ins Schlafzimmer ziehen.

Anna fuhr das Notebook herunter, nachdem sie die Präsentation beendet hatte. Zusammen mit Rosen und einigen Kollegen hatte sie die Marktrisiken der Asset Backed Securities besprochen. Wie in den meisten Banken waren auch hier die Vorstände äußerst nervös geworden und verlangten laufend neue Berichte und Bewertungen. Sie hatte auch heute wieder die Professionalität von Rosen bewundert. Er betrachtete nüchtern die veränderten Marktdaten und Prognosen und zog hieraus seine Schlüsse, ohne in Hektik auszubrechen. Er hatte mit diesen Papieren viel Geld verdient und sich schneller und besser als andere von ihnen wieder getrennt.

»Wie geht es Eric?«, fragte Rosen.

»Ganz gut, warum fragst du?«

Seit ihrem gemeinsamen Abend bei Philipps Geburtstag hatte Rosen den Kontakt zu ihr gesucht. Sie glaubte nicht, dass er sich ernsthaft Hoffnung machte, die Beziehung zu ihr zu intensivieren. Sie merkte aber, dass er sich gerne mit ihr unterhielt. So lange es dabei blieb, hatte sie keine Einwendungen.

Auch sie fand ihn interessant. Er hatte riesige Erfahrungen und Erfolge, gab damit aber nicht an, und konnte Produkte, Prozesse und Risiken genau und treffend darstellen. Er war mit seiner Analysefähigkeit eher ein Research-Mann als ein Händler.

»Einige gut informierte Kollegen in der Bank reden über Eric. Es gibt Gerüchte, er werde bei Carefree Credits aufhören und bei uns das Controlling übernehmen.«

Anna überlegte, wie sie antworten sollte. Es gab sehr vertrauliche Gespräche, die aber keineswegs fortgeschritten waren. Eric konnte es nicht gebrauchen, wenn alle jetzt schon darüber redeten. Sie bat Rosen daher um Verständnis, dass sie im Moment noch nichts sagen könne. Das kam einer Bestätigung gleich. Sie wollte nicht lügen und Rosen konnte man vertrauen.

»Hast du dich jemals mit Philipp getroffen? Ich nehme an, er hat Probleme in der Bank«, wechselte sie das Thema.

»Wir waren vor kurzem zusammen essen. Eigentlich wollte er nur Bonusfragen mit mir diskutieren.« Rosen lachte.

»Er wollte bestimmt wissen, was ich verdiene. Diese Frage hat ihn immer schon stark bewegt. Aber dann kamen die Ratingüberprüfungen und die Verwerfungen am amerikanischen Immobilienmarkt. Wir haben stundenlang über dieses Thema diskutiert. Ich habe ihm geraten, sich so schnell wie möglich von allem zu trennen, was mit Subprime zu tun hat. Er scheut aber die Realisierung der Verluste und fürchtet wohl, dass ihn der Vorstand dann auf die Straße setzt. Ich glaube, er versteht nicht, dass das ohnedies passiert, wenn die Kurse weiter in den Keller gehen. Woher kennt Eric ihn? Entschuldige, wenn ich das so sage: Er passt irgendwie nicht zu euch.«

»Das ist eine schwierige Geschichte. Eric hat zusammen mit ihm als Trainee bei Carefree Credits angefangen. Glaubst du wirklich, dass er Probleme kriegen wird?«

»Ich bin sehr skeptisch, was den Markt betrifft. Viele glauben an eine Erholung. Ich nicht. Die USA werden alle anderen mit nach unten ziehen. Der Boom war zu stark, als dass wir mit einer kleinen Delle davon kämen. Ich habe zwar unsere Volumina stark zurückgefahren, aber auch uns wird es erwischen. Im Gegensatz zu Philipp werde ich aber selbst kündigen, wenn ich mit dem Absturz rechne«, erläuterte Rosen ruhig und selbstsicher.

»Ich nehme an, du kannst auch ohne Arbeit leben«, fragte Anna.

»Sicher, wenn du das Finanzielle meinst. Ich habe nie viel Geld ausgegeben. Von den Boni hat hier in Deutschland die Hälfte das Finanzamt erhalten, den Rest habe ich in Aktienanlagen und Anleihen über die Welt verteilt. Ich kann davon leben. Ich bin sicher, dass ich bald neue Angebote hätte, aber ich weiß nicht, ob ich nicht etwas völlig anderes mache«, meinte er mit einem leichten Kopfschütteln.

Anna schaute fragend.

»Ich habe Physik studiert und bin dann durch Zufall bei einer Investmentbank in London gelandet. Mich interessieren Anglistik und Theater. Vielleicht studiere ich nochmals.«

»Vielleicht solltest du es mit Heiraten versuchen. Das ist auch anspruchsvoll«, lockte Anna ihn ein wenig aus der Reserve.

Aber Rosen reagiert nicht. Er schaute nachdenklich, als sich Anna verabschiedete, und drehte sich instinktiv nochmals nach ihr um, als sie die Drehtür schon passiert hatte. Anna hatte ihn an sein Gespräch mit Philipp erinnert. Er wurde aus ihm nicht schlau. Natürlich fehlte Philipp die umfassende Erfahrung, aber auch junge Leute sollten sich so etwas wie Grundsätze geben, selbst wenn sie falsch oder angreifbar waren. Philipp aber war nur ein Spieler, der »Zahl« gesetzt hatte und gebannt auf die Kugel starrte. Er konnte nur hoffen, dass Philipp seinen Rat annehmen und sich von den Papieren trennen würde.

Eine perfekte Lösung hatte auch Rosen nicht, aber zumindest einen Ansatz. Die Immobilienblase in den USA würde platzen. Das war mittlerweile die Meinung der Mehrheit der Fachleute. Also nichts wie raus! Zweifel hatte er nur, ob er das Geld wirklich in europäische Staatsanleihen investieren sollte. Aber wohin sonst damit? Vielleicht kommt auch alles ganz anders, dachte er sich.

Schmahl schleppte sich die Treppen hoch. Unter dem rechten Arm trug er einen Ordner, der seinen Bericht zur Immobilienkrise und etliche andere Unterlagen enthielt. Mit dem linken Arm zog er am Treppengeländer, um seine schon ermüdeten Beine zu entlasten. Der Arzt hatte ihm geraten, wenigstens auf den Aufzug zu verzichten, wenn er schon keinen Sport trieb und sein Gewicht nicht reduzierte. Alle hatten gut reden, er war schließlich von Kind an dick gewesen. Seine Mutter hatte ihn immer gut gefüttert und Bewegung nicht für notwendig erachtet. Jetzt machte ihm der Blutdruck zu schaffen. Pillen nahm er in Hülle und Fülle, aber sie wirkten nur begrenzt. Wenn er abends nach Hause kam, hatte er außer Essen und Fernsehen keinerlei Ablenkung. Ihn erwartete auch niemand. Der Versuch einer Beziehung war schon frühzeitig gescheitert, Kontakte hatte er kaum. Nur der Beruf gab ihm manchmal etwas Auftrieb. Zum ersten Mal seit langen hatte er den Eindruck, gebraucht zu werden.

Er verließ das wenig repräsentative Treppenhaus und ging über den weichen, frisch gereinigten Teppichboden zum Sitzungszimmer des Vorstands. König und Meier verließen gerade den Aufzug und sahen ihn erstaunt an.

»Der Aufzug funktioniert doch. Wollen Sie Sport treiben?«, fragte König.

Sein Blick schwenkte kurz von Schmahls rundem, wohlgenährtem Gesicht zu seinem voluminösen Bauch. Schmahl winkte ab. Er war zu sehr außer Atem, als dass er gebührend hätte antworten können. Ein Vorstandsassistent empfing sie und bat sie, nebenan noch einen Moment Platz zu nehmen.

»Ich nehme an, die Zeit reicht noch für einen Kaffee«, sagte König und griff nach der Thermoskanne, die neben einigen leeren Tassen und Untertassen stand. Er warf dabei einen kurzen Blick auf Meier und fragte:

»Wie beurteilen Sie denn unsere Risiken, werden wir zum Jahresende Verluste schreiben?«

Meier schüttelte den Kopf und erwiderte:

»Das kann niemand sagen, ich auch nicht. Es kann am Jahresende alles wie ein Spuk vorüber sein. Es kann aber auch noch schlimmer kommen. In den USA sind für etwa zehn Billionen US-Dollar Hypothekenforderungen verbrieft. Das ist das größte Segment aller Kapitalforderungen in den USA. Wie viele davon schwach sind, weiß ich nicht. Verbriefte Kreditkarten- und Leasingforderungen kommen noch hinzu. Wenn die Lawine ins Rutschen gerät, kann alles geschehen. Aber dazu sollten Sie Berressem fragen. Warum bin ich eigentlich dabei?«

»Sie sind so wenig zuständig wie ich. Der Vorstand schätzt Ihren Sachverstand, das wissen Sie doch«, wiegelte König ab.

Schmahl war die Diskussion peinlich und er vermied es, Stellung zu nehmen. Der Vorstand hatte damals auf Druck Oesterichs Meier die Zuständigkeit weggenommen und Philipp zum Abteilungsleiter gemacht. Jetzt war zur Sitzung plötzlich Meier geladen, als ob der Vorstand Philipp nicht traute. Ungewöhnlich war auch die Teilnahme Königs. Wahrscheinlich steckte der Vorsitzende dahinter, der Oesterich und Berressem an die Kette legen und dabei schon einmal die Waffen zeigen wollte.

»Hallo«, grüßte Philipp zaghaft und setzte sich zu den dreien.

»Es ist noch Kaffee da«, sagte König freundlich. »Vielleicht brauchen Sie eine Stärkung.«

»Danke, mein Blutdruck ist schon hoch genug. Warten Sie schon lange? Ich dachte schon, ich käme zu spät.«

»Zehn Minuten nur«, antwortete Meier spröde. Das Gespräch versickerte vollständig.

Nach weiteren dreißig Minuten war es endlich so weit. Der Protokollführer bat sie zu kommen. Weck rief gerade den nächsten Tagesordnungspunkt auf. Die Mienen zeigten, dass heftig diskutiert worden war. Erregung und Ärger kennzeichneten die Gesichter von Weck und Oesterich. König vermutete, dass der Vorstand nicht die Unternehmenskredite, sondern ohne sie als unerwünschte Zuhörer bereits den Revisionsbericht zu den US-Immobilienkrediten diskutiert hatte.

Weck hatte den acht Zentmeter dicken Ordner mit den Vorstandsvorlagen vor sich liegen. Der Revisonsbericht war ausgeheftet und mit etlichen Haftetiketten und viel Farbe aus roten und gelben Markierungsschreibern verziert. Die schwarze Schrift und der weiße Grund waren kaum noch auszumachen. Weck war vorbereitet. Er hatte sich wie stets über den Umfang des Ordners geärgert. Idealerweise dürfe die einzelne Vorlage nicht länger als drei Seiten sein, hatte er häufiger gesagt. Das bedeutete aber, dass der Verfasser Mut zur Lücke und damit zur Übernahme von Verantwortung hatte. Der Vorstand selbst konterkarierte das hehre Ziel immer wieder dadurch, dass er betonte, jede Vorlage müsse alles Wesentliche enthalten.

»Meine Herren«, begann Weck mit lauter Stimme, »wir haben aus der letzten Sitzung den Bericht von Herrn Berressem vorliegen, seine Ergänzung für heute und den umfassenden Revisionsbericht. Es ist alles gründlich gelesen, wir können uns daher den Vortrag sparen. Ich frage mich trotz der umfangreichen Vorlagen, wie das alles möglich war. Wir haben sehr gute externe Ratings für die Papiere. Auch die internen Ratings, für dessen Grundsätze das Risikocontrolling verantwortlich ist, gaben keinen Anlass zur Beanstandung. Und trotzdem bricht der amerikanische Markt zusammen. Wir haben viele hochqualifizierte, gut bezahlte Fachleute im Hause, die nichts vorausgesehen haben. Manchmal frage ich mich, ob wir uns diese Personalkosten nicht hätten sparen können. Trotz aller vermeintlich klugen Ratschläge erleiden wir Schiffbruch.«

Die Männer um das große Oval hatten die Köpfe eingezogen. Niemand wagte, aus der Deckung zu gehen, solange der Vorsitzende in dieser verräterischen Stimmlage referierte. Er war so in Fahrt, dass er jeden Widerspruch hinweggefegt hätte.

Nach einem kurzen Blick auf Berressem unterdrückte Weck nur mühsam seine Emotionen.

»Weiter zu den Fakten: Wir haben ein Schreiben des Bundesaufsichtsamtes für das Kreditwesen vorliegen, in dem alle Kreditinstitute zu ihren Beständen an Asset Backed Securities, insbesondere aus den USA, detailliert befragt werden. Herr Schmahl, ich habe Ihnen das schon zugeleitet. Bitte beantworten Sie das innerhalb von drei Tagen über den Vorstand.

Herr Berressem, wie sind Sie eigentlich auf die hervorragende Idee gekommen, die US-Papiere über eine irische Tochtergesellschaft zu erwerben und dann auch noch außerhalb unserer Bilanz zu parken? Ich kann mich nicht erinnern, der Errichtung einer irischen Tochter zugestimmt zu haben.

Herr Schmahl hat in seinem Revisionsbericht auch nichts davon geschrieben.«

Philipp blätterte nervös in seinen Unterlagen. Dann warf er einen Blick auf Oesterich. Der dachte jedoch nicht daran, ihm zu Hilfe zu eilen, sondern schaute mit geheucheltem Interesse zu Schmahl, obwohl er genau wusste, dass nur er selbst die richtige Antwort geben konnte.

»Na ja, lassen wir das zunächst einmal«, erlöste Weck alle Beteiligten von der Peinlichkeit und warf einen kurzen Blick auf Oesterich, dessen Gesicht sich rot einfärbte. Die Drohung stand unausgesprochen im Raum.

»Der Vorlage entnehme ich weiter, dass die Papiere durchschnittlich bei einem Kurs von sechsundneunzig Prozent liegen. Vor wenigen Tagen hat Fancy & Mood das Rating für eine ganze Anzahl von Papieren herabgesetzt. Ist das in den Kursen schon enthalten oder kommt das dicke Ende erst noch, Herr Oesterich?«

Überrascht stotterte der:

»T-teils, teils. Es wird sicher noch kleinere Bewegungen geben.«

»Hoffen wir, dass es dabei bleibt«, kommentierte Weck, dem es immer mehr Spaß zu machen schien, die Runde aufzumischen.

»Angesichts dieser Äußerung kann ich mir nicht vorstellen, dass jemand noch ernsthaft weitere Papiere kaufen will. Das Kontingent steht bei gut vier Milliarden Eurogegenwert. Herr Schmahl, stellen Sie bitte für das Protokoll den taggenauen Wert fest. Ist jemand gegen einen sofortigen Verkaufsstopp?«

Niemand reagierte.

»Das ist nicht der Fall. Damit ist jeder weitere Erwerb untersagt. Herr Oesterich, ich bitte Sie, bis zur nächsten Sitzung eine detaillierte Strategie vorzulegen, aus der sich ergibt, was und zu welchen Konditionen wir verkaufen wollen und was wir besser behalten sollten. Damit ist der Tagesordnungspunkt für heute erledigt. Ich hoffe, das Schlimmste geht an uns vorüber.«

Weck nickte nur König kurz zu und rief den nächsten Punkt auf. Philipp und seine Kollegen aus den anderen Bereichen verließen den Raum.

Meier überlegte, ob er Philipp seine Hilfe anbieten sollte. Er hatte sich zwar oft über ihn geärgert, aber die Behandlung durch den Vorstand und die Kollegen gefiel ihm nicht. Schließlich hatten alle gewusst, wo investiert wurde und dass der Weg über Irland bilanzielle Vorteile hatte.

Doch dann dachte er daran, dass Oesterich für jeden erkennbar den Rückzug angetreten hatte, als Weck das Thema »Verantwortung« andeutete. Was konnte er, Meier, denn helfen, wenn der gemeinsame Chef so unkollegial agierte und alles auf Philipp schob? Letztlich war sich jeder selbst der Nächste. Philipp musste sehen, wie er klarkam. Wenn er Hilfe brauchte, sollte er auf ihn zukommen.

Philipp war inzwischen in seinem Büro angelangt.

»Was müssen wir als Nächstes tun?«, fragte Maria, nachdem Philipp sie und Reitz über das Ergebnis der Vorstandssitzung informiert hatte.

»Oesterich muss zusammen mit Nolden eine Strategievorlage bis zur nächsten Woche einbringen. Du weißt, dass die nicht selbst arbeiten werden, also sollten wir so schnell wie möglich einen Entwurf machen, bevor das Risikocontrolling über Nolden irgendeinen Unsinn vorschlägt. Am besten fangt ihr gleich an.«

Maria war sich nicht sicher, ob Philipp ihr alle Details der Sitzung berichtet hatte. Irgendetwas musste vorgefallen sein, das ihn stark beschäftigte. Sie würde mit Reitz darüber reden.

Dr. Vitus Zenser, promovierter Volkswirt und Managing Director von Heros Consulting, einer der ersten Adressen für das Beratungsgeschäft, war ein bedeutender Mensch. Trotz seiner nahezu sechzig Jahre hatte er volles, gewelltes und blondes Haar, das nur zu einem Drittel von grauen Strähnen durchzogen war. Sein Gesicht war vom letzten Skiurlaub noch leicht gebräunt. Die knapp eins achtzig große Figur machte einen sportlichen Eindruck. Im gut sitzenden Jackett war kein Bauchansatz festzustellen. Ein präsentabler Mann, der es gewohnt war, mit Vorstandsvorsitzenden zu konferieren, grundlegende Änderungen in Unternehmensaufbau und Strategie vorzuschlagen und zusammen mit dem Vorsitzenden durchzusetzen. Selbstverständlich sprach er Englisch wie seine Muttersprache.

Zenser kannte die meisten Großunternehmen einschließlich des Spitzenmanagements und der Aufsichtsratsvorsitzenden. Zahlreiche seiner früheren Kollegen waren unmittelbar nach großen Beratungsprojekten in den Vorstand des jeweiligen Unternehmens berufen worden. Er hatte als einer der wenigen diesen Weg nicht gewählt und die Freiheit des Beraters kultiviert. Er wusste fast alles, ohne ein einziges Mal den Härtetest im operativen Geschäft, also an der Front des Unternehmens, abgelegt zu haben.

Nach dem bevorstehenden Gespräch mit Weck wäre seine Aufgabe zunächst erledigt. Er würde allenfalls bei der entscheidenden Vorstandssitzung wieder anwesend sein. Jetzt musste sein Vertreter Andreas Pohl das Projekt starten. Ihn würden ein weiterer Senior und fünf bis sechs Juniors unterstützen, die vor kurzem ihr Hochschulstudium mit Auszeichnung abgeschlossen hatten. Er hatte die Details mit Pohl abgesprochen und musste nur noch dafür sorgen, dass Weck den Auftrag erteilte. Anschließend würde er zu seinem nächsten Termin nach London reisen. Die dortige Niederlassung von Heros Consulting hatte große personelle Probleme, nachdem die britischen Banken noch stärker als die deutschen betroffen zu sein schienen. Wenn es so weiterging, würden sie Aufträge ablehnen müssen. Andererseits konnten seine Teams zügig arbeiten, da in jeder Bank identische Probleme zu lösen waren.

Zenser war gespannt, ob Weck und Oesterich sich auf Dauer halten konnten. In Deutschland würden viele Vorstandspositionen frei werden. Vielleicht werde ich trotz meines Alters noch einmal gefragt, dachte er.

»Wir sind für 15.00 Uhr bei Herrn Weck angemeldet«, sagte Zenser zur Assistentin in Wecks Vorzimmer. Sein Begleiter Pohl stellte das Fluggepäck vor den Schreibtisch, ohne die kritischen Blicke der Dame zu registrieren.

»Ich hoffe, Sie hatten einen angenehmen Flug?«, fragte sie mit geschäftsmäßiger Höflichkeit, ohne auf eine Antwort zu warten.

»Herr Weck ist jetzt frei, bitteschön«, wies sie nach einem kurzen Blick auf das Display ihres Telefons den Weg zur wenige Schritte entfernten Tür.

»Guten Tag, Herr Dr. Zenser«, grüßte Weck jovial und führte seine Gäste in die Besprechungsecke, die mit sechs schwarzen Lederstühlen und einem runden Teakholztisch möbliert war. Zenser dankte und stellte seinen Begleiter Andreas Pohl vor.

»Herr Pohl ist Senior Manager bei Heros Consulting und soll das von Ihnen geplante Projekt hier im Hause leiten. Selbstverständlich stehe auch ich gerne zu Ihrer Verfügung.«

Die Herren begrüßten sich und nahmen Platz. Nach einem einleitenden Small Talk fragte Weck, wie Zenser die Entwicklung des amerikanischen Immobilienmarktes und der europäischen Banken einschätze.

»Wir haben bereits ein paar Charts zum Stand und zur weiteren Entwicklung der Krise vorbereitet«, erwiderte Zenser.

»Das sollten wir besprechen, wenn die Kollegen aus dem Haus dabei sind. Sie werden in zehn Minuten kommen. Bis dahin können wir uns über den Auftragsinhalt abstimmen«, gab Weck die Richtung vor und berichtete über die in der Vorstandssitzung gefassten Beschlüsse.

»Ziel ist es, dass ein unabhängiger Berater die Historie des Einstiegs in das Geschäft mit Asset Backed Securities, die Beachtung oder Missachtung der Organisationsrichtlinien der Bank hierbei sowie die Chancen und Risiken aus diesen Papieren prüfen soll. Selbstverständlich wird ein Team von Führungskräften der Advanced Investment Bank das Projekt begleiten.«

Trotz der aktuellen Überlastung von Heros hatte Zenser ein starkes Interesse daran, den Auftrag für sein Unternehmen zu akquirieren. Er wusste, dass Weck bis vor kurzem mit dem größten Konkurrenten zusammengearbeitet hatte, und pries die Qualität seines Unternehmens ungehemmt an:

»Sie können sicher sein, dass wir Sie äußerst professionell beraten. Wir haben über unsere Büros in den USA und hier in Europa einen sehr guten Einblick in die Immobilienmärkte. Wir sind auch für andere Banken derzeit tätig, sodass wir Ihnen – selbstverständlich unter Wahrung der gebotenen Verschwiegenheit – einen exzellenten Überblick geben können.«

Weck nickte nachdenklich. Nicht jedem Berater konnte man vertrauen. Vielleicht stand er einige Wochen später unter dem Einfluss des Aufsichtsratsvorsitzendem und organisierte mit diesem die Vorstandsbesetzung neu. Aber ohne den Einsatz von Beratern konnte er die Probleme nicht lösen.

Es klopfte kurz an der Tür und König, Schmahl und Stephan Steinbüchel, der Leiter des Risikocontrollings, betraten das Zimmer. Weck stellte die Herren vor und informierte über das geplante Projekt. Die von Heros Consulting und den drei Herren der Bank auszuarbeitende Projektorganisation sei ihm spätestens in drei Tagen vorzulegen.

»Sie können sofort beginnen, mich entschuldigen Sie bitte.«

Weck verabschiedete die Herren, die nicht überrascht schienen, dass sie die weitere Diskussion allein zu führen hatten.

Schmahl ging auf dem Rückweg in sein Büro bei Reitz vorbei. Sie kannten sich aus der gemeinsamen Zeit im Team und mochten sich. Reitz war zwar wesentlich draufgängerischer und impulsiver als Schmahl, blieb aber meist mit beiden Füßen auf dem Boden der Tatsachen. Er war im Hause so beliebt, dass kaum jemand über ernsthafte Probleme mit ihm zu berichten wusste, mit Ausnahme einiger Damen, die Opfer seiner Unbeständigkeit in Beziehungsfragen geworden waren. Schmahl würde es bedauern, wenn Reitz zum Opfer gemacht werden würde. Falls das Amerika-Engagement gut ausginge, würde vielleicht niemand etwas geschehen. Anderenfalls würden Köpfe rollen. Schmahl schätzte, dass der Aufsichtsrat Druck machen würde. Das war sicher der Grund, warum Weck bereits ein Projekt mit externer Beteiligung startete. Er wollte die Schuldigen geliefert bekommen.

Schmahl klopfte kurz an und schob seinen massigen Körper in den Großraum. Reitz war gerade in einige Unterlagen vertieft und blickte zwischendurch auf einen der Bildschirme. Einige Giftpapiere in den USA waren schon auf sechzig Prozent des Kurswertes gegenüber dem Einstand gesunken. Für andere Papiere war gar kein Kurs mehr zu erhalten. Das bedeutete, dass überhaupt keine Bewegung im Markt war. Gott sei Dank waren das nur Einzelfälle. Er wusste nicht, ob dahinter schon ein Trend steckte.

»Hast du einen Moment Zeit?«, fragte Schmahl.

»Für wichtige Kollegen von der Revision immer«, antwortete Reitz mit freundlicher Ironie.

Seit Schmahl nicht mehr in seiner Abteilung war, hatte er ihn mit einer gewissen Vorsicht behandelt. Man konnte nie wissen, ob nicht eines Tages auf freundschaftlicher Basis erteilte Informationen zum eigenen Nachteil verwendet wurden. Reitz stand auf und beide gingen in das nebenan liegende Besprechungszimmer. Schmahl ließ sich in den erstbesten Stuhl fallen. Er wirkte leidend.

»Ich komme gerade von einer Sitzung mit Weck und Heros Consulting. Thema waren die US-Immobilienkrise und deren Auswirkungen auf unsere Bank. Weder du noch Berressem sind an dem neuen Projekt beteiligt. Ich nehme an, Weck wird es in der nächsten Vorstandssitzung vorstellen. Behandle das bitte vertraulich, bis die offizielle Projektmitteilung herausgeht. Ich wollte dich nur vorwarnen. Du solltest vor allem dafür sorgen, dass du alle Entscheidungen sauber dokumentiert hast. Das gilt besonders für unser Engagement in Irland. Weck hat Oesterich und Berressem in der Sitzung massiv unter Druck gesetzt.«

Reitz lockerte nervös seinen Krawattenknoten. Maria und er hatten gerade die ganze Materie aufbereitet. Es konnte doch nicht sein, dass sie permanent Rechtfertigungen schrieben, statt Geschäfte zu machen.

»Ich verstehe nicht, warum jetzt Berater tätig werden. Immobilienkrisen hat es alle Jahre wieder gegeben, Verluste bei Banken auch. Wieso diese Hektik?«

»Natürlich ist das nichts Neues, aber alle sind empfindlicher geworden und suchen beizeiten einen Schuldigen. Früher haben die Kollegen und Vorstände mehr zusammengehalten. Das findest du heute nicht mehr. Wenn etwas schief geht, kommen sofort diejenigen, die es schon immer gewusst haben. Wie gesagt, schau dir deine Unterlagen an, damit du alle Fragen beantworten kannst.«

»Danke für den Tipp«, sagte Reitz und begleitete Schmahl, der ihm freundschaftlich auf die Schulter klopfte, zur Tür.

Reitz überlegte, wie er sich am besten vorbereiten sollte. Die meisten Unterlagen hatte Maria abgelegt. Ordentlich, wie Frauen waren, konnte er bei ihr sicher alles finden. Er machte sich auf den Weg. Ob und wie er sie einweihte, musste er noch überlegen.

Stephan Steinbüchel betrat mit Andreas Pohl und sechs weiteren Beratern das Besprechungszimmer. Dort warteten bereits König, Schmahl und drei Bankkollegen. Alle machten sich miteinander bekannt. Die Berater waren von den Bankern leicht zu unterscheiden. Sie waren in dunkle Anzüge konservativen Schnitts gekleidet, die besonders bei den jungen Hochschulabgängern etwas deplatziert wirkten. Trolleys mit Banderolen der verschiedenen Airlines und ständig präsente Notebooks vervollständigten die zelebrierte Uniformität. Die Funktion des Einzelnen konnte man nur am Grad des Selbstbewusstseins feststellen. Bei unteren Rängen fehlte dieses gegenüber dem Spitzenmanagement der Bank vollständig. Der Junior kompensierte dies aber spielend, wenn er mit »normalen« Mitarbeitern des Unternehmens zu tun hatte und die Vorzüge des bei Beratern obligatorischen Spitzenexamens ausspielen konnte. Hierarchien waren bei Beratern wesentlich stärker ausgeprägt, als die schlanken Organisationsformen vermuten ließen, die sie den beratenen Unternehmen jeweils empfahlen.

»Meine Herren«, eröffnete Steinbüchel die Runde, »über den Auftrag von Herrn Weck und die Einschaltung von Heros Consulting hatte ich Sie bereits informiert. Wir sollten sofort mit der Arbeit beginnen. Herr Pohl, Sie haben das Wort.«

Wie alle guten Berater hatte Pohl bereits das Ergebnis der vorangegangenen Besprechungen auf Power-Point-Charts zusammengefasst und Auftrag, Projektorganisation sowie Zeitplan vorgeschlagen. Dies wurde im Einzelnen besprochen und mit kleineren Änderungen akzeptiert. Für Pohl galt der bewährte Grundsatz, dass sich in aller Regel durchsetzt, wer am besten vorbereitet war.

»Ich habe bei Herrn Weck gehört, dass Sie sich aktuell mit dem US-Wohnungsmarkt befasst haben«, bemerkte Steinbüchel, um Pohl Gelegenheit zu geben, das teure Beratungsmandat zu verdienen.

Von einem weltweit tätigen Unternehmen konnte man erwarten, dass es schneller und umfassender an Informationen gelangte, als man selbst. Steinbüchel gefiel an den Beratern nicht, dass sie stets versuchten, hausinterne Informationen zu sammeln, um diese dem nächsten Kunden als neue, eigenständige Erkenntnis zu verkaufen.

Pohl merkte sofort, dass ein Qualitätstest gefordert war und referierte aus dem Stand:

»Unsere Niederlassung in New York hat in einer dreihundertseitigen Expertise den Häuser- und Wohnungsmarkt im Großraum New York, dessen Finanzierung und die anschließende Verbriefung der Kredite untersucht. Das Ergebnis ist niederschmetternd. Von 2000 bis 2006 wuchs der Hausbestand stärker als die Bevölkerung. Jeder sollte nach dem Willen der Regierung Eigentum erwerben können. Das alles geschah über Kredit. Ein Haus, das 2003 einen Wert von dreihunderttausend US-Dollar hatte, konnte schon 2006 mit vierhundertfünfzigtausend verkauft werden. Die überhöhten Kaufpreise wurden vollständig mit Krediten finanziert.«

Pohl erläuterte dies anhand einer Power – Point –Präsentation und ergänzte:

»Allerdings sind auch die Kreditzinsen von anfangs zwei Prozent auf mehr als fünf Prozent gestiegen. Das können viele, die über Hauskredite oft auch ihren Konsum, den Urlaub und neue Autos finanzierten, nicht mehr bedienen. Das bleibt nicht ohne Auswirkungen auf die verbrieften Forderungen, die Sie und andere Banken erworben haben. Diese ganze Blase wird platzen. Davon bin ich überzeugt.«

»Kann ich die Expertise haben?«, insistierte Steinbüchel sofort.

»Sie ist eigentlich vertraulich und wird für ziemliche Unruhe sorgen. Aber ich überlasse Ihnen gern ein amerikanisches Vorabexemplar, wenn Sie versprechen, es nicht weiterzugeben.«

Die Herren gingen auseinander, nachdem sie vereinbart hatten, am nächsten Tag über die Kapitalanlagen der irischen Tochtergesellschaft zu diskutieren.

»Danke, in einer halben Stunde bin ich bei euch«, sagte Philipp und steckte sein Handy ein. Er war zwei Stunden über den dunklen, nassen Asphalt des Bankenviertels gelaufen und hatte überlegt, was er tun sollte. Die Gerüchte in der Bank über eine angebliche Schieflage, insbesondere bei den von ihm verantworteten Geschäften, waren immer heftiger geworden. Manche Kollegen schauten ihn schon von der Seite an und waren beim Kontakt äußerst zurückhaltend. Die Dreisteren fragten unverblümt nach den Risiken, die er mit seinen Papieren eingekauft hatte.

Er wusste, dass er nicht beliebt war, was ihn auch nie bekümmert hatte. Aber er registrierte die Veränderung seines Umfeldes. Erst von Maria hatte er erfahren, dass externe Berater mit einer Untersuchung beauftragt waren und sicher bald auf ihn zukommen würden. Reitz war merkwürdig einsilbig geworden, ohne mit ihm das Gespräch zu suchen.

Eric empfing Philipp an der Wohnungstür und bat ihn herein. Er war sofort bereit gewesen, ihm seinen Abend zu opfern. Anna kam gerade ins Wohnzimmer mit einem aufgeschnittenen Baguette und einigen Käsehappen für Philipp und begrüßte ihn. Zum freundschaftlichen Wangenkuss war es bei ihnen selten gekommen. Sie vermisste das nicht.

»Wir haben leider schon gegessen, aber wir leisten dir gern Gesellschaft«, entschuldigte sich Anna.

Nach dem Telefonat war sie erstaunt gewesen, dass Philipp den Kontakt mit Eric suchte. Sie hatten sich schon länger nicht gesehen, was vielleicht auch an der Immobilienkrise lag. Auch von Violetta hatte sie nichts mehr gehört.

Philipp drehte versonnen am Stiel seines Rotweinglases und wusste nicht, wie er das Gespräch beginnen sollte. Er hatte jemanden zum Reden gebraucht, seine Gedanken und Befürchtungen teilen wollen, jetzt aber scheute er sich, seine Schwierigkeiten zu offenbaren. Vielleicht lag es daran, dass er mit Eric allein eher klargekommen wäre. Annas Anwesenheit hemmte ihn. Um Zeit zu gewinnen, fragte er, wie sich die Immobilienkrise bei der Deutsche Kommerzialbank bemerkbar machte.

»Ich dachte, du hättest mit Rosen gesprochen«, antwortete Anna.

Philipp schüttelte den Kopf.

»Schon, aber das ist einige Wochen her und die Märkte ändern sich täglich.«

»Wir sind alle froh, dass Rosen sehr zeitig einen großen Teil der Papiere verkauft hat. Aber es hat nicht gereicht. Wir werden trotzdem Probleme mit Wertberichtigungen haben. Das hast du sicher auch schon am Markt gehört.«

»Alle Händler reden darüber.« Philipp lachte unerwartet.

»Eine große deutsche Bank«, erklärte er mit ironischem Unterton, »hat an mehreren internationalen Standorten amerikanische Immobilienpapiere gekauft, auf diese Weise die Kurse hochgetrieben und dann sukzessive das doppelte Volumen zu guten Kursen wieder verkauft. Das war bestimmt Rosen.«

»Ich weiß davon nichts«, log Anna und blickte Eric an. Sie hatte ihm schon vor Wochen erzählt, dass Rosen zwar den größten Teil der Papiere noch zu guten Zeiten verkauft hatte, aber mit dem Rest alle möglichen Versuche unternommen hatte, sie auch noch loszuwerden.

»Du hättest auch einsteigen sollen«, meinte Eric nur.

»Zu spät«, bedauerte Philipp und schwieg.

»Du hast schon gehört, dass ich zur Deutschen-Kommerzialbank wechsle?«, fragte Eric.

Philipp machte ein erstauntes Gesicht. Er war schon lange mit Eric befreundet und hatte ihn so eingeschätzt, dass er bis zu seinem Ruhestand bei Carefree Credits bleiben würde. Vor allem war die DK-Bank um ein Mehrfaches größer und das Betriebsklima wesentlich rauer. Das würde Eric nicht sonderlich mögen. Er ging zwar keinem Streit aus dem Wege, aber er wollte möglichst harmonisch leben und arbeiten. Seine Sturm- und Drangphase bei Frauen hatte er offensichtlich überwunden, jetzt wollte er tatsächlich noch Karriere machen. Oder war Anna die treibende Kraft?

»Was hältst du davon, dass Eric in euren Ellenbogen-Verein eintritt und was machst du dann?« Philipp schaute zu Anna.

»Du hast das Problem erkannt. Ich weiß, dass Eric eine harte Einarbeitung vor sich hat. Der derzeitige Controlling-Chef hat ein großes Renommee und geht Anfang des Jahres in den Ruhestand. Etliche im Hause haben sich als Nachfolger gesehen, aber der Vorstandsvorsitzende kennt Eric aus zahlreichen Meetings mit Carefree Credits und bearbeitet ihn schon seit Monaten, zu ihm zu kommen.«

»Und du selbst? Bleibst du bei der DK-Bank.«

»Natürlich«, sagte Anna nachdrücklich. »Erstens sind wir nicht verheiratet – das kann sich aber bald ändern, zweitens brauche ich meine Arbeit wie jeder andere auch.«

»Schön dass du mich vielleicht doch heiraten willst. Dann hat unser Kind die mittlerweile seltene Chance, ehelich zur Welt zu kommen«, warf Eric lachend ein.

»Ihr kriegt ein Kind? Das ist ja eine Neuigkeit nach der anderen. Herzlichen Glückwunsch! Euer Leben fängt erst richtig an und meines geht den Bach herunter.«

»Was ist denn eigentlich los? Jetzt sag es endlich!« Eric verlor die Geduld.

Endlich war der Damm gebrochen. Philipp berichtet über die Schwierigkeiten in der Bank, die Bewertungsverluste aus seinen Immobilienpapieren und die Einschaltung externer Berater.

»Alle schleichen um mich herum, als wäre ich ein Stück Wild, dass in den nächsten Wochen erlegt werde muss. In meinem ganzen Leben habe ich noch nie das Gefühl gehabt, so allein zu sein und auf ganzer Linie zu scheitern.«

Anna erstaunte dieses Selbstmitleid. Ein Mann, der bisher nur Erfolg hatte, dies sich selbst und nicht fremder Hilfe zuschrieb, der von den meisten Kollegen wenig hielt und den Rat anderer selten annahm, war plötzlich wehleidig, nachdem ein klein wenig Sturm aufgekommen war.

»Du musst kämpfen! Wenn du auf den Jäger wartest, wird er dich finden. Wenn du dir eine Blöße gibst, wird er dich treffen. Geh mit Druck auf die Leute zu. Lass dir meinetwegen einen Termin bei Weck geben und verlange, dass du beteiligt wirst. Vor allem, sprich zunächst Oesterich an.«

Philipp wunderte sich über die klare Linie Annas. Sie hätte sicher besser agiert als er. Er hatte aber Schwierigkeiten, seine Unentschlossenheit zu bekämpfen und verstand selbst nicht, warum er auf einmal so verzagt war.

»Oesterich hat sich schon in der letzten Vorstandssitzung von mir abgesetzt. Auf ihn kann ich mich nicht verlassen«, gab Philipp zu bedenken.

»Natürlich nicht«, gab ihm Anna Recht.

»Warum wunderst dich das? Auf Eric kannst du dich verlassen, auf Violetta sicher auch. Aber alle deine Mitarbeiter und auch die Kollegen verabschieden sich von dir, wenn du abzustürzen drohst. Das sagt dir keiner persönlich, doch du hast sicherlich schon gemerkt, wie sie auf Distanz gehen. Aber Oesterich musst du klarmachen, dass Ihr in einem Boot sitzt. Er muss das Gefühl haben, dass du ihn mit herunterziehen wirst, wenn du fällst.«

»Das ist richtig«, bestätigte Eric. »Oesterich kann dir das Irland-Engagement nicht ankreiden, wenn er es von dir verlangt hat.«

Philipp zweifelte.

»Er wird natürlich sagen, er hätte gedacht, ich würde anschließend die Zustimmung des Gesamtvorstands herbeiführen und seinen Kopf so aus der Schlinge ziehen.«

»Du solltest vor allem sehen, dass du deine Unterlagen geordnet hast. Du brauchst alle Beschlüsse und Entscheidungsrundlagen, damit du argumentieren kannst.«

»Maria Weingarten ist sehr ordentlich. Sie hat mit Sicherheit alles präsent.«

»Natürlich, aber du musst sehen, dass du selbst die Unterlagen hast«, warf Anna ein. »Was ist, wenn zum Beispiel die Revision die Unterlagen bei Maria holt? Schau dir alles genau an und kopiere dir das Wichtigste, vor allem die Sachen, bei denen du vielleicht einen Fehler gemacht hast. Geh immer vom Schlimmsten aus.«

»Mein Gott, du redest schon wie eine Juristin«, sagte Philipp zu ihr.

»Wenn du dir Sorgen machst, musst du handeln und nicht über die Sorgen nachdenken. Glaub mir, ich habe das im wirklichen Leben trainiert.«

»Ich werde es versuchen. Danke! Frauen sind vielleicht doch die besseren Männer. Jetzt lasst uns über etwas anderes reden. Du bist schwanger?«

»Ja, aber erst im dritten Monat. Ich war mir nicht sicher, ob ich noch ein Kind wollte. Der Stress im Beruf und hier zu Hause ist mir einfach zu viel. Aber Eric wollte unbedingt. Die Männer müssen es ja nicht ausbaden«, meinte Anna eher ironisch als bedauernd.

»Mary war auch dafür«, ergänzte Eric.

Philipp erinnerte sich an den Beginn der Beziehung zwischen Anna und Eric und seine eigene spöttische Herablassung damals. Die enge familiäre Bindung und Verpflichtung war nicht seine Sache. Er spürte aber heute auch gewisse Vorzüge und hoffte, dass sich die Wünsche der beiden erfüllten. Catherine kam ihm in den Sinn, aber auch Violetta. Eigentlich hatte er über New York und seine Wohnung berichten wollen. Er ließ es lieber.

»Entschuldigt, mir fällt gerade noch etwas ein«, kam Philipp zu den Bankthemen zurück. »Wir haben im Haus eine Anfrage der Wirtschaftspresse erhalten, welche Immobilienrisiken wir in den USA hätten. Wie sieht es bei euch aus?«

»Wir haben natürlich erklärt, dass wir keine Giftpapiere im Schrank hätten. Aber für Arroganz besteht kein Anlass. Wir haben bei Carefree Credits genügend andere Probleme, wie du weißt«, antwortete Eric.

Anna kannte die Anfrage auch. Die DK-Bank hatte Risiken eingeräumt, sich aber vor der Angabe von Zahlen gedrückt. Sie war sich aber sicher, dass die Journaille nicht locker lassen würde.

»Erst haben sie jahrelang geschrieben, dass die deutschen Banken zu dumm seien, Investmentbanking wie die Amerikaner und Engländer zu betreiben, und jetzt lobt man nur noch das konservative Kreditgeschäft für Mittelstandskunden. Die Journalisten sind nicht besser als die Händler: Wenn einer schreiend voranläuft und viel Wind macht, rennt die ganze Meute hinterher.«

»Wenn die Bank des Bundes melden muss, dass die eigene Tochterbank auf Unsummen von kritischen Immobilienpapieren sitzt, können Journalisten schon ins Grübeln geraten«, widersprach Eric.

Philipp trank den letzten Schluck aus seinem Glas und verabschiedete sich. Anna war überrascht, als er sie umarmte und einen flüchtigen Kuss auf ihre linke Wange drückte. So viel Emotion hatte sie bei Philipp bisher nicht erlebt.

»Jetzt tut er mir fast leid«, sagte sie zu Eric, nachdem sich die Wohnungstür geschlossen hatte.

Meier wurde nach oben gerufen. In Wecks Zimmer saß Oesterich und steckte sich gerade eine weitere Praline in den

Mund. Bei Weck gab es zum Kaffee stets einige dieser exquisiten und frischen Exemplare aus einer teuren Konfiserie in der Nähe der Bank. Keiner wusste genau, ob dies dem Geschmack und Wunsch des Vorstandsvorsitzenden oder eher dem seiner Sekretärin entsprach.

»Herr Meier«, sagte Weck, »wir diskutieren gerade die Liquiditätssituation der Bank. Wie sieht es aus? Funktioniert der Geldmarkt noch?«

Meier war neben seinen sonstigen Aufgaben für den Geldhandel und die Disposition zuständig. Er hatte dafür zu sorgen, dass der Geldbedarf für Bank und Kunden jederzeit gedeckt werden konnte. Meier wusste nicht, was Weck und Oesterich diskutiert hatten. Es konnte aber nur um die momentanen Liquiditätsprobleme der Banken gehen. Alle Händler der Welt waren auf einmal sehr vorsichtig geworden, sodass es heftig im Getriebe knirschte.

»Nachdem die Zentralbank fünfundneunzig Milliarden in den Markt gepumpt hat, scheint sich alles beruhigt zu haben, aber es kann jeden Tag wieder eng werden«, äußerte er sich vorsichtig.

Oesterich ergänzte:

»Der Zins für Tagesgeld liegt heute schon bei viereinhalb Prozent. Auf Dauer wird uns das stark belasten, zumal wir die Käufe der Asset Backed Securities kurzfristig refinanziert haben. Es ist also nicht nur die Frage, ob wir das Geld überhaupt noch kriegen, sondern wie lange wir uns das noch leisten können.«

»Aber die Zentralbank wird uns doch helfen?«

»Ich glaube schon.«

Weck war nicht zufrieden. Es behagte ihm nicht, auf irgendwelche Aktionen Dritter warten zu müssen. Oesterich war schnell darin, irgendwelche globalen Veränderungen als

Entschuldigung anzuführen. Es wäre aber seine Aufgabe gewesen, die Risiken überschaubar zu halten.

»Was können wir noch tun? Abwarten allein reicht mir nicht. Herr Meier, was meinen Sie?« Weck schaute ihn fragend an.

»Außer durch Verkauf der Papiere können wir uns nur Luft verschaffen, wenn wir alle Geldaufnahmen zurückfahren. Das wird dann unser Geschäft stark einschränken. Der Vorstand muss aber hier die Prioritäten bestimmen, sonst kann ich mich nicht durchsetzen.«

»Gut. Dann werde ich das in der nächsten Vorstandssitzung ansprechen. Besten Dank, Herr Meier.«

Oesterich verabschiedete sich ebenfalls, nicht ohne im Herausgehen noch eine Praline zu nehmen.

»Sie können von meiner Sekretärin die Adresse haben«, rief Weck spöttisch hinterher und ärgerte sich über seinen Kollegen, aber nicht wegen der Praline, sondern der unprofessionellen Sorglosigkeit. Die Bank steckte in großen Problemen, weil sie hohe Ausfälle auf die von Oesterich gekauften Papiere zu verkraften hatte und überdies teuer refinanzieren musste. Für Meier war das gesamte Thema zu komplex, Berressem war als Betroffener befangen, von Heros Consulting hatte er noch nichts gehört. Weck hatte das Gefühl, allein die Verantwortung tragen zu müssen. Die wenigen Jahre bis zu seinem Ruhestand hatte er sich anders vorgestellt.

»Geben Sie mit bitte die »Erste«, Herrn Rau«, rief Weck seiner Sekretärin zu.

Die »Erste Wirtschaftsprüfungs-AG« war die Abschlussprüferin der Bank. Rau als der dort zuständige Chef für Finanzunternehmen konnte ihm sicher etwas mehr über die Gesamtsituation und Lösungsmöglichkeiten sagen. Weck wollte sich nicht nur auf die Berater von Heros und auf Oesterich verlassen. Die »Erste« war ihm auch wichtig für die Gespräche mit dem Aufsichtsrat.

»Seien Sie gegrüßt, Herr Rau. Wie geht es Ihnen?«

»Na ja«, meinte dieser, «lustig sind die Zeiten nicht. Wir hetzen derzeit von einem Krisenthema zum anderen. Ich befürchte, auch Sie haben einige Wünsche, die ich erfüllen soll.«

»So schlimm ist es nicht. Ich bin bescheiden und habe nur einen Wunsch«, versuchte Weck abzuwehren. »Können wir uns einmal über die Immobilienkrise und die Auswirkungen auf unsere Bilanz unterhalten? Mich interessiert Ihre Meinung. Je früher wir unsere Strategie anpassen, desto besser.«

Rau war darin geübt, Gespräche mit nervösen Vorständen zu führen, die bei ihm eine Art von Absolution suchten. Er sollte den einen oder anderen Bilanztrick akzeptieren, den Vorstand im Aufsichtsrat in Schutz nehmen und den Vorsitzenden darin unterstützen, missliebige Kollegen loszuwerden. Das alles sollte möglichst nichts kosten und vom jährlichen Prüfungsauftrag umfasst sein. Ging etwas schief, war der Wirtschaftsprüfer schuld. Der hätte es schließlich wissen müssen. Aber Rau wäre ein schlechter Wirtschaftsprüfer gewesen, wenn er nicht auch hier eine Lösung gefunden hätte.

»Herr Weck, wir bieten in den nächsten Tagen eine sehr diskrete Veranstaltung für ausgewählte Vorstandsvorsitzende von Banken an. Hier referieren unsere Spezialisten über die US-Immobilienkrise und anschließend diskutieren wir Ihre Fragen. Meine Sekretärin wird Ihnen die Veranstaltungsdaten mailen. Wir können anschließend gerne einen Termin für ein persönliches Gespräch vereinbaren. Einverstanden?«

Weck blieb nichts anderes übrig als zuzustimmen. Er hatte eigentlich keine Lust, in die Tiefen amerikanischer Immobilienfinanzierungen einzusteigen. Das war Sache seiner Kollegen. Es war klar, dass ihm Rau auf diese Weise die Verantwortung wieder zuschob.

Der Zug fuhr in den Münchener Hauptbahnhof ein. Carmen bedauerte nicht, dass sie die langsamere Strecke über Stuttgart gewählt hatte. Der Albaufstieg Richtung Ulm verschaffte genügend Zeit, sich über schwäbische Eigenart und Vorteile von Kopfbahnhöfen Gedanken zu machen. Die Reisestelle von Info24 wollte zunächst die Strecke über Würzburg und Nürnberg buchen, aber die Abfahrtszeit hatte ihr nicht gepasst.

Sie nahm ein Taxi und fuhr zu einem Kollegen bei einem befreundeten Sender. Sie wollte ihn schon seit langem aufsuchen. Nachdem Hannes Jaeger aus dienstlichen Gründen nach München musste, hatte sie ohne zu zögern das Angenehme mit dem Nützlichen verbunden. Er war schon seit dem Vormittag in München und würde erst nach dem Abendessen ins Hotel kommen. Bis dahin hatte sie Zeit.

Hannes Jaeger hatte es sich auf dem spartanischen Hotelstuhl im Auditorium bequem gemacht, soweit das möglich war. Vorne legte der Referent einen kleinen Stapel Folien, es mögen vielleicht fünf oder sechs gewesen sein, auf das Rednerpult. Eine andere Ablagemöglichkeit gab es nicht. Ein Hotelangestellter wartete schon auf ihn, um Mikrofon und Sender zu befestigen. Die Körperreaktionen des Referenten zeigten, dass er diese Situation noch nicht eingeübt hatte. Insbesondere war er überrascht, als fremde Hände ohne Scheu die Gegenstände in seinem Jackett unterzubringen suchten.

Verständnislos schaute der Angestellte auf die Folien. Sein Blick ging auf den Beamer, dann ins Publikum, schließlich auf den Referenten.

»Wollen Sie die Folien verwenden?«, fragte er in einer Tonlage, die eher ein »Nein« herausforderte.

»Ich dachte schon, aber wenn uns das zu sehr aufhält, kann ich ohne Probleme darauf verzichten«, antwortete der Referent eher erleichtert.

Er war froh, ein technisches Problem vermieden zu haben. Seine Hauptstärke als Bundesrichter und Vorsitzender eines Strafsenats war es, komplexe Lebensvorgänge bis in die feinste Verästelung zu sezieren und auf diese die Strafgesetze anzuwenden. Für die technische Entwicklung der letzten zwanzig Jahre hatte er keine Kapazitäten frei gehabt.

»Liebe Kolleginnen und Kollegen«, begann er seine Ausführungen. Er vermied die förmliche Anrede, was ihm sofort wohlwollende Blicke einiger Staatsanwälte eintrug.

»Ich danke Ihnen, dass Sie mich zu ihrer Tagung eingeladen haben, damit ich die neuere Entwicklung der Rechtsprechung des Bundesgerichtshofs zum Thema Untreue darlege. Ich werde in diesem Zusammenhang besonders zum Untreuevorwurf gegenüber Bankvorständen Stellung nehmen.«

Die Saaltür auf der dem Referenten gegenüberliegenden Seite öffnete sich und eine weitere Teilnehmerin ging nach vorne, um sich auf den letzten freien Platz zu setzen. Ihr Namensschild hatte sie in der Rechten, die Linke hielt eine kleine Aktentasche. Der Referent unterbrach für einen Augenblick und schaute in sein Manuskript, Hannes Jaeger zog seine breit aufgefächerten Unterlagen zu sich heran, um der Kollegin Platz zu machen.

»Dr. Mechtild Hansen«, las er auf dem Namensschild. Die meisten kannten sich hier zumindest flüchtig. Er hatte noch nie von ihr gehört. Sie nickte ihm freundlich zu. Er lächelte zurück und schaute aus den Augenwinkeln auf ihre wohlgeformten Beine und verstand jetzt die Unruhe, die sich hinter

177

ihm bemerkbar gemacht hatte, sobald sie den Raum betreten hatte. Einen wirklich guten Auftritt hat man nur, wenn man zu spät kommt, dachte er.

Die Kollegin war allerdings älter als der Eindruck, den die Kürze des Rocks zunächst vermittelte. Sie mochte um die Mitte vierzig sein, vermutlich Oberstaatsanwältin irgendwo in den neuen Bundesländern, sonst hätte er sie sicher schon einmal gesehen. Er blätterte vorsichtig in der Teilnehmerliste, um Namen, Funktion und Dienststelle zu finden. Dann versuchte er, sich wieder auf den Referenten zu konzentrieren.

»Vermögensbetreuungsverhältnisse wie das zwischen der Bank und ihrem Vorstand können sich durch erhebliche Handlungsspielräume des Treupflichtigen auszeichnen, zu denen das Eingehen von Verlustrisiken ganz selbstverständlich gehört. Kommt es etwa durch Ausfall eines Kredits zu einem Vermögensschaden, so rechtfertigt dies für sich genommen noch nicht den Schluss auf ein unerlaubtes und strafwürdiges Handeln des für die Kreditvergabe verantwortlichen Vorstands«, zitierte der Bundesrichter aus einer Entscheidung und wies darauf hin, dass sich das Bundesverfassungsgericht auf Grund einer Vorlage in den nächsten Jahren intensiv mit dem Thema auseinandersetzen werde.

Nervös faßte sich der Referent immer wieder ans Kinn und verursachte durch den Kontakt mit dem Mikrofon am Revers ein nervendes Krachen der Lautsprecher. Der Hotelangestellte betrat wieder den Raum und zog einen kleinen Wagen mit einem Overheadprojektor hinter sich her.

»Auch das noch«, sagte Jaeger zu seiner Nachbarin.

Tatsächlich war einige Zeit erforderlich, um das Gerät anzuschließen und die erste Folie zu platzieren. Sie enthielt nicht mehr als den Titel des Vortrags und den Namen des Referenten, »Peter Bodden«, allerdings in einer viel zu kleinen Schrift, die nur in der ersten Reihe gelesen werden konnte. Jaeger schaute zwischen den rosa Plüschvorhängen, die von Messingringen zusammengefasst waren, auf die belebte Straße. Wenn man von seiner Nachbarin absah, fing die Tagung nicht gut an. Er hoffte, dass die Diskussion interessanter sein würde als der Vortrag.

Carmen öffnete ihre Reisetasche und hing ihre Sachen in den Kleiderschrank. Ihr schwarzes Negligé, das sie eigens für Hannes eingepackt hatte, legte sie auf das Kopfkissen. Sie hatte sich ein Doppelzimmer zur Einzelnutzung geben lassen, Jaeger hatte ein Zimmer auf der gleichen Etage. Schon wegen seiner Dienstreiseabrechnung achtete er auf eine sorgfältige Trennung. Für sie auch eine diese Verrücktheiten: Hätten sie ein gemeinsames Zimmer, wäre es für den Staat billiger. Natürlich achtete er auch darauf, dass seine Frau keinen Verdacht schöpfte. In dieser Art Versteckspiel war er kriminell gut.

Sie hatte mit dem TV-Kollegen beim Sender einen Kaffee getrunken und von alten Zeiten geschwärmt. Vor vielen Jahren hatten sie sich als Volontäre bei einer Tageszeitung kennengelernt und hin und wieder miteinander telefoniert. Die Beziehung war nicht eng gewesen, aber manchmal fragte sie sich, ob sie nicht eine gute Gelegenheit verpasst hatte. Außer Geschiedenen und Verheirateten gab der Beziehungsmarkt nichts mehr her. Die verbliebenen Singles waren meist schwer vermittelbar. Sie hatten vereinbart, sich bei nächster Gelegenheit wieder zu treffen und sich bis dahin Gedanken über ein gemeinsames Projekt beider Sender zu machen.

Carmen war dann noch für eine Stunde in das Lenbachhaus gegangen. Sie konnte hier bei den Koryphäen des »Blauen Reiter« gleichzeitig entspannen und sich in Euphorie versetzen lassen. Wer konnte heute noch mit diesen Farben solche

Werke schaffen. Die Künstler des einundzwanzigsten Jahrhunderts sicher nicht. Du wirst alt, dachte sie.

»Früher war alles besser« – diesen Spruch hatte sie stets abgrundtief gehasst. Sie beschloss, sich bei nächster Gelegenheit der neueren Moderne zuzuwenden.

»Frau Doktor Hansen, Sie warten auf ein Taxi?«, fragte Jaeger seine Nachbarin aus dem Tagungsraum, die jetzt vor dem Hoteleingang stand.

»Ich habe hier im Tagungshotel kein Zimmer mehr bekommen und will vor dem Abendessen noch einmal in mein Quartier«, antwortete sie.

»Dann sehen wir uns sicher nachher. Bis dann.«

Jaeger vermied den Hinweis, dass auch er ein anderes Hotel gebucht hatte, und machte sich auf den Weg.

Die vollständige Runde traf sich zum Abendessen in einem typisch bayerischen Lokal. Jaeger liebte diese zwanglosen Zusammenkünfte mit Kollegen. Sie waren meist informativer als die mit Themen überfrachteten Tagungen. Man erfuhr etwas über anstehende große Verfahren, die Qualität von Gutachtern in Wirtschaftsstrafverfahren, Trends bei den einzelnen Gerichten, über gute Nachwuchsleute und vieles mehr. Zudem waren notwendige Telefonkontakte mit Kollegen viel ergiebiger, wenn man vorher einmal ein Bier zusammen getrunken hatte. Gerade Ermittlungen gegen Großunternehmen erstreckten sich oft auf zahlreiche Orte in der Bundesrepublik. Man war auf gute Zusammenarbeit angewiesen.

Frauen waren selten in diesem Kreis. Sie waren Sammlerinnen, Staatsanwälte eher Jäger. Nicht ohne Grund führten Staatsanwaltschaften und Polizei die aufschlussreiche Bezeichnung »Straf*verfolgungs*behörden«. Schon der Name war eine Drohung für den Täter und eine Herausforderung für den Ermittler. Umso neugieriger war Jaeger, welcher Typus sich hinter seiner attraktiven Nachbarin verbarg. Vielleicht konnten sie beim Abendessen nebeneinander sitzen.

Als eine der letzten kam sie herein. Jaeger registrierte sofort, dass sie sich im Hotel nicht nur frisch gemacht, sondern auch umgezogen hatte. Der kurze Rock war durch enge Bluejeans ersetzt worden, die nicht weniger Aufmerksamkeit erregten. Dazu trug sie ein helles Jackett, das vorteilhaft auf Taille geschnitten war. Die Absätze ihrer glatten, schwarzen Schuhe waren hoch, aber noch in einem für eine Behördenvertreterin erträglichen Rahmen. Während die Herren mit der Überlegung beschäftigt waren, ob man ihr an dem voll besetzten Tisch einen Platz anbieten sollte, hatte sie bereits von einem Nachbartisch einen Stuhl erbeten und sich direkt neben Jaeger platziert. Die Kollegen rückten wie auf Kommando zusammen, sodass sie den Stuhl in die Lücke schieben konnte. Jaeger war zu überrascht, um irgendeinen intelligenten Willkommensgruß zu formulieren.

»Wie läuft es bei euch so im Osten? Noch immer kriminelle Aufbruchsstimmung?«, machte der einzige Kollege, der sie kannte, einen misslungenen Scherz.

Mit der leicht sächsischen Einfärbung ihrer Stimme, die sie trotz Bemühens nicht unterdrücken konnte, antwortete sie:

»Solange wir so viele westdeutsche Wirtschaftskriminelle beherbergen, wird sich da kaum etwas ändern. Das liegt vielleicht auch daran, dass die wesentlichen Positionen in den Ministerien noch immer mit Bayern besetzt sind.«

Sie freute sich, dass auch die bayerischen Kollegen lachen konnten. Alle in der Runde wussten, wie viele Kollegen nach der Wende im Osten eingefallen und Karriere gemacht hatten. Viele hatten beim Aufbau nur zeitweise geholfen und waren dann zurückgekehrt. Andere hatten die Gelegenheit zur Beförderung genutzt, die sie im Westen zumindest nicht so schnell bekommen hätten. In der privaten Wirtschaft war Vergleichbares zu beobachten. Der nachwachsenden Generation aus dem Osten war das ein Dorn im Auge.

Dr. Hansen wandte sich ihrem Bier und der Schweinshaxe zu. Eigentlich mochte sie beides nicht, aber sie wollte nicht aus der Reihe tanzen, nachdem sie das bayerische Stillleben auf dem weiß gescheuerten Holztisch gesehen hatte.

Schräg gegenüber kämpfte Bundesrichter Bodden mit Gabel und Messer, um die riesigen Fleischstücke vom Knochen zu lösen. Seine Wangen waren stark gerötet, das etwas zu lange dünne Haar in die Stirn gefallen.

»Erlauben Sie, dass ich Sie noch etwas zu Ihrem Vortrag frage?«, sprach sie Bodden unmittelbar an, ohne auf seine Antwort zu warten.

Er erschrak und starrte sie entgeistert an.

»Halten Sie eigentlich für praktikabel, was die Rechtsprechung alles von Unternehmensleitern fordert, damit sie keine Untreue begehen? Verluste hat es in Unternehmen schon immer gegeben. Die sind genauso normal wie Gewinne. Abgesehen davon, dass ein Laie das nicht versteht, geht es auch Juristen hier nicht viel anders. Manchmal erinnert mich das Ganze an die Urteile gegen Unternehmensleiter in den sozialistischen Republiken, die den Fünfjahresplan nicht erfüllt hatten. Hier hat die Westpresse immer mit erhobenem Zeigefinger berichtet.«

Jaeger sprang in die Bresche und antwortete:

»Das ist stark übertrieben. Es gibt etliche Straftatbestände, bei denen man diskutieren kann, nicht nur die Untreue. Zudem haben wir als Staatsanwälte auch eine sozialhygienische Verantwortung. Es kann nicht sein, dass man die Kleinen hängt und die Großen laufen lässt.«

»Darum geht es doch nicht. Ich rede hier nur von den Fällen, in denen keiner in die eigene Tasche wirtschaftet, keinerlei Vorteil für sich hat, sondern als Unternehmensleiter einfach die falsche Entscheidung trifft. Schauen Sie doch selbstkritisch Ihre eigene Arbeit an: Als Vertreter der Anklage beantragen Sie meist Strafen, die weit über dem Urteil des Gerichts liegen. Kann der Angeklagte Sie deswegen anzeigen und Ihnen versuchte Freiheitsberaubung vorwerfen?«, widersprach Dr. Hansen heftig.

Der Bundesrichter hatte sich zwischenzeitlich gefasst und sein Besteck ordentlich neben den nicht verzehrfähigen Resten seiner Mahlzeit abgelegt. Nachdenklich fasste er sich ans Kinn und fing an zu dozieren.

»Frau Kollegin, ich glaube, es gibt ausreichende Kriterien. Zum Beispiel kann der Unternehmensleiter Informationspflichten gegenüber dem Aufsichtsrat verletzt haben oder er war gar nicht befugt, eine bestimmte Entscheidung zu treffen.«

Der Rest seiner Ausführungen ging im Stimmengewirr unter. Die anschließende Diskussion verlor mit jeder Runde bayerischen Bieres an Qualität und Ernsthaftigkeit. Die Fröhlichkeit gewann Oberhand, wie es der fortgeschrittenen Tageszeit entsprach.

Einige Herren erhoben sich, um zum Tagungshotel zurückzugehen. Jaeger hatte über den Kellner ein Taxi bestellt, das bereits eingetroffen war.

»Kann ich Sie irgendwo absetzen«, fragte er seine Nachbarin.

»Gern, wenn wir den gleichen Weg haben«, stimmte sie zu.

Sie erfuhr erst im Taxi, dass sie im selben Hotel übernachteten. Macht er sich irgendwelche Hoffnungen auf eine heiße Nacht im Hotel, dachte sie und blickte kurz auf sein Profil, das sich im Scheinwerferlicht des Gegenverkehrs markant von der Seitenscheibe abhob.

Er war wahrscheinlich zwischen Anfang bis Mitte Fünfzig und verheiratet. Sie hatte schon mit weniger gut aussehenden Männern geschlafen. Er war ihr nicht unsympathisch, aber heute hatte sie keine Lust.

Jaeger konnte seinen Blick nicht von den Beinen seiner Nachbarin reißen. Er ärgerte sich, dass ihn auch die zwanghafte Vorstellung einer mit leichten Dessous bekleideten Carmen nicht auf die rechte Bahn brachte. Das würde noch fehlen, dass er gleichzeitig seiner Frau und Carmen untreu wurde. Er beschloss, sich zusammenzureißen, auch wenn sich seine Gedanken immer wieder verirrten.

Die Spiegeleier hatten schon einige Zeit auf der Warmhalteplatte gelegen. Geschmacklich tat das keinen Abbruch. Die Hotelküche, die morgens ihre Auszubildenden oder Köche der dritten Garnitur einsetzte, konnte nicht viel falsch machen. Die Kartoffeldreiecke waren in heißem Öl aufgetaut und gebacken worden, eine Misshandlung, die bei anderen Waren jeden Geschmack zerstörte. Hier ließ sich der Gaumen jedoch durch Fett und krosse Schnipsel betrügen. Carmen hatte außerdem eine gedünstete Tomate und einige kleine Champignons, die an Gummistopfen erinnerten, aufgelegt. Danach würde sie noch einen Natur-Joghurt essen, um das schlechte Gewissen zu beruhigen.

Hannes war gestern Abend nur eine knappe Stunde bei ihr gewesen. Seine Stimmung war verhalten, er hatte ausgesprochen nachdenklich gewirkt, ohne dass sie den Grund hierfür herausfinden konnte. Sie waren nicht zusammen ins Bett gegangen, sondern hatten kurz über ihre nächste Sendung diskutiert. Sie wollte sich eingehend mit der Bankenkrise befassen, war sich aber nicht sicher, ob dies die Zuschauer interessierte. Hinzu kam, dass es ausgesprochen schwierig war, diese Themen allgemeinverständlich zu erklären. Die Kollegen in der Redaktion hatten ihr einiges zusammengestellt. Aktuell hatte eine Staatsbank Unsummen als Liquiditätshilfe für eine Zweckgesellschaft in Irland mit dem schönen Namen Äquator-Funding zur Verfügung stellen müssen. Liquiditätshilfe hörte sich so harmlos an und vermittelte den Eindruck, als sei übermorgen schon alles besser. Wenn man sein Geld nicht zurückbekam, war der Grund für die Hingabe eigentlich gleichgültig. Allerdings nahmen die Auguren wohl an, die Papiere würden sich im Lauf der Zeit erholen. Das kannte sie von ihrem eigenen Depot: Es ging rauf und runter, man musste nur die Nerven behalten.

»Einen wunderschönen guten Morgen«, sagte Hannes und setzte sich mit einem Teller Müsli zu ihr.

»Du scheinst heute Morgen besser gelaunt zu sein«, erwiderte sie.

Hannes lachte und erwiderte:

»Ich bin es nicht gewöhnt, den ganzen Tag irgendwelchen Referenten zuzuhören. Das stresst mehr als normale Arbeit. Der Krach in der Bayerischen Beize gestern Abend war auch nicht erholsam.«

»Ich bin deinetwegen nach München gefahren und statt wirklich wichtige Dinge zu tun, haben wir nur geredet.

»Der Tag hat gerade erst angefangen und wir haben noch nicht ausgecheckt«, sagte Hannes wenig überzeugend.

Carmen konnte sich nur zu einem »Aha« durchringen.

»Darf ich mich zu Ihnen setzen?«, fragte eine Dame in den Vierzigern.

Carmen musterte sie kritisch. Blonde, lange Haare, schwarzer Lidstrich, kräftiger Lidschatten, rot-weiß Bluse mit einigen Rüschen, enge Jeans, Schuhe mit hohen Absätzen. Sie wirkte nicht unsympathisch, hatte aber mit Outfit und Schminke nicht die treffenden Akzente gesetzt. Wenn es ihr gefällt, dachte Carmen und wies mit der Hand auf den leeren Stuhl.

Es war ungewöhnlich, dass sich im halb besetzten Frühstücksraum eines Hotels jemand zu einem Paar an einen Vierertisch setzte. Ein Fan ihrer TV-Sendung schien sie nicht zu sein.

Jaeger brauchte einige Sekunden, um mit der Überraschung fertig zu werden. Eigentlich hätte er mit der Begegnung rechnen können. Er hatte am Abend kurz überlegt, ob er nicht das Frühstück aufs Zimmer bestellen sollte, aber das hätte er Carmen nicht erklären können.

»Frau Dr. Hansen, eine Kollegin«, seine Hand wies auf die Kollegin, sein Blick richtete sich auf Carmen.

»Das ist Carmen Abendroth.«

Carmen nickte der Dame zu und fragte:

»Sie sind auch Staatsanwältin?

»Richtig – wie Ihr Gatte«, antwortete Dr. Hansen.

Jetzt hatte sie der Teufel geritten. Sie hatte schon verstanden, dass die beiden nicht den gleichen Familiennamen hatten. Als gute Staatsanwältin beherrschte sie die Regeln der Vernehmungstechnik. Den Gesichtern nach zu urteilen hatte sie einen Volltreffer gelandet.

»Wir sind lediglich befreundet«, sagte Carmen offen und lächelte Dr. Hansen vielsagend an. Beide Frauen hatten instinktiv Jaeger die Opferrolle zugedacht.

Dr. Hansen konnte sich an den Ehering erinnern und starrte sofort auf die Hände von Jaeger: Nichts zu sehen. Aber es ging sie auch nichts an.

»Ich habe das Gefühl, Sie schon mal gesehen zu haben.« Sie schaute Carmen fragend an.

»Sicher nicht bei Gericht, eher im Fernsehen.«

»Jetzt ist es mir klar, Sie sind die Moderatorin!«

Die Frauen hatten ein Gesprächsthema gefunden und unterhielten sich angeregt, während Jaeger sich intensiv mit seinem Frühstück beschäftigte. Er war froh, dass er keine unangenehmen Fragen beantworten musste.

Martina Amman blickte König erstaunt an. Aber schließlich war er ihr Chef. Warum er allerdings die Reisekosten von Philipp Berressem überprüfen lassen wollte, war ihr unklar. Ebenso wenig wusste sie, warum Schmahl, also die Revision, bei der Besprechung anwesend war.

»Wie weit soll ich zurückgehen? Das dürften einen Menge Unterlagen sein. Er ist schließlich viel im Ausland gewesen«, entgegnete sie unwillig.

»Sie sollten ab dem Zeitpunkt prüfen, als er Abteilungsleiter wurde. Nehmen Sie sich am besten nur die Auslandsreisen mit einem Abrechnungsbetrag von mehr als zweitausend Euro vor. Die Ein- und Zwei-Tages-Reisen können Sie übergehen.«

König bat sie, insbesondere Abrechnungen aus Restaurants, Bars und Hotels wegen Auffälligkeiten zu prüfen und eine Liste derer zu erstellen, die er eingeladen hatte. Sie verabschiedete sich von König und verließ mit Schmahl dessen Zimmer.

»Wissen Sie, worum es eigentlich geht? Reisekosten überprüft man nur, wenn man einen konkreten Verdacht hat oder irgendetwas finden will, weil man sonst nichts hat«, fragte sie Schmahl.

Dem war das Ganze offensichtlich unangenehm. Er antwortete nur zögernd und verwies auf einen Vorstandsauftrag, der aber wohl nicht die Reisekosten zum Gegenstand hatte. Martina Amman holte tief Luft und machte sich an die Arbeit.

Es war sechs Uhr abends. Maria Weingarten saß zusammen mit Reitz bei einem Glas Rotwein, den sie nach kurzem Suchen zusammen mit zwei Gläsern gefunden hatten. Sie vermieden es sonst, in der Geschäftszeit Alkohol zu trinken. Wenn es etwas zu feiern gab, gingen sie in ein Lokal. Maria hatte selten mitgemacht, weil sie einfach kein Bedürfnis zu intensiveren Kontakten mit den Kollegen hatte. Sie verstand sich gut mit allen, verbrachte aber die verbleibende Freizeit lieber mit Conrad. Heute hätte sie am liebsten eine ganze Flasche geleert.

Philipp hatte alle Mitarbeiter seiner Abteilung zu einer Besprechung zusammengerufen und aus dem Stand über die Situation der Bank, der Abteilung und die Konsequenzen für jeden Einzelnen berichtet. Danach waren alle äußerst beunruhigt gewesen. Sie war sich nicht sicher, ob Philipp übertrieben hatte oder ob es real war. Er hatte zunächst die Katastrophen der vergangenen Wochen zusammengefasst: die extreme Schieflage bei einigen Privatbanken und Landesbanken, die Katastrophe in Großbritannien mit dem Run auf Southern Sand, die Gewinnwarnung der Vereinigten-Egli-Bank bei gleichzeitigem Rekordgewinn, die hohen Verluste und Liquiditätsprobleme des Äquator-Funds einer deutschen Bank in Irland und die eigenen Wertpapierabschreibungen in Irland.

Bisher waren sie davon ausgegangen, dass die große Krise ausbleiben und sich der Markt von selbst im Laufe der Zeit regulieren würde. Das schien nicht so zu sein. Laut Philipp hatte der Vorstand bereits jetzt drastische Maßnahmen beschlossen. Der Handel und dessen Bestände sollten zurückgefahren und Personalkosten reduziert werden. Ob es Entlassungen geben würde, war nicht klar. Zunächst sollten einvernehmliche Regelungen im Vordergrund stehen.

»Was ist mit Philipp los?«, fragte Reitz.

Er war ihm seltsam unbeteiligt vorgekommen. Ohne Engagement hatte er informiert, keinerlei Trost oder Aufmunterung für die Kolleginnen und Kollegen gefunden.

»Seit Wochen geht das schon so. Er macht seine Arbeit wie bisher, aber nicht mehr mit Herz und Seele. Seine Zuversicht fehlt«, analysierte Maria bedauernd.

Sie wusste, dass er keinerlei Kontakte im Hause pflegte, zum Mittagessen ging er nach außerhalb. Ab und zu telefonierte er mit einer New Yorker Adresse. Dann war er besser gestimmt. Sie ahnte, dass dies keine Gespräche mit der Filiale waren.

»Revision und Risikocontrolling rennen mir die Tür ein und wollen alles Mögliche prüfen. Ich habe ihnen schon mehrfach gesagt, wenn sie Fragen haben, sollen sie zu Berressem gehen, insbesondere wegen Irland. Dann lächeln sie bloß vielsagend«, meinte Reitz.

Würde der Vorstand sich von Berressem trennen wollen? Bestand auch Gefahr für sie persönlich? Sie hofften beide, dass es nicht zum Äußersten kam.

»Mach dir keine Sorgen. Du warst hier nicht operativ in der Verantwortung, du hast kein einziges Papier gekauft und kannst bei deinen Fähigkeiten ohne Probleme im Hause wechseln. Bei mir sieht das anders aus. Ich bin schon seit Ewigkeiten Händler und habe in den letzten Jahren das getan, was Berressem wollte. Leider!«, versuchte Reitz Maria zu trösten.

»Für Irland bist du nicht verantwortlich. Das bleibt allein an Berressem und Oesterich hängen «, erwiderte Maria.

»Wart's ab, hier wird es auch noch gewaltig knallen. So viel Rotwein haben wir gar nicht, um uns das schön zu trinken.«

Reitz hob sein Glas und stieß mit Maria an. Ihr wurde bewusst, dass er noch nicht einmal zu flirten versuchte. Und das lag nicht an ihrer fehlenden Attraktivität.

»Ich glaube, dass wir trotz der Kursverluste ein ausgeglichenes Ergebnis darstellen können. Derzeit haben wir bei den kritischen Papieren noch einen Puffer von bis zu zwanzig Prozent des Gesamtvolumens. Das heißt, bis zum Jahresende wären wir auf der sicheren Seite, auch wenn es noch viel schlimmer käme, als es heute schon ist«, erklärte Eric zuversichtlich dem Vorstand der Deutschen Kommerzialbank.

Dies war seine zweite Teilnahme an einer Vorstandssitzung der DK-Bank, wenn er seinen Vorstellungstermin einrechnete. Der Vorsitzende Heinrich Rottenwald hatte ihn unbedingt haben wollen und ihn als Bereichsleiter für Rechnungswesen und Controlling bestellt. Sein Vorgänger war aus Alters- und Krankheitsgründen ausgeschieden. Angesichts der Finanzmarktkrise kein idealer Zeitpunkt für einen Wechsel. Carefree Credits konnte sich gegen den kurzfristigen Verlust eines ihrer besten Mitarbeiter nicht zur Wehr setzen, da die DK-Bank mit fünfundzwanzig Prozent an ihr beteiligt war und der Erwerb einer Mehrheitsbeteiligung diskutiert wurde.

Eric hatte sich in wenigen Wochen einarbeiten müssen. Dabei kam ihm zugute, dass er sich bei Carefree Credits damals grundlegend mit den Immobilienpapieren auseinandergesetzt hatte. Seine Hauptaufgabe bestand im Moment darin, den Jahresabschluss halbwegs vernünftig über die Bühne zu bringen und die Wirtschaftsprüfer von der Werthaltigkeit der Papiere zu überzeugen.

Nach der Sitzung saß er beim Mittagessen im Betriebsrestaurant, als Anna mit ihrem Essenstablett auf ihn zukam. Obwohl sie im siebten Monat war, sah man ihr die Schwangerschaft kaum an. Der Bauch war unter dem weit geschnittenen schwarzen Kleid leicht gerundet, die Brüste schienen gegenüber den schlanken Armen und Schultern sowie dem schmalen Gesicht ein wenig stärker zu sein als früher. Ihre

Haut war glatt und frisch wie die eines jungen Mädchens. Kein Schönheitschirurg kann es mit natürlich produzierten Östrogenen aufnehmen, dachte Eric. Sie schien noch jünger und anziehender geworden zu sein. Dazu passten die flachen, schmucklosen Schuhe, die ihrem Gang eine jungmädchenhafte Unbekümmertheit gaben. Er würde sich in sie verlieben, wenn das nicht schon geschehen wäre.

»Wie war es in der Vorstandssitzung?«, fragte sie.

»Das Ergebnis war schon vorher klar. Der Handel muss versuchen, die Verluste zu minimieren. Das wird aber kaum gelingen und unseren Jahresabschluss belasten«, erklärte Eric.

Er empfand es als angenehm, auch am Mittag mit Anna zusammen zu sein. Sie sah das anders und fühlte sich in ihrer Selbständigkeit eingeschränkt. Für viele Kollegen war sie plötzlich nur noch der attraktive Anhang eines wichtigen Managers der Bank. Durch ihre Teilzeittätigkeit und ihre offensichtliche zweite Schwangerschaft verstärkte sich ihr Missbehagen noch mehr. Sie hatte das Gefühl, beruflich schon abgeschrieben zu sein. Es war nicht so, dass sie irgendeine Entscheidung bereute, aber sie sah sich als eindeutige Verliererin in der Familie. Anna wollte in jedem Fall weiterarbeiten und möglichst bald wieder eine Vollzeitstelle übernehmen. Der Vorstand hatte bereits mehrfach Druck auf das Management ausgeübt, mehr Frauen als Führungskräfte vorzuschlagen. Die nächste sich bietende Chance würde sie ergreifen. Sie hatte das Eric noch nicht gesagt und würde auch keine Diskussion über das Thema zulassen.

»Heute Morgen hat mich der Maler angerufen und gesagt, dass er nächste Woche mit der Renovierung beginnen will. Wenn alles gut geht, ist er in drei Wochen fertig«, sagte sie.

Sie hatten sich in der Nähe ihrer Wohnung ein älteres Haus gekauft, das neben einer Einliegerwohnung Platz für zwei

Kinderzimmer bot. Ein neuer Anstrich innen musste zunächst reichen. Sie wollten sich nicht zu stark finanziell verausgaben.

»Dann können wir ja schon den Umzugstermin planen. Wir sollten aber einen zeitlichen Puffer einbauen. Wer weiß, ob die Handwerker rechtzeitig fertig werden und wir genau zum Termin Urlaub nehmen können. Wenn die Turbulenzen an den Märkten so weitergehen, können wir im Büro übernachten«, meinte Eric.

»Dadurch verbessert sich kein einziger Kurs. Und machen kannst du ohnedies nichts. Du kennst höchstens die Ergebnisse etwas früher. Also nichts als Aktionismus«, antwortete Anna unzufrieden und bog ihren Rücken durch.

Sie konnte vor Schmerzen kaum mehr sitzen. Den ganzen Vormittag hatte sie Wertpapierbestände analysiert und ihren Beitrag zur Bewertung des Portfolios abgeliefert. Im Moment drehte sich die Bank im Kreis und schaute nur auf das, was sie in der Vergangenheit angerichtet hatte, nicht aber auf Gewinne und Chancen der Zukunft.

Anna stand auf, schob ihr leeres Geschirr zu Eric, der alles auf seinem Tablett stapelte. Beide küssten sich kurz und gingen auseinander. Ihr fiel ein, dass sie vergessen hatte zu sagen, dass die monatlichen Zahlungen von Wesson, ihrem Ex, für Mary ausfallen würden. Mit der Krise von Southern Sands in London hatte dieser seinen Arbeitsplatz verloren und ihr heute Morgen die Botschaft übermittelt, dass er nicht mehr zahlen könne. Sie hatte ihn auf sein Erspartes hingewiesen, er aber hatte sich stur gestellt. Sie musste jetzt überlegen, ob sie zu rechtlichen Mittel greifen sollte. Besser war wahrscheinlich, wenn sie sich mit ihm irgendwie einigte. Sie war auch überzeugt, dass er bald wieder einen Job finden würde. Die Londoner City lag nie lange am Boden und die Regierung würde schon dafür sorgen, dass einschränkende Regeln des Kontinents auf der Insel keine Anwendung finden würden. London würde immer seine Führungsrolle im Bankgeschäft für Europa behalten, dachten zumindest die Briten.

Eric setzte sich auf den roten Lederstuhl, der hinter seinem weiß lackierten Schreibtisch stand. Eine gewagte Kombination für das Mobiliar einer Bank, die auf Seriosität achtete. Er hatte das Ensemble, das ein früherer Manager hatte beschaffen lassen, aus dem Fundus übernommen. Angesichts der harten Sparmaßnahmen im Hause wollte er mit gutem Beispiel vorangehen. An der Grundfläche des Zimmers von fünfundzwanzig Quadratmetern, die ihm in seiner Funktion zustanden, konnte er nichts ändern, hoffentlich aber an den Problemen, die privat und geschäftlich auf ihn einstürzten.

Seine Beziehung zu Anna stand in letzter Zeit unter einer ungewohnten Spannung. Es war nicht so, dass sie sich nicht mehr liebten. Aber der Gewöhnungseffekt und die private wie berufliche Überbeanspruchung belasteten beide. Er selbst freute sich auf die Herausforderungen in der neuen Bank und den erwarteten Nachwuchs. Anna dagegen schien alles als Belastung zu empfinden. Vielleicht besserte sich das, wenn sie Umzug und Geburt hinter sich hatten. Auch die geplante Heirat würde vieles ändern, hoffte er.

Beruflich stand er wie Philipp am Scheitelpunkt seiner Karriere, mit dem Unterschied, dass es bei ihm aufwärts ging. Viele Jahre hatte er keinen besonderen Ehrgeiz entwickelt. In die neuen Positionen war er »hineingewachsen«, nur weil er seine Arbeit gut gemacht – oder einfach Glück gehabt hatte. Philipps Ehrgeiz blieb ihm fremd. Er wollte nicht wie dieser von Erfolg zu Erfolg hetzen, Anerkennung einfordern und seinen Bonus mit anderen Bankern vergleichen. Jetzt war

Philipps Existenz gefährdet, aber er machte dort weiter, wo er aufgehört hatte. Bei ihrem letzten Telefonat hatte er angedeutet, mit Subprime-Papieren Geld verdienen zu wollen.

»Es gibt Unmengen an Wertpapieren, die niemand mehr haben will, und Immobilien, die leer stehen, aber bald wieder verkauft werden. Hier muss Geld zu verdienen sein«, hatte er ihm euphorisch verkündet.

Philipp war Händler mit Leib und Seele – und er würde es bleiben. Vielleicht gehört er zu den beneidenswerten Menschen, die nach jedem Fehlschlag wieder unbeeindruckt von vorne anfangen, dachte Eric.

»Ist das jetzt gut oder schlecht?«, fragte Weck.

Oesterich hatte ihm gerade berichtet, dass die US-Regierung die Kontrolle bei den beiden größten Baufinanzierern übernommen hätte. Diese hatten in großem Umfang private Immobilien finanziert und sich über die Ausgabe von Asset Backed Securities refinanziert. Viele dieser Papiere mit hohen Renditen hatte auch die Advanced Investment Bank gekauft.

»Für unsere Wertpapiere ändert sich nichts. Die Investmentbanken haben sie an uns verkauft, wir tragen das Risiko. Insgesamt wird das Bankensystem sicher stabiler sein als noch vor wenigen Tagen«, gab Oesterich sich optimistisch.

Weck wunderte sich, dass ausgerechnet die Amerikaner als Verfechter der freien Marktwirtschaft und Vorreiter des Kapitalismus in diesem Ausmaß intervenierten. Ihm sollte es recht sein. Die hohen Verluste der amerikanischen Banken erleichterten ihm die Argumentation im Aufsichtsrat. Es war immer günstig für die eigene Position, wenn es den anderen noch schlechter ging.

»Wie steht es um die Papiere, die wir in Irland halten? Wer

hat das Engagement eigentlich genehmigt? Ich wollte das in der Vorstandssitzung nicht weiter vertiefen.«

Oesterich hob abwehrend die Hände und antwortete: »Das ist Sache von Berressem. Ich habe nichts genehmigt.«

Weck vermied einen Kommentar und nahm sich vor, das Ergebnis der Untersuchungen abzuwarten. Er vermutete, dass Berressem im Auftrag von Oesterich gehandelt, aber dann die Einbeziehung des Vorstands vergessen hatte. Dem ganzen Vorstand war aber bekannt, dass über die Tochter in Irland Geschäfte gemacht wurden. Am besten war es, das Thema zunächst nicht zu vertiefen. Die hohen Verluste waren schon katastrophal genug, die personellen Konsequenzen konnten warten. Das würde er mit dem Vorsitzenden des Aufsichtsrats später besprechen.

»Wir sehen uns in der Aufsichtsratssitzung«, verabschiedete er Oesterich und setzte sich wieder an seinen Schreibtisch.

Er hatte Oesterich gebeten, den Vortrag über das US-Geschäft, insbesondere die Wertpapierverluste, zu übernehmen. Normalerweise berichtete der Vorsitzende des Vorstands in der Sitzung. Er würde sich dieses Mal darauf beschränken, das Thema einzuleiten und gegebenenfalls zu Fragen Stellung zu nehmen. Er fand es nicht schlecht, wenn dem Aufsichtsrat sofort klar wurde, wer die Verantwortung in diesem Bereich trug. Als Vorstandsvorsitzender war er in der Gesamtverantwortung, die Hauptlast lag aber bei Oesterich als dem zuständigen Einzelvorstand. Das hatte jener auch schon bemerkt und darauf gedrungen, dass auch der Risikovorstand, also Nolden, seinen Part in der Sitzung selbst vortragen müsse.

»Geteiltes Leid ist halbes Leid«, hatte Weck diesen Wunsch süffisant kommentiert.

Auch die Erste Wirtschaftsprüfungs-AG hatte sich nach mehreren Mahnungen Wecks kurzfristig bereit erklärt, aus ihrer Sicht zu dem Thema US-Wertpapiere in der Aufsichtsratssitzung mündlich Stellung zu nehmen. Das Karussell drehte sich mit hoher Geschwindigkeit. Ich bin gespannt, wann sich der erste nicht mehr festhalten kann, dachte Weck.

Über ihnen wölbte sich nur noch der blaugraue Himmel von Frankfurt, wenn man das Dach mit dem Aufzugshaus und den Abluftkaminen der Klimaanlage nicht einrechnete. Der Sitzungssaal mit Küche und Technikraum umfasste das gesamte obere Stockwerk des Towers. Ein gesonderter Aufzug brachte die Mitglieder des Aufsichtsrats in Höchstgeschwindigkeit nach oben, nachdem sie unten von eleganten jungen Damen in blauen Kostümen empfangen worden waren. Eine von ihnen stieg jeweils mit ein, um den Aufzug über Code zu steuern. Oben standen weitere Damen bereit, um den wenigen, die nicht über die Tiefgarage angefahren waren, die Garderobe abzunehmen.

Den Eingang zum Sitzungssaal konnte niemand verfehlen, dennoch stand auch hier ein junger Herr, der durch eine freundliche Handbewegung die Richtung wies. Joviale Vertreter des Gremiums pflegten mit ihm ein paar Worte zu wechseln. Im Saal selbst hatten bereits einige ihre Plätze eingenommen und sich in die Sitzungsunterlagen vertieft, andere standen zusammen und unterhielten sich. Eine größere Gruppe hatte sich etwas abseits niedergelassen und wirkte eher, als gehöre sie nicht zum auserwählten Kreis. Vermutlich waren es die Vertreter der Mitarbeiter. Nur einer von ihnen, ein Funktionär der Gewerkschaft, hatte alle anderen Mitglieder des Gremiums per Handschlag begrüßt, auch wenn er dazu an das andere Ende des Saals gehen musste.

Niemand war ohne Anzug und Krawatte erschienen. Die Farben blau bei den Anzügen und weiß oder blau bei den

Hemden überwogen. Nur der Vertreter der Gewerkschaft trug eine Kombination, deren braunes Jackett an den Ellbogen mit Edelflicken versehen war. Dazu hatte er eine Krawatte umgebunden, die mit kompromisslosem Rot seine politische Herkunft verriet. Er war der einzige Spitzenfunktionär seiner Gewerkschaft, der sich der allgemeinen Banker-Linie nicht angepasst hatte. In der Branche gut bekannt und von allen geschätzt, hatte er das nicht nötig.

Der Vorsitzende des Vorstands, Heinrich Weck, betrat zusammen mit dem Vorsitzenden des Aufsichtsrats den Raum und begrüßte die Mitglieder per Handschlag. Die meisten betrachteten dies als Zeichen, sich zu setzen. Nur einige unterhielten sich mit wichtiger Miene weiter. Engelbert Oesterich, der Handelsvorstand, sowie Dr. Johann Nolden, der Risikovorstand, und ihre weiteren Kollegen hatten bereits Platz genommen.

Oesterich war wie immer modisch gekleidet. An das blauweiß gestreifte Hemd war ein weißer Kragen angesetzt, dessen Spitzen durch einen versteckten Button-Down gehalten wurde. Geschickt war in diesem Konglomerat der Knoten der stahlblauen Krawatte gebunden. Der Hemdkragen schien etwas höher zu sein als normal, weswegen Weck unter engsten Freunden von dem »Mann mit der Halsstütze« sprach. Wer solche Kragen trug, durfte nicht ins Schwitzen geraten. Überhaupt schienen Kragen und Hemden der anwesenden Vorstände und Aufsichtsräte dazu geeignet zu sein, die Individualität in aller Bescheidenheit auszuleben: Kent-Kragen, London-Kragen, Haifischkragen. Außerdem figurbetonte Hemden für Junggebliebene sowie Langärmel, um edle Manschettenknöpfe zu zeigen.

Die Damen der bankeigenen Restaurantgesellschaft, einheitlich angezogen mit kurzen schwarzen Röcken und weißen Blusen, servierten den überwiegend älteren Herren Kaffee, Tee und Kuchen. Auf Wunsch wurde auch Schlagsahne gereicht, die von einem Silberlöffel formvollendet neben das Kuchenstück glitt. Das dazugehörige Lächeln erinnerte an längst vergangene Zeiten einer deutschen Fluglinie und wurde dankbar erwidert. Ein Teller mit gediegenen Häppchen wurde auf Wunsch für diejenigen serviert, die wegen der Anreise oder einer dichten Terminfolge noch nicht zum Mittagessen gekommen waren.

Die Bank war im Aufsichtsrat für ihre Gastfreundschaft bekannt. Sie kostete nicht viel mehr als die übliche Massenabfertigung, machte dafür aber die Zusammenarbeit angenehm. Weck, der intern für seine drastische Ausdrucksweise bekannt war, pflegte zu sagen: »Selbst das größte Rindvieh kann sich jeder gut gelaunt anhören, wenn er gerade Kuchen mit Sahne genießt.«

Der Vorsitzende des Aufsichtsrats eröffnete die Sitzung um viertel nach sechs und verwies nach Erledigung der Formalien zum ersten Tagesordnungspunkt »Bericht des Vorstandes« an Weck.

Dieser gab einen groben Überblick über die Finanzmarktkrise und die Situation der Bank. Er sang das hohe Lied der Unvernunft der USA im Immobiliensektor, die nicht tragbare Verschuldung der amerikanischen Verbraucher, den drastischen Verfall der Hauspreise und die Täuschung durch die Ratingagenturen. Die Bank würde aber trotz hoher Wertpapierabschreibungen bis zum Ende des dritten Quartals keinen Verlust ausweisen müssen. Die Gewinne reichten zur Deckung der Abschreibungen aus.

Viele Wettbewerber in Deutschland und der Schweiz seien wesentlich stärker betroffen als die Advanced Investment Bank. Dies sei zwar keine Entschuldigung, aber man könne sich dem Trend nicht entziehen.

»Ich dachte immer, diese Bank sei etwas Besonderes«, sagte ein Aufsichtsratsmitglied halblaut zu seinem Nachbarn. Er nahm in Kauf, dass dies der Vorsitzende und die Vorstandsbank gut verstehen konnten.

»Wenn Sie einverstanden sind, bitte ich darum, etwaige Fragen erst nach dem Vortrag der Herren Oesterich und Dr. Nolden zu stellen. Wir haben sonst unnötige Redundanzen in der Diskussion. Herr Oesterich, bitteschön«, sagte der Vorsitzende mit einer Routine, die langjährige Erfahrung in der Sitzungsleitung verriet.

»Herr Vorsitzender, Frau Müller-Leineweber, meine Herren.«

Während Oesterich dies sagte, zog er die Umschlagmanschetten aus seinen Ärmeln, sodass man deutlich seine goldenen Manschettenknöpfe sah. Er wies mit dem Laserpointer auf die gegenüberliegende Großleinwand, auf der für alle sichtbar die Zahlenkolonne der Asset-Backed-Securities-Bestände der Bank sichtbar war. Die Köpfe der Zuhörer richteten sich abwechselnd auf den sprechenden Oesterich und die großformatigen Bilder. Es war schwierig, die verschiedenen Fachbegriffe und die unterschiedlichen Zahlen zu erfassen, zumal keinerlei schriftliche Unterlagen vor der Sitzung verteilt worden waren. Der Aufsichtsratsvorsitzende fürchtete, dass sonst ein Teil der Unterlagen bei der Presse gelandet wäre. Es gab in großen Gremien immer jemanden, der irgendeine alte Rechnung zu begleichen hatte. Die Advanced Investment Bank war zwar keine Staatsbank und die Gremien waren nicht mit Politikern durchsetzt, die den schnellen Vorteil einer nützlichen Pressenachricht über alles stellten, aber er konnte nicht jedem vertrauen. Bank- und Geschäftsgeheimnis waren wichtige Güter, die jeder im Unternehmen zu schützen hatte. Die Mitglieder durften im Übrigen die Unterlagen vor der Sitzung in Ruhe einsehen. Nur wenige machten davon Gebrauch.

»Ich fasse wie folgt zusammen: Bei einem Bestand von rund zweihundert Millionen Euro müssen wir mit einem Totalausfall rechnen. Bei weiteren kritischen Subprime-Papieren sehe ich im Moment keine größeren Ausfallrisiken. Bevor die Advanced Investment Bank tangiert ist, müssten erst achtzig Prozent der nachrangigen Forderungen ausgefallen sein. Dies ist ein riesiges Sicherheitspolster. Beim großen Rest haben wir lediglich mit Kursverlusten zu kämpfen, die wir bei einer Beruhigung des Marktes wieder aufholen können.«

Oesterich lehnte sich in seinem Stuhl zurück und schaute den Vorsitzenden an, der auf Dr. Nolden verwies. Dessen Vortrag war sehr breit angelegt und langweilte das Gremium mit den mathematisch genauen Berechnungen der Risiken, den Ratings aller bedeutenden Agenturen, den Konjunktureinschätzungen aller führenden Institute und Research-Abteilungen, beginnend mit 2005 und endend im Anfang September 2008. Eine Heerschar von Diplommathematikern, Volks- und Betriebswirten musste über Monate mit diesen Themen beschäftigt gewesen sein. Nach dem retrospektiven Urteil der Spezialisten war es äußerst unwahrscheinlich gewesen, dass der Markt in den USA sowie in Spanien und Großbritannien sich so verhalten haben würde, wie er sich tatsächlich entwickelt hatte.

»Die Annahmen waren richtig, nur die Wirklichkeit hat falsch gerechnet«, raunte ein verhalten Oppositioneller seinen Nachbarn zu. Einige lachten zustimmend, was den Vorsitzenden zu einem interessierten Blick veranlasste.

»Besten Dank, meine Herren. Wir sind jetzt umfassend informiert. Aber am Ende dürften doch noch einige Fragen offen geblieben sein.

Was mich besonders interessiert: Herr Dr. Nolden, Sie haben eine Worst-Case-Szenario bei den Wertpapieren gerechnet, dass per Jahresende allenfalls zu einem kleinen Verlust der Advanced Investment Bank führen würde. In den anderen Geschäftszweigen haben wir leidlich gut verdient, sodass wir einiges ausgleichen können. Aber: Sie sind davon ausgegangen, dass sich der amerikanische Immobilienmarkt nur noch geringfügig verschlechtern wird und keine wesentlichen Auswirkungen auf unsere Wertpapierbestände zu erwarten seien. Wenn wir ehrlich sind, haben wir das nicht in der Hand. Die Annahmen sind meines Erachtens zu günstig. Ich bitte darum, dass uns für die nächste Sitzung zum Abschluss des dritten Quartals eine kritischere Betrachtung vorgelegt wird. Ein Verlust in diesen Zeiten ist unangenehm, aber keine Beinbruch.«

Weck nickte zustimmend. Nolden blickte Oesterich an und zog es vor zu schweigen. Sie hatten die vorgetragene optimistische Linie im Vorstand besprochen. Er hatte sich drängen lassen, mit dieser Variante in den Aufsichtsrat zu gehen, ihn traf jetzt der Unmut.

Der Vertreter der Gewerkschaft meldete sich.

»Warum haben wir überhaupt in diese Papiere investiert? Es gibt genügend Staatsanleihen auf dem Markt, die entsprechend sicher sind und kaum Kursschwankungen haben. Es kann doch nicht sein, dass wir den Amerikanern billige Häuser und mit dem Ankauf von Kreditkartenforderungen Urlaube und Flachbildschirme finanzieren.«

Weck hob die Hand und antwortete, bevor Oesterich oder Nolden durch den Porzellanladen laufen konnten.

»Staatsanleihen haben wir auch. Aber wie Sie wissen, sind die meisten sehr niedrig verzinst. Das können wir uns einfach nicht leisten. Wir brauchen im Handel Erträge, die unsere schwachen und personalkostenintensiven Bereiche ausgleichen.«

Der Mitarbeitervertreter gab nicht nach.

»Wenn Sie die Handelsboni streichen, haben wir schon ein großes Problem weniger.«

»Meine Herren, so kommen wir nicht weiter«, warf der Vorsitzende ein. »Die Bonusfrage diskutieren wir jedes Jahr mindestens einmal. Die Frage stellt sich erst in der übernächsten Sitzung wieder. Keiner hier glaubt, dass es dann viel zu verteilen geben wird, Herr Kollege.«

Weck ergänzte, dass in der nächsten Sitzung die Strategie diskutiert werden sollte.

»Ohnehin plant der Vorstand ein weiteres Kostensenkungsprogramm und eine Neujustierung der Geschäftsfelder. Es gibt keine Erträge ohne Risiko. Wenn man das will, muss man das Bankgeschäft aufgeben. Wer aber nur geringe Risiken eingeht, hat auch nur geringe Erträge. Um diesen Grundsatz zu verstehen, braucht man kein komplexes mathematisches Modell.«

»Ich habe eine Frage an Herrn Oesterich«, meldete sich ein Mitglied. »Warum haben wir Wertpapierbestände in Deutschland, in den Filialen in Irland und den USA? Wäre es nicht sinnvoller, das an einem Ort zu bearbeiten?«

Oesterich hatte mit einer ähnlichen Frage gerechnet und antwortet geschickt.

»Der Handel in New York ist gut vor Ort vernetzt. Wir brauchen das Know-How, das auch durch praktisches Agieren am Markt unterlegt sein muss. Irland haben wir gewählt, weil wir dort ein Vehikel gründen konnten, das uns die Eigenkapitalanrechnung erspart und gewisse Steuervorteile bietet. Das Risikocontrolling wird von Deutschland aus zentral gesteuert.«

Niemand fragte nach. Oesterich und Weck schauten sich kurz an. Sie dachten wohl an die fehlende Vorstandsgenehmigung für die Tochtergesellschaft in Irland.

Ein weiteres Aufsichtsratsmitglied, Vorstand einer Versicherungsgesellschaft, meldete sich.

»Herr Oesterich, wie sehen Sie die Entwicklung in Spanien und Großbritannien? Kommen dort ähnliche Risiken auf uns zu?«

Oesterich ahnte, dass die Frage weniger die Bank als die Versicherung betraf, die eine Menge an spanischen Papieren im eigenen Bestand hatte. Er antwortete vorsichtig, dass sich die gesamte EU wohl wesentlich seriöser verhalten habe als die USA. Das gelte auch für Spanien. Ähnliche Kursverluste wären hier kaum denkbar.

Nach einem kurzen Vortrag der Ersten Wirtschaftsprüfungs-AG war die Sitzung beendet. Die Wirtschaftsprüfer brachten nach dem Vortrag von Nolden und Oesterich nicht viel Neues. Sie vermieden es, sich in irgendeiner Weise festzulegen. Der Vorstand erhob sich in dem Bewusstsein, etwas Zeit gewonnen zu haben.

Der Aufsichtsratsvorsitzende zog sich mit den Vertretern der Ersten Wirtschaftsprüfungs-AG zu einem Gespräch zurück. Weck schaute den Herren nachdenklich hinterher. Er kannte die Themen für das Gespräch nicht.

Maria Weingarten beugte sich über den Stapel Papier, den Schmahl ihr und Reitz unter größten Bedenken und unter dem Siegel der Verschwiegenheit gegeben hatte. Es waren sicherlich zweihundert Seiten einer für Berater typischen Power-Point-Präsentation. Im normalen Fließtext eines Textprogramms mit Subjekt, Prädikat und Objekt wären wahrscheinlich nur dreißig Seiten zusammengekommen.

Die Berater liebten es, Kurztexte und Diagramme auf Seiten zu präsentieren, die sie je nach Anlass austauschen oder verschieben konnten. Von Beginn bis Ende des Projektes war der Duktus der Präsentation gleich, lediglich der Umfang vergrößerte sich bei Bedarf. Den Fachbereichen der Bank wurde die große, detaillierte Fassung präsentiert, dem Vorstand etwas weniger, dem Aufsichtsrat schließlich nur noch zehn Seiten. Je weniger Zeit und Sachverstand vermutet wurde, desto geringer war die mentale Anforderung. Nicht dass dies eine Grundidee der Berater wäre; die betroffenen Projektführungskräfte und Vorstände wünschten diese Art der komprimierten Information. Die Formulierungen mussten nur so gewählt sein, dass stets der Beweis der Vollständigkeit der Information geführt werden konnte.

Maria hatte bei Philipp gelernt, dass man mit Charts die Zuhörer viel besser als mit langweiligen Texten leiten konnte. Die farbliche Hervorhebung einer positiven Tatsache oder deren Darstellung im Diagramm ließ die Negativa optisch verschwinden. Es war alles gesagt, nur nicht in der richtigen Gewichtung. Maria versuchte daher, auch zwischen den Zeilen zu lesen.

Stephan Steinbüchel hatte alle Zahlen, die Maria geliefert hatte, korrekt wiedergegeben und die richtigen Schlüsse gezogen. Die Werte der US-Papiere sanken täglich. Wenige waren endgültig ausgefallen, viele waren wohl noch werthaltig, mussten aber mit entsprechenden Abschlägen versehen werden. Das führte zunächst einmal zu einem hohen Verlust der Bank. Ob in den nächsten Jahren die Papiere wieder an Wert zulegten, stand in den Sternen des Börsenhimmels.

Zur Gründung der irischen Tochtergesellschaft konnte sie nichts von Bedeutung finden. Die Berater erwähnten ausdrücklich, dass dies durch die Erste Wirtschaftsprüfungs-AG und die bankinterne Revision geprüft werden würde.

Schmahl antwortete auf Marias Frage: »Das Ergebnis der Sonderprüfung liegt noch nicht vor. Aber auch wenn ich es hätte, könnte ich es dir nicht geben. Es ist nur für den Vorstand bestimmt.«

»Betrifft die Prüfung auch mich?«

»Mach dir keine Sorgen. Du warst nicht in der Verantwortung«, versuchte Schmahl seine frühere Kollegin zu beruhigen.

Auch Reitz fand seine alte Selbstsicherheit wieder und prognostizierte, dass ihre Abteilung aufgelöst werden würde. Der Vorstand müsse dem Aufsichtsrat mit Hilfe der Berater eine neue Strategie präsentieren. Der Gewinn werde einbrechen, da künftig weniger zu verdienen sei. Das Personal müsse abgebaut werden, um die Kosten zu senken. In der Elektronischen Datenverarbeitung, die jedes Jahr Millionen verschlinge, werde die Bank die Zusammenarbeit mit Wettbewerbern suchen.

»Alle werden sich tief in die Augen sehen und froh sein, wenigstens eine Scheinlösung gefunden zu haben«, bemerkte Reitz spöttisch. »Wir werden irgendwo angegliedert und für einige Jahre unsere alten US-Papiere verwalten. Irgendjemand muss es ja machen.«

»Meinst du wirklich, das löst sich alles so einfach?« Maria blieb ungläubig.

»Glaub es mir. Es werden alle hochzufrieden sein, wenn sie einen Schuldigen gefunden haben, dem sie die ganze Last umhängen und ihn damit in die Wüste schicken können. Die alttestamentarische Lösung ist noch immer die effektivste.«

Reitz legte ihr begütigend die Hand auf den Arm, um seine Worte zu unterstreichen.

Maria wusste nicht, ob er sie nur trösten wollte oder wirklich glaubte, was er sagte. Ihr war klar, dass die Ermittlungen sich gegen Philipp richteten. Sie selbst war zu unwichtig, als dass sie dem Vorstand oder Aufsichtsrat als Sündenbock hätte dienen können.

Weck wartete auf Oesterich. Nach weiteren Hiobsnachrichten hatte er sofort eine Krisensitzung des Vorstands anberaumt. Vorher musste er aber noch mit Oesterich reden. Zwei Wochen war es jetzt her, dass die US-Regierung Lehman Brothers ungeschützt hatte insolvent werden lassen. Kaum jemand hatte das erwartet. Nachdem für die Bank die Immobilienkrise halbwegs überstanden schien, kamen neue Überraschungen, deren Folgen er bis heute nicht richtig einschätzen konnte.

Seine Sekretärin öffnete die Tür und brachte zwei Kaffee. Hinter ihr kam Oesterich, wie immer perfekt gekleidet. Zusätzlich hatte er sich heute ein Einstecktuch geleistet. Offensichtlich konnte auch die Krise seinen Ehrgeiz nicht beeinträchtigen, der bestgekleidete Vorstand zu sein.

»Wie sieht der Geldmarkt aus?«, fragte Weck sofort. Sie hatten Verpflichtungen zu erfüllen, die täglich in unterschiedlichen Höhen fällig wurden. Sie brauchten immer wieder kurzfristig Geld, das sie sich am Geldmarkt holen. Durch den Absturz von Lehman misstraute aber jede Bank der anderen. Woher sollte man wissen, wie viele Leichen die anderen im Keller hatten?

Oesterich schüttelte den Kopf.

»Wir haben bis jetzt noch gekriegt, was wir wollten. Die Konditionen sind allerdings hoch. Für die nächsten zehn Tage kommen wir über die Runden. Meier versucht mit großem Einsatz, unser altes Ziel zu erreichen. Ich hoffe, er schafft es.«

»Die Europäische Zentralbank wird bald mehr Geld in die Märkte bringen, damit eine Entspannung eintritt. Ich habe heute Morgen mit der Bundesbank gesprochen. Die sind sich der Probleme bewusst«, informierte Weck.

»Gott sei Dank verlieren wir nicht viel Geld bei Lehman. Unsere Handelslinien waren nicht sehr hoch. Selbst einen Totalausfall würden wir ohne Probleme verkraften. Andere, zum Beispiel die DK-Bank, sind schlechter positioniert«, versuchte Oesterich, sich und Weck mit positiven Nachrichten zu beruhigen, was aber nicht gelang.

»Wie viele von diesen Lehman-Zertifikaten haben wir eigentlich an Privatkunden verkauft? Ich habe schon einige Kundenbeschwerden auf dem Schreibtisch liegen.«

Weck gab Oesterich keine Chance.

»Ich habe im Moment keinen Überblick«, musste dieser gestehen.

»Für den Verkauf ist aber der Kollege im Privatkundengeschäft zuständig«, legte er nach.

»Aber ihr habt sie uns empfohlen«, erklärte Weck abschließend und atmete tief ein.

Er hatte sich nicht gewünscht, sein Berufsleben mit einer großen Bankenkrise abzuschließen. Jetzt begann das Hauen und Stechen. Die Banken würden anschließend nicht mehr so aussehen wie früher. In den Bankvorständen endete das Zeitalter der Strategen, die Sanierer und Kostensenkungspäpste warteten schon ungeduldig vor den Türen der Aufsichtsratsvorsitzenden.

Oesterich verabschiedete sich von Weck und stieß im Vorzimmer beinahe mit König zusammen, der anscheinend auch zu Weck wollte. Er hätte gerne gewusst, was die beiden im Schilde führten. Die Zeiten sprachen für Götterdämmerung. Weck und König rückten anscheinend näher zusammen.

Berressem konnte man opfern. Da hatte Oesterich nicht die geringsten Bedenken. Berressem war schließlich für die US-Geschäfte verantwortlich. Aber konnte es auch ihn treffen? Er musste unbedingt Verbündete im Aufsichtsrat suchen. Weck würde nicht auf seiner Seite stehen und hatte in König einen willigen Vollstrecker. Diese Personalchefs waren unangreifbar. Weiß der Teufel, warum das so war!

König hatte freundlich gegrüßt und wurde sofort von der Sekretärin zu Weck hinein gelassen.

»Herr König, kommen Sie herein«, sagte Weck freundlich. »Nehmen Sie Platz und trinken Sie einen Kaffee, ich muss nur noch schnell ein Telefonat führen.«

König setzte sich an den runden Besprechungstisch und nahm dankbar den von der Sekretärin gebrachten frischen Kaffee. Irgendwie schmeckte er hier besser, obwohl seine Vorzimmerdame über den gleichen Automaten eines namhaften Herstellers verfügte. Vielleicht gab es im Vorstandsbereich eine andere Kaffeesorte. Er musste seine Sekretärin einmal darauf ansetzen. Kaffee war das einzige Getränk, das er wirklich brauchte und genoss, auch wenn sich sein Magen bisweilen zur Wehr setzte.

Er musterte Weck, der sich im weißen Hemd und mit gelockerter Krawatte in seinem Schreibtischsessel zurückgelehnt und einen Fuß auf dem schwarz-ledernen Papierkorb abgestellt hatte. Sein weit geschnittenes blaues Jackett hatte er über einen Stuhl am Besprechungstisch gehängt. Jetzt konnte man sehen, dass das Hemd über seinem umfangreichen Bauch kräftig spannte. König hatte den Eindruck, dass Weck in den letzten Wochen einige Kilogramm zugenommen hatte. Der verstärkte Stress führte zu unkontrolliertem Essen und Trinken.

Ungeniert telefonierte Weck mit dem Vorstandsvorsitzenden einer anderen Bank, mit dem er gut bekannt war, und diskutierte die künftigen Veränderungen auf Vorstandsebene. Sie rätselten, wer bei den Banken Opfer der Immobilienkrise werden und welche Banken überhaupt die Katastrophe überleben würden. Sie waren beide in einem Alter, in dem sie sich eine gewisse Gelassenheit leisten konnten. Aber auch sie waren nicht frei von Ängsten.

»Weißt du, das ist nicht mehr so wie früher, als du dir mit Mitte fünfzig ausrechnen konntest, dass du mit fünfundsechzig in den Aufsichtsrat wechselst und neben der Tantieme eine gute Pension erhältst«, sagte Weck zu seinem Kollegen.

»Diskussionen über Verantwortung und Verschulden hat früher niemand angezettelt. Wenn heute irgendetwas schiefgeht, redet keiner mehr vom normalen unternehmerischen Risiko, sondern die Kapitaleigner nehmen den Aufsichtsrat in die Pflicht, der wiederum versucht den Vorstand zu hängen und die Vorstände beschuldigen sich gegenseitig. Dann kommt der Staatsanwalt, der neben seinem Jurastudium zwei Semester Betriebswirtschaft studiert hat, glaubt, er verstünde das Bankgeschäft und redet von »Untreue«. Du hast Glück, wenn du die Kündigung mit einer Kürzung der Pension überstehst und Schadensersatzprozesse vermeiden kannst.«

Weck echauffierte sich immer mehr. König konnte ein Lächeln nicht unterdrücken. So sehr er Weck mochte, mit dem er schon viele Jahre zusammenarbeitete, er konnte ihn nicht bedauern. Der Scheinheiligkeit der Argumentation war sich Weck wohl nicht mehr bewusst, nachdem er zu lange an seine Vorstandsrolle gewöhnt war. Er suchte einen Schuldigen, vielleicht Berressem oder Oesterich, den er dem Aufsichtsrat präsentieren konnte. König hatte beide nie gemocht, aber er war in der Lage, persönliche Antipathien von geschäftlichen Notwendigkeiten zu trennen. Er musste die Kollegen nicht mögen. Wichtig war, dass sie ihren Job machten und loyal zur Bank standen.

»Also, Herr König, was machen wir mit Berressem?«, fragte Weck, nachdem er aufgelegt hatte.

»Das wird nicht einfach«, antwortete König. »Seine Reisekostenabrechnungen sind sehr ungenau, aber immer zu seinen Ungunsten. Er hat sich wohl nie große Mühe gegeben, Belege zu sammeln. Praktisch sind nur die Flüge, die seine Sekretärin gebucht hat, erstattet worden. Tagegelder sind selten berechnet, Auslagen für geschäftliche Essenseinladungen liegen im Rahmen. Wenn wir etwas beanstanden, kann ein geschickter Anwalt sofort Gegenforderungen geltend machen und wir sind blamiert.«

Weck grübelte eine Zeit lang, gab aber nicht auf.

»Wer seine Reisekosten schlampig abrechnet, ob jetzt zu seinen oder des Unternehmens Gunsten, ist vielleicht in allen Bereichen so wenig gründlich. Bestimmt ist das auch eine Erklärung für die fehlende Zustimmung des Vorstands zu dem Irlandgeschäft. Wie weit sind die Berater mit der Prüfung?«

König berichtete, dass die Ergebnisse nicht eindeutig seien. Insbesondere sei nicht klar, ob Oesterich vielleicht zugestimmt oder das Geschäft in Irland sogar gefordert habe. Verständlicherweise seien alle mit ihren Aussagen sehr vorsichtig. Berressem habe man überhaupt noch nicht gefragt. Vermutlich würden sich am Ende alle gegenseitig beschuldigen. Auch habe der ganze Vorstand aus der Jahresplanung Kenntnis gehabt, welche Geschäfte über Irland laufen sollten.

»Aber Sie wissen, Herr Weck, wenn wir außerordentlich kündigen wollen, muss dies spätestens zwei Wochen nach Kenntnis des Grundes geschehen. Sonst wird für uns die Abfindung noch höher, als sie ohnedies schon ist.«

Weck schlug vor zu warten, bis die endgültige Prüfung von Heros Consulting und der Revision vorläge. Er wollte jetzt keine weitere Unruhe in der Bank. Berressem war ihm nicht mehr so wichtig, aber er musste weg.

»Wird Herr Oesterich bleiben?«, fragte König neugierig.

»Eher nicht«, lautete die knappe Antwort Wecks.

»Hat schon jemand mit ihm gesprochen?«, ließ König nicht locker. Er kannte die mäßige Kompetenz von Führungskräften, wenn es um das Überbringen unangenehmer Entscheidungen ging.

»Das ist Aufgabe des Vorsitzenden des Aufsichtsrats«, beschied ihn Weck.

6 Crash

Weck schaute Oberstaatsanwalt Jaeger und drei Kriminalbeamten hinterher. Er bat seine Sekretärin, den Herren den Ausgang zum Aufzug zu zeigen und sie bis zum Haupteingang zu geleiten. Er wollte sicher sein, dass sie tatsächlich das Haus verließen.

Eine Durchsuchung seines Arbeitszimmers hatte er in seiner dreißigjährigen Tätigkeit für die Bank noch nicht erlebt. Das Rollkommando war morgens für alle überraschend gekommen, mindestens eine Stunde, bevor er die Bank betreten hatte. Seine Sekretärin wollte ihn zwar über das Autotelefon vorwarnen, die Beamten hatten sie jedoch daran gehindert. Hatten sie etwa gedacht, er würde sich als Unschuldiger dem Zugriff durch Flucht entziehen?

Als er das Vorzimmer betrat, standen alle Schranktüren offen und fremde Männer in Freizeitkleidung studierten stehend seine persönlichen Unterlagen. Seine Sekretärin stand hilflos und mit hochrotem Kopf daneben. Als sie ihn erblickte, stürzte sie sofort auf ihn zu und entschuldigte sich, dass sie das alles nicht habe verhindern können. Der Fahrer brachte sein Gepäck herein, das die Beamten mit begehrlichen Blicken registrierten.

Bevor Weck reagieren konnte, erhob sich am runden Besprechungstisch seines Zimmers ein großer schwarzhaariger Mann, der ihn freundlich anlächelte.

»Oberstaatsanwalt Jaeger«, stellte er sich vor. »Entschuldigen Sie, dass ich mich hierhin gesetzt habe, aber die Zeit war etwas lang.«

Er überreichte ihm ein Papier, das mit »Durchsuchungs- und Beschlagnahmebeschluss« überschrieben war und sich gegen Weck und einige Kollegen richtete. Jaeger erläuterte kurz, worum es ging.

»Ist die Rechtsabteilung informiert?«, fragte Weck seine Sekretärin.

»Die Herren sind schon auf dem Weg«, antwortete sie.

»Fühlen Sie sich wie zu Hause, aber lassen Sie die Finger von meinen privaten Unterlagen«, sagte Weck laut und zog sein Jackett aus.

»Selbstverständlich«, antwortete Jaeger, während einer der Beamten einen Ordner durchblätterte, der die privaten Kontoauszüge von Weck enthielt.

»Wollen Sie dort US-Papiere oder Vorstandsbeschlüsse finden?«, fuhr Weck den Beamten an. Seine anfängliche Gelassenheit schwand zusehends.

In diesem Augenblick betraten drei atemlose Herren in Businessanzügen das Vorzimmer. Weck registrierte den Leiter der Rechtsabteilung, einen älteren, säuerlich dreinblickenden Menschen, und den Pressesprecher der Bank, dem man die journalistische Herkunft am offensiven Auftreten ansah. Den dritten kannte Weck nicht, aber anscheinend Jaeger, denn er nickte ihm mit gequältem Gesichtsausdruck zu. Weck begrüßte als erstes den Juristen, der ihm seinerseits den unbekannten Gast als Rechtsanwalt Wegner, Strafverteidiger aus der Kanzlei Weber, Wegner und Weller vorstellte. Zu Wecks Überraschung begrüßte dieser Jaeger sofort mit Namen und verlangte die Vorlage des Beschlusses. Die Kriminalbeamten beobachteten unauffällig die Szene und hatten die Durchsicht der Unterlagen eingestellt.

Die Hausjuristen hatten sofort nach ihrem Eintreffen die Anwaltskanzlei, mit der sie ständig zusammenarbeiteten, benachrichtigt und um Hilfe gebeten. Seit den verschiedenen Steueraffären in Luxemburg und der Schweiz nutzten die Staatsanwaltschaften das Mittel der Durchsuchung in Banken, um den Bürgern Angst einzujagen und sie zur Steuerehrlichkeit zu erziehen. Das brachte ein reichhaltiges Betätigungsfeld für Juristen, besonders für Strafrechtler und Steuerfachleute.

Jaeger einigte sich mit den beiden Juristen, dass man noch einen kurzen Blick in die Schränke von Weck werfen wolle und sich sodann im Vorstandssekretariat erklären lassen würde, wo sich die Vorstandsprotokolle und andere im Beschluss erwähnte Unterlagen befänden. Weck sagte die umfassende Kooperation seiner Mitarbeiter zu, solange keine Kundendaten verlangt wurden. Auch die Berater von Heros sollten umfassend Auskunft geben. Jaeger war seinerseits froh, dass das strukturierte Arbeiten beginnen konnte. Ihm war klar, dass sie sonst wochenlang in der Bank suchen mussten, um überhaupt die gewünschten Unterlagen zu finden.

Wecks Sekretärin winkte ihn mit dem Telefonhörer in der Hand zu sich und flüsterte: »Ihre Frau.«

Weck wollte schon sagen, dass er beschäftigt sei, nahm dann aber doch das Gespräch entgegen. Total aufgelöst erzählte sie, dass fünf Beamte ihr Haus durchsucht hätten. Sie wüsste nicht, was sie tun solle.

Weck versuchte, sie zu beruhigen und versprach, einen Anwalt zu schicken. Bisher hatte er die Sache professionell und ruhig angegangen. Allmählich verlor er die Geduld.

»Herr Weck«, bedrängte ihn jetzt sein Pressesprecher, »das Fernsehen möchte ein Interview mit Ihnen machen. Sie stehen unten am Empfang.«

Weck holte tief Luft und dachte an seinen labilen Blutdruck.

»Wieso ist das Fernsehen im Haus und wer hat den Termin gemacht?«, fragte er verärgert.

»Das Team war schon eine halbe Stunde vor der Staatsanwaltschaft und Polizei da. Keiner weiß, wer sie informiert hat.«

Weck wandte sich an Jaeger und schaute ihn fragend an. Der schüttelte den Kopf und versicherte, das Fernsehen nicht informiert zu haben.

»Die Information kann nur aus Ihrem Hause kommen. Uns haben Sie Ihr Kommen nicht angekündigt«, rief Weck erregt und beauftragte die Juristen, die Angelegenheit rechtlich zu prüfen.

Seinen Pressesprecher wies er an, Fernsehen und Presse auf die Quartalspressekonferenz in den nächsten Tagen zu verweisen. Anschließend ließ er Jaeger grußlos stehen und ging mit seinen Mitarbeitern in ein Besprechungszimmer, das weit genug von Jaeger und seinen Beamten entfernt war.

Weck erklärte jetzt anders als zuvor, dass er nicht daran denke, Jaeger unwidersprochen einen Presseauftritt zu erlauben. Die Presseabteilung solle sofort eine Erklärung vorbereiten, die am Mittag an die Nachrichtenagenturen und einige Tageszeitungen zu verteilen sei. Mit dem Fernsehen solle man sofort Kontakt aufnehmen. Der Pressesprecher könne ein kurzes Statement abgeben. Alle Texte seien ihm kurzfristig zur Zustimmung vorzulegen.

Als Weck zurückging, war in der Vorstandsetage wieder geschäftsmäßige Ruhe eingetreten. Er lächelte seine Sekretärin freundlich an, damit sie sich beruhigte, und führte ein längeres Telefonat mit seiner Frau. Sie war gewöhnt, auf ein Privatleben weitgehend zu verzichten. Der Polizeiauftritt in ihrem allerprivatesten Bereich hatte sie jedoch nachhaltig aus dem Gleichgewicht gebracht. Am Abend musste er ihr versprechen, seinen Vertrag nicht zu verlängern und so bald wie möglich in den Ruhestand zu gehen.

Philipp lenkte seinen Wagen zum dritten Mal um den Häuserblock. Zunächst hatte er sich verfahren und dann, nachdem er die Adresse Marias gefunden hatte, weit und breit keinen Parkplatz gesehen. Das Wohngebiet hatte für seinen Geschmack zu viele Altbauten, von denen die wenigsten saniert waren. Maria hatte ihn sofort zum Abendessen eingeladen, als er sie um Vermittlung juristischer Hilfe gebeten hatte. Er wusste, dass Conrad eine Zeit lang bei der Staatsanwaltschaft gearbeitet hatte und jetzt für eine große Anwaltskanzlei tätig war.

Vor einem mittlerweile geschlossenen Supermarkt fand er einen Parkplatz und machte sich auf den Weg. Conrad Paffrath öffnete ihm die alte, weiß lackierte Wohnungstür, deren von feinen Rissen durchzogenes Holz mit massiven Leisten gerahmt war. In Blickhöhe waren kleine Glasfelder eingelassen, die ein schwaches Licht in das Treppenhaus warfen. Ein Schreiner in den zwanziger Jahren des vorigen Jahrhunderts mochte die Tür als sein Meisterwerk betrachtet haben. In der Wohnung waren halbhohe Holzvertäfelungen im gleichen Stil angebracht, die in starkem Kontrast zu den einfachen, klar strukturierten Möbeln standen. Soweit Phillip das beurteilen konnte, war die Einrichtung nicht teuer, zeugte aber von gutem Geschmack.

Conrad entschuldigte Maria, die in der Küche mit dem Essen beschäftigt war. Sie kam aber kurz herein, begrüßte Philipp freundlich und nahm den Strauß weißer Rosen in Empfang, den er noch schnell besorgt hatte. Sie stellte ihn in eine Vase, die etwas zu klein war. Die eingeübten Formalien ließen eine gewisse Zurückhaltung aufkommen, die zur Zusammensetzung der Runde passte. Philipp war der Chef, der in Schwierigkeiten geraten war und auf die Hilfe des Partners einer Mitarbeiterin angewiesen war. Conrad bot Philipp einen Aperitif an und kam sofort zum Anlass des Besuchs.

»Hast Du den Beschluss dabei? Maria hat mir schon einiges erzählt.«

Er hatte Philipp zuletzt bei der Geburtsfeier gesehen, die ihn damals als jungen Referendar sehr beeindruckt hatte. Die Ehrfurcht vor Bankern und Managern hatte er zwar nicht vollständig verloren, aber doch in der Zwischenzeit sehr stark von der einzelnen Person abhängig gemacht. Philipp sah er nach vielen Gesprächen mit Maria nicht unbedingt als Partner einer künftigen Freundschaft. Aber Maria zuliebe wollte er helfen. Er konnte sich nicht mehr erinnern, ob sie sich damals geduzt hatten, aber nachdem das in der Abteilung von Philipp allgemein üblich war, nahm er es für sich auch in Anspruch.

Conrad vertiefte sich in das mehrseitige Papier.

»Alles was ich bisher gelesen und von Maria gehört habe, erscheint mir sehr dünn. Die Staatsanwaltschaft stochert mit einer großen Stange im Nebel und hat nichts Wesentliches in der Hand. Wenn ihr eure Vorstandsbeschlüsse und Zustimmungen der Aufsichtsgremien präsent habt, können sie nicht viel machen. Das Problem bei solchen Wirtschaftsverfahren ist, dass sie sehr lange dauern. Die meisten werden eingestellt, ob mit oder ohne Geldzahlung. Für den Betroffenen ist das alles sehr belastend.«

»Kann man da nichts beschleunigen?«

»Leider nein. Die Staatsanwaltschaften haben zu wenig Fachleute. Die Einarbeitung selbst und die anschließende Heranziehung von Gutachtern dauern lange. Die Geschäfte, die ihr gemacht habt, verstehen schon in der Bank nur wenige.

Dann kannst du dir vorstellen, wie lange es bei Staatsanwaltschaft und Kriminalpolizei dauern wird.«

Conrad empfahl, die Details mit einem Strafverteidiger zu besprechen. Dieser müsste auf Wirtschaftsdelikte spezialisiert sein und entsprechende Erfahrung haben. Seine eigene Kanzlei war zivilrechtlich ausgerichtet und konnte das nicht übernehmen. Philipp bat ihn, einen Termin mit einem Experten zu vereinbaren und ihn dorthin zu begleiten.

Den weiteren Abend unterhielten sie sich ausschließlich über die US-Wertpapiere. Maria und Philipp informierten Conrad drei Stunden lang über Hintergründe, Chancen und Risiken der Papiere. Danach schien alles so klar und vernünftig, dass Conrad Maria vor dem Zubettgehen zynisch fragte, warum sie nicht noch mehr solcher Papiere gekauft hätten. Maria schaute ihn ungläubig an und wandte sich ab. Erst am Morgen redete sie wieder mit ihm.

Philipp blickte seiner Sekretärin über die Schulter. Sie hatte gerade eine Aufstellung aller Ordner fertiggestellt, die die Staatsanwaltschaft mitgenommen hatte. Diese hatte zwar eine behördliche Quittung erteilt, die jedoch wenig aussagekräftig war. Maria hatte zum Glück den gesamten Schriftverkehr und die Vorstandsbeschlüsse auf einem separaten Laufwerk gesichert. Es fehlten aber alle Dokumentationen über die angekauften Papiere. Das waren Tausende von Seiten, mit denen sich die Kriminalpolizei und die Staatsanwaltschaft in den nächsten Monaten beschäftigen würden. Philipp zweifelte daran, dass Laien die komplexen Geschäfte je verstehen würden.

Viele Unterlagen hatten sie in Dublin und New York abgelegt. Er hatte Maria gebeten, Kopien oder Dateien heranzuschaffen, damit sie arbeitsfähig blieben. Er wusste, dass er mehr denn je auf die Hilfe Marias angewiesen war. Conrad hatte ihm dringend geraten, alle Unterlagen zu beschaffen, derer er habhaft werden konnte. Es wäre nichts schlimmer, als eine Verteidigung rein aus der Erinnerung aufbauen zu müssen. Falls das Verfahren tatsächlich weitergeführt wurde und es zu einer Anklage kam, musste man selbst mindestens so viele Informationen wie die Staatsanwaltschaft haben, am besten wesentlich mehr.

Mit Reitz hatte er auch schon gesprochen. Viele Verbündete hatte er nicht mehr. Reitz war der Kollege mit der größten Erfahrung und den besten Verbindungen im Haus. Den Kontakt zu seinem alten Chef Meier hatte dieser nie abreißen lassen.

Reitz hatte ihn weiterhin über alles informiert, was an Gerüchten über Philipp im Hause umlief, und versichert, dass er ihm helfen würde, solange die Bank nicht gegen ihn selbst vorging. Es war aber unwahrscheinlich, dass Reitz oder Maria irgendwelche Konsequenzen drohten.

Philipp schaute auf, als Christine Odenthal auf ihn zukam. Sie hatte eine Liste in der Hand und lächelte zufrieden. Ihm fiel zum ersten Mal auf, dass sie beinahe hübsch war. Die grauen Augen dominierten ein harmonisches rundes Gesicht, in dem nur die Nase etwas zu klein geraten war. Dazu passte der frauliche Körper mit einem mütterlichen Busen, den sie meist mehr als notwendig bedeckt hielt, runden Hüften und kräftigen Beinen. Sie würde als schlank gelten, wenn sie nicht lediglich einen Meter sechzig groß gewesen wäre.

Sie bemerkte, wie Philipp sie musterte und wurde verlegen. Philipp war ein attraktiver Mann und ihr gegenüber immer korrekt gewesen. Sie hatte sich oft ein bisschen mehr Beachtung gewünscht. Er behandelte sie wie die meisten anderen in seiner Abteilung. Überhaupt war sie in den ganzen Jahren aus ihm nicht so recht schlau geworden. Manchmal dachte sie, er sei eiskalt. Vielleicht wollte er aber auch nur seine Gefühle nicht preisgeben. Trotzdem wäre es schade, wenn er ginge. Es gab genügend Gerüchte, dass Weck ihn und Oesterich loswerden wollte. Sie hatte gute Kontakte zu einigen Vorstandssekretärinnen und Betriebsräten, die mit Andeutungen nicht zurückhaltend gewesen waren. Es gab sicher sympathischere Chefs als Philipp, aber auch viele schlechtere.

»Die Listen sind komplett. Brauchst du mich noch?«.

»Setz dich doch einen Moment«, sagte Philipp freundlich.

Sie nahm auf dem Stuhl Platz, der neben Philipps Schreibtisch stand. Sie fühlte sich unwohl, weil sie ausgerechnet heute einen ziemlich kurzen Rock trug, was selten vorkam.

Philipp unterhielt sich mit ihr über Belanglosigkeiten. So wollte er wissen, was man in der Bank über die Durchsuchung und ihre Abteilung redete. Ihr war nicht klar, was er eigentlich wollte. War er einsam? Suchte er Kontakt? Oder wollte er nach vielen Jahren des förmlichen Miteinanders einfach einmal nett sein?

Hannes Jaeger war mit dem Ergebnis zufrieden. Die Durchsuchung war ohne Komplikationen verlaufen. Er hatte gerade den Pressesprecher der Staatsanwaltschaft über das vorläufige Ergebnis informiert, damit dieser für seine Pressearbeit gerüstet war. Für Jaeger war die Beteiligung der Presse eine absolute Notwendigkeit in einer fortschrittlichen Demokratie. Strafrechtlich konnte man das durchaus mit dem Grundsatz der gebotenen Generalprävention rechtfertigen: Potentielle Täter sollten abgeschreckt werden. Ein Kollege, der weniger Mut hatte als er und häufig die Grundrechte zitierte, meinte, dieses Vorgehen könne nur für verurteilte Straftäter gelten, nicht aber für solche Bürger, gegen die erst ermittelt werde und bei denen der Ausgang des Verfahrens überhaupt nicht feststünde.

Diese Differenzierung hielt Jaeger für überflüssig. Die Staatsanwaltschaften kamen gegenüber den Verteidigern und Richtern ohnedies zu schlecht weg. Da konnte etwas Werbung – auch für die eigene Person – nicht schaden. Die Boulevardpresse war in der Hand der Starverteidiger. Das war nicht zu ändern, aber vielleicht ein wenig zu korrigieren.

Es war schon schwer genug gewesen, den gerichtlichen Durchsuchungsbeschluss zu erhalten. Sie hatten sofort nach dem Erscheinen des Presseartikels in »Handel & Börse« mit den Vorbereitungen begonnen und die vollständige Presse über die Advanced Investment Bank ausgewertet. Ihre Aktionspläne für Durchsuchungen hatten sie nur aktualisieren müssen. Aus den Verfahren wegen der Schweizer und Luxemburger Steuersünder hatten sie noch Organisationspläne und Telefonverzeichnisse der Bank, sodass sie wussten, welche Abteilungen sie aufsuchen musste. Zur Not half immer noch die Drohung, die gesamte Datenverarbeitung lahmzulegen. Man musste aber aufpassen, denn die Banken waren immer besser vorbereitet und schafften es mittlerweile, innerhalb von dreißig Minuten eine Schar von Juristen aufzubieten.

Für die nächsten Monate musste er Leonhard Lehnen von der sonstigen Arbeit freistellen. Lehnen sollte zusammen mit einigen Fachleuten der Staatsanwaltschaft und Kriminalpolizei die Unterlagen sichten. Vermutlich würde er auch noch bei anderen Banken ähnliche Verfahren in Gang setzen müssen. Eine Anklageerhebung gegen Verantwortliche der Advanced Investment Bank kam sicher nicht vor Ablauf von zwölf Monaten in Betracht. Ob das auch ein Fall für einen Haftbefehl war, musste man sehen. Er wusste es nicht.

Leonhard Lehen kam in sein Zimmer und zeigte auf den ältlichen Computer Jaegers.

»Sie sollten einmal Ihren Mailspeicher öffnen. Unsere Pressestelle hat uns gerade mitgeteilt, dass die Deutsche Presseagentur einen Bericht der Advanced Investment Bank über die Durchsuchung veröffentlicht hat. Die Bank war schneller als unsere Pressestelle.«

»Verdammt! Der Weck hatte doch Weisung gegeben, dazu erst im Quartalsbericht Stellung zu nehmen«, sagte Jaeger verärgert.

»Ja, er hat uns reingelegt.« Lehen lachte. »Wir waren zu langsam.«

Jaeger las die kurze Mitteilung:

»Die Advanced Investment Bank berichtet über eine Durchsuchung ihrer Geschäftsräume durch mehr als hundert Beamte der Staatsanwaltschaft und Polizei. Hintergrund ist der Erwerb von US-Immobilienpapieren seitens der Bank. Die Durchsuchung wurde von der Bank als völlig unverständlich bezeichnet, da jederzeit Kooperationsbereitschaft bestand und die Staatsanwaltschaft ohne weiteres die öffentlichkeitswirksame Durchsuchung hätte vermeiden können. Mit besonderer Sorge erfüllt die Bank, dass schon vor der Durchsuchung ein Fernsehteam erschienen sei, obwohl auf Bankseite niemand über die anstehende Durchsuchung informiert gewesen war. Die Bank hat im Vertrauen auf das gute Rating und nach eigener sorgfältiger Prüfung die Papiere erworben. Die Vorwürfe der Staatsanwaltschaft sind nach Auffassung der Bank haltlos. Details werden in den Pressekonferenz zum Quartalsbericht bekanntgegeben.«

»Unsere Pressestelle hat bereits eine Gegendarstellung angekündigt«, ergänzte Lehnen.

Violetta war erleichtert und traurig zugleich. Philipp hatte sich rasch entfernt, als ob er irgendwohin hätte fliehen müssen.

»Dann kann ich ja gehen«, hatte er beleidigt gesagt.

Nach monatelangem Überlegen hatte sie die Entscheidung getroffen und sich von ihm getrennt. Die Beziehung war nicht mehr zu retten. Gelungener Sex und einige Restaurantbesuche reichten ihr nicht mehr. Violetta sehnte sich nach einer Beziehung, wie sie Anna und Eric hatten. Ihre unruhige Phase war überwunden, sie war älter geworden. Plötzlich hatte ein Abend zu Hause, vielleicht in einer schönen Wohnung, einen unwiderstehlichen Reiz für sie. Mit Philipp war immer nur eine gehetzte Oberflächlichkeit möglich.

Anna hatte ihr zuletzt gesagt, dass Philipp berufliche Probleme habe und vielleicht deswegen so unzugänglich sei. Sie wusste es besser: Philipp hatte sich nicht verändert. Er war auf sich bezogen und ließ kaum jemanden an seinem Leben teilhaben. Sie kam sich vor wie ein Teil des Mobiliars seiner Wohnung, das er irgendwann gekauft hatte, dann aber nicht mehr wahrnahm. Sie war nicht wichtig für ihn. Wahrscheinlich war er nicht bindungsfähig. Selbst wenn er Probleme in der Bank hatte, mit ihr würde er zuletzt darüber reden. Sie fühlte sich nicht akzeptiert und wunderte sich, dass ihr dies erst jetzt bewusst wurde.

Eine größere Auseinandersetzung hatte Violetta mit Mühe vermieden. Philipp hatte sie in der Spedition abgeholt, um mit ihr essen zu gehen. Sie hatte ihn in ihr Auto gebeten und ihm eröffnet, dass sie die Trennung wünsche. Er hatte sogleich erregt vermutet, dass sie mit Kolligs liiert sei. Sie hatte ihm versucht zu erklären, dass sie nur ihn geliebt habe und keinen anderen. Die ganze Diskussion war aber ziemlich sinnlos. Er bog sich seine Wahrheit zurecht und war keinerlei Kritik zugänglich. Philipp wollte Violetta nicht verlieren, tat aber nichts, um sie zu halten. Am Ende wusste sie nicht, ob er nur bequem oder selbstsüchtig war. Vielleicht war er auch nur zutiefst unsicher und verbarg dies hinter einer arroganten Miene.

Sie wusste es nicht und wollte es auch nicht mehr wissen.

Auch an Violettas Arbeitsplatz stand nicht alles zum Besten. Die Konjunktur lief nicht mehr wie zuvor und die Konkurrenz aus den osteuropäischen Ländern machte Kolligs zu schaffen. Die deutschen Fahrer waren zu teuer, auch wenn sie angesichts der prekären Situation zu Lohnverzichten bereit waren. Violetta hatte mit Jacob Kolligs und dessen Steuerberater die Situation diskutiert. Sie brauchten einen höheren Kontokorrentkredit, um die Durststrecke zu überwinden. Die Kosten konnten sie nur in den Griff bekommen, indem sie einige Lastzüge in eine osteuropäische Tochtergesellschaft einbrachten und mit billigeren Fahrern operierten.

Violetta hatte vorgeschlagen, einige Strecken einzustellen und Lastzüge zu verkaufen.

»Dann schaffen wir die Fixkosten nicht mehr. Ich muss auch dich und das Büro bezahlen. So groß sind wir nicht, als dass wir beliebig abbauen könnten«, hatte Kolligs eingewandt.

Violetta hatte sich nach ihrer Trennung von Philipp mehr denn je in ihre Arbeit gestürzt. Sie sah aber, dass auch ihr Job nicht ungefährdet war.

Auf Vermittlung Erics, den sie angerufen hatte, kam ein Gespräch mit Carefree Credits zustande. Er hatte zu seinem früheren Arbeitgeber nach wie vor gute Beziehungen. Die Bank war bereit, zusätzlich zu dem bei der bisherigen Bank bestehenden Kredit eine Kontokorrentlinie einzuräumen. Auch wurden einige Lastzüge, die bisher im Eigentum von Kolligs standen, über Leasing finanziert. Das schaffte finanziellen Spielraum und gab die Möglichkeit, mit wettbewerbsfähigen Konditionen am Markt zu agieren.

Die Bank hatte aber deutlich gemacht, dass eine langfristige Verbesserung erforderlich war, und empfohlen, den Zusammenschluss mit einem Wettbewerber zu suchen. Kolligs sah das positiv, befürchtete aber, dass sein Vater nicht zustimmen würde. Nachdem er sich von seiner Frau getrennt hatte, war das Verhältnis angespannt.

Philipp übernahm das Gespräch, das ihm seine Sekretärin hereingestellt hatte. Catherine begrüßte ihn knapp und fragte, wie es seiner Bank ginge. Seit seinem Aufenthalt in New York telefonierten sie ab und zu miteinander. Er hätte sich gerne nochmals mit Catherine getroffen, es hatte aber keine passende Gelegenheit gegeben.

Ihre Telefonate spiegelten perfekt die Qualität ihrer Beziehung. Sie waren kurz, nüchtern und enthielten nichts Überflüssiges. Einziges Indiz einer Zuneigung war die Tatsache, dass Catherine oder Philipp ab und zu zum Hörer griffen, ohne dass es einen anderen Grund gab, als die Stimme des anderen hören zu wollen. Tief verschlossen in ihren Seelen gab es verdrängte Gefühle. Eines Tages würde es vielleicht gelingen, sie sich einzugestehen oder sogar dem Partner zu eröffnen.

»Ich muss nächste Woche nach Irland, um ein paar Geschäfte zu machen. Der Markt ist für mich derzeit sehr günstig. Können wir uns in Dublin treffen?«, fragte Catherine.

Philipp war überrascht. Seit Wochen war das die einzige positive Nachricht. Er dachte auch an die drängenden geschäftlichen Probleme mit den in Irland gebuchten Wertpapieren. Vielleicht hatte Catherine Kaufinteresse für einen der Bankfonds oder kannte zumindest ein paar Adressen, die in Frage kämen.

Catherine sprach auch seine Wohnung in New York an. Sie habe die Einrichtung vervollständigt, es sei alles schön geworden. Sie warte auf die große Party, mit der sie alles einweihen könnten.

So überraschend der Anruf gekommen war, so schnell verabschiedete sich Catherine wieder. Philipp hielt nachdenklich den Hörer in der Hand. Vielleicht würde eine neue Beziehung auch wieder Ordnung in sein Leben bringen. Der abrupte Trennungsstrich, den Violetta gezogen hatte, hatte ihn in einer Zeit des beruflichen Niedergangs getroffen und zutiefst verletzt. Niemandem hatte er bisher gesagt, dass Violetta sich von ihm getrennt hatte. Anna und Eric ahnten es wahrscheinlich. Verunsichert musste er sich eingestehen, dass er die Liebe nicht wirklich kannte. Die Märkte und Violetta hatten ihn zurückgewiesen. Das war zum ersten Mal in seinem Leben ein Misserfolg auf ganzer Linie.

Es klopfte. Maria und Reitz betraten das Zimmer. Sie hatten offensichtlich schon im Vorzimmer gewartet. Ob sie von seiner Beziehung zu Catherine etwas ahnten? Seine Sekretärin hatte sicher etwas mitbekommen.

Maria berichtete über die katastrophale Lage. Die Refinanzierung für die irische Gesellschaft war bisher im Kurzfristbereich ohne Probleme und zu sehr günstigen Zinsen gelaufen. Im Augenblick war aber von keiner Bank etwas zu holen, weder lang- noch kurzfristig und gleich zu welchen Konditionen. Reitz sagte, so etwas habe er noch nicht erlebt. In jedem Fall würde man hohe Verluste machen, wenn man nicht die Refinanzierungsmittel auftreiben konnte.

»Wie viel Zeit haben wir noch?«, fragte Philipp

»Rund sechzig Prozent des gesamten Volumens wird innerhalb der nächsten dreißig Tage fällig. Schaffen wir die Finanzierung nicht, muss das Management die Papiere notfalls zu Schleuderpreisen verkaufen«, antwortete Reitz mutlos.

Maria verteilte eine Excel-Datei, in der sie den gesamten Bestand in Irland mit den derzeitigen Kursen erhoben hatte. Sie erklärte, dass die Kurstellung ausgesprochen schwierig sei, da kaum noch gehandelt werde. Ein zehn Tage alter Kurs konnte heute ohne jede Relevanz sein.

»Alle Papiere zusammen haben wahrscheinlich noch einen Wert von achtundvierzig Prozent des Anfangskurses, das heißt, wir haben rund die Hälfte des Gegenwerts verloren. Die zusätzlichen Refinanzierungskosten habe ich noch gar nicht eingerechnet«, sagte Maria und zeigte Philipp die entsprechende Zeile in dem Papier.

Philipp bat Reitz, mit Meier zu reden. Der sei für die Refinanzierung der Bank zuständig und wisse vielleicht einen Weg. Maria schaute überrascht auf. Das konnte doch nicht sein, dass Philipp noch nicht einmal den Mut hatte, Meier anzusprechen und alles auf sie und Reitz abschob. Sie stand wortlos auf und verließ mit Reitz den Raum. Draußen auf dem Flur ließ sie Reitz stehen und ging kopfschüttelnd weg.

Eine Übernahme der Papiere in die Bank kam für Philipp nicht in Betracht. Er würde dann jeden Einfluss verlieren und die ganze Bank würde den Irland-Deal zum Symbol für Schuld und Untergang machen. Keiner würde mehr von den hohen Erlösen, der günstigen Refinanzierung und der Eigenkapitalersparnis der Bank reden. Er starrte minutenlang auf die Unterlage, die Maria ihm hingelegt hatte. Zahlen und Wörter verschwammen vor seinen Augen. War es das jetzt gewesen? Fast vierzig Jahre alt, zehn Jahre in der Bank und dann auf der Straße? Sein Leben lang war er überzeugt gewesen, alles richtig gemacht zu haben. Der Erfolg war das selbstverständliche Ergebnis seiner Arbeit. Glück oder Hilfe Dritter hatte er nie gebraucht. Jetzt aber war er wie gelähmt. Sollte er Weck oder Oesterich unter Druck setzten? Er konnte damit drohen, an die Öffentlichkeit zu gehen. Er vermochte aber nicht einzuschätzen, ob beide sich gegen ihn verbünden würden oder ob das zusätzliche Probleme mit der Staatsanwaltschaft bringen würde. Rosen hatte selbst gekündigt, aber das war für ihn keine Option. Niemand sollte den Eindruck haben, dass er gescheitert wäre. War es aber nicht viel schlimmer, wenn die Bank ihn hinauswarf? Philipps Gedanken umkreisten immer die gleiche Frage, ohne dass er eine Antwort gefunden hätte. Vielleicht werden sich die Kurse erholen und die Banken wieder Geschäfte miteinander machen wie früher, hoffte er.

Anna fuhr ihren PC hoch, um nach den Mails zu schauen und einen Blick in die hauseigene Presseinformation zu werfen. Sie hatte auf der Fahrt zur Bank bereits einen Hinweis auf eine Meldung der Deutschen Presseagentur über die Advanced Investment Bank und andere deutsche Banken gehört. Tatsächlich stach auf der Titelseite von »Handel & Börse« die Headline ins Auge:

»*Advanced Investment Bank krankt an US-Papieren.*«

Berichtet wurde, die Advanced Investment Bank habe Milliarden in US-Immobilienpapiere investiert und müsse hohe Abschreibungen vornehmen. Der Wert der Papiere sei in den letzten Monaten immer tiefer gesunken. Betroffen sei insbesondere eine Tochtergesellschaft in Irland, die außerhalb der Bilanz der Bank geführt werde und bei der aktuell die Refinanzierung gefährdet sei. Die Unternehmensberatung Heros-Consulting untersuche die Vorgänge.

An der Börse gebe es Gerüchte über bevorstehende personelle Konsequenzen. Heros habe ermittelt, dass für die Geschäfte in Irland die bankinterne Zustimmung der Aufsichtsgremien gefehlt habe. Schließlich seien in großem Umfang Zertifikate von Lehman Brothers an Privatanleger verkauft worden, ohne dass über die Risiken ausreichend aufgeklärt worden sei. Die Bank selbst habe eine Stellungnahme abgelehnt und auf die anstehende Pressekonferenz zum Abschluss des dritten Quartals verwiesen.

Woher hatte die Zeitung die Informationen? Anna vermutete, dass ein Mitarbeiter dahintersteckte. Dass die Advanced Investment Bank US-Papiere im Bestand hatte und Wertberichtigungen vornahm, wussten alle Insider, aber mehr nicht. Es war zu befürchten, dass irgendjemand die Jagd auf Philipp eröffnet hatte. Oft spekulierte aber die Presse nur auf der Basis von Halbwahrheiten, um die Banken zu einer Reaktion zu zwingen. Das war zwar unanständig, aber gängige Praxis der Journalisten.

Sie griff zum Hörer und rief Eric an.

»Ja, Anna, habe ich schon gelesen«, sagte er sofort. »Der Aktienkurs der Advanced Investment Bank ist auch schon im Keller und ein halbwegs erträglicher Jahresabschluss wird jetzt sehr unwahrscheinlich. Ich habe versucht, Philipp zu erreichen, aber seine Sekretärin konnte mich nicht verbinden. Er telefonierte die ganze Zeit und wird zurückrufen.«

Anna fragte nicht weiter nach. Sie hatte gemerkt, wie nervös Eric war. Er machte sich Sorgen um Philipp, aber auch um die eigene Bank. Es war derzeit nicht die Frage, welcher Bank es gut oder schlecht ging. Schlecht ging es allen, nur wusste keiner genau, ob man überleben würde. Durchhalteparolen waren die Regel. Das Verhalten der Märkte aber verfolgte man zunächst mit Staunen und dann nur noch mit Angst.

Boulevardzeitungen las Philipp nie. Er hätte sich schon geniert, sie öffentlich unter den Arm zu klemmen. Heute ging er ausnahmsweise zu Fuß, er hatte nur wenige Stunden geschlafen und der Restalkohol vom Abend, besser gesagt der Nacht, machte ihm zu schaffen.

Aus den Augenwinkeln sah er einen älteren Mann, vermutlich einen Rentner, die bunte Zeitung aufschlagen. Darin stand in riesigen Lettern:

»Bank macht Riesenverluste, Banker feiern.«

Im Anschluss konnte er das Logo der »Advanced Investment Bank«, seiner Bank, erkennen.

Sofort schaute er sich suchend nach einem Kiosk um. Tatsächlich war es nicht weit zum nächsten Zeitungsstand und innerhalb weniger Minuten stand er selbst auf der Straße und las den Artikel. Er enthielt die branchenüblichen Übertreibungen und Halbwahrheiten. Sie hatten gegessen und ein paar Glas Wein getrunken, mehr nicht.

Oesterich hatte wie jedes Jahr seine Führungskräfte und ausgewählte Mitarbeiter zu einer Weihnachtsfeier eingeladen. Vermutlich hatte jemand, der sich übergangen fühlte, die Presse informiert. Aus dem Internet oder seinem Fotobestand hatte der Redakteur ein Bild von Oesterich heruntergeladen. Zu den Verlusten der Bank aus den US-Immobilienpapieren wusste die Zeitung nicht viel zu sagen. Sie war auch bei den Pressekonferenzen der Bank nicht vertreten gewesen und verfügte über keine Wirtschaftsredaktion.

Philipp war erleichtert, dass sich der Angriff gegen Oesterich richtete. Aber schon am Abend kam der nächste Schlag, diesmal im Fernsehen.

»Guten Abend, meine Damen und Herren. Ich begrüße Sie zu meiner heutigen Sendung, in der wir uns aus aktuellem Anlass mit den ungeheuerlichen Vorgängen bei den Banken befassen.

»Kennen Sie diesen Mann? Wenn nicht, werden Sie ihn heute kennenlernen.«

Im Rücken der Moderatorin Carmen Abendroth erschien in Großaufnahme eine ältere Schwarz-Weiß-Aufnahme eines Mittfünfzigers mit akkurat rasiertem Oberlippenbärtchen.

»Das ist Rudolf Münemann, geboren am 8. Januar 1908, gestorben am 22. Oktober 1982. Er hat die Banken das Fürchten gelehrt. Schon unter den Nazis, vor allem aber in der Nachkriegszeit bewegte er als Vermittler Unsummen von Krediten an Unternehmen durch die deutsche Landschaft und verdiente dabei ein Vermögen. In der Großindustrie und in der Politik ging er ein und aus.

Was hat er gemacht? Er hat Geld für kurze Laufzeiten aufgenommen und langfristig verliehen. Warum? Kurzes Geld ist meist billiger als langfristiges. »Aus kurz mach lang«, nannte er das.«

Während eine Skizze eingeblendet wurde, führte Abendroth weiter aus:

»Schauen Sie sich ein Beispiel an: Vom Unternehmen A holte sich Münemann für drei Monate eine Million DM für vier Prozent Zins und gab diese weiter an Unternehmen B für fünf Prozent Zins auf vier Jahre. Das Ganze müssen Sie sich dann mit etwas größeren Summen und einer Vielzahl von Unternehmen vorstellen.

Aber Münemann hatte gegen die »Goldene Bankregel« verstoßen: Man kann nämlich nicht davon ausgehen, dass immer genügend Geld, und vor allem billiges Geld vorhanden ist. Die Bundesbank hatte in den sechziger Jahren zur Bekämpfung der Inflation die Zinsen stark angehoben, sodass kurzfristiges Geld knapp und teuer wurde. Ausgeliehen hatte Münemann langfristig für fünf Prozent, zahlen musste er für Dreimonatsgeldgeld jetzt bis zu zehn Prozent. Das konnte er nicht lange durchhalten.«

Abendroth machte eine kurze Pause. Ihr Gesicht wurde in der Totalen eingeblendet.

»Warum erzähle ich Ihnen das? Die Banken haben heute das getan, was sie damals Münemann angekreidet hatten: Sie ha-

ben US- Schrottpapiere gekauft, von denen sie besser die Finger gelassen hätten. Das allein reichte nicht. Sie haben zahlreiche Tochtergesellschaften im Ausland gegründet, die sich kurzfristig am Markt refinanzierten und mit diesem Geld langfristig laufende US-Papiere gekauft. Der Geldmarkt brach zusammen und die Banken mussten – soweit sie das überhaupt konnten – die Papiere übernehmen, um das Schlimmste zu verhindern. Den meisten fehlte aber das Geld hierfür.«

Philipp ärgerte sich über die Argumentation der Moderatorin. Dass Banken die sogenannte Fristentransformation betrieben, empfand er als normal. Damit konnte man viel Geld verdienen und dafür wurde er bezahlt. Er wusste aber auch, dass manche, wie zum Beispiel Eric oder Meier, das differenzierter sahen.

Die Fernsehsendung hätte er verpasst, wenn nicht Maria ihn noch am Abend angerufen hätte. Angeblich sollte auch noch jemand von der Staatsanwaltschaft auftreten. Tatsächlich hatte Abendroth einige selbsternannte Experten zu Gast, die sich darüber ausließen, warum alles das, was geschehen war, vorausgesehen werden konnte. Sie interviewte auch einen Oberstaatsanwalt, der über die Durchsuchung bei Banken berichtete, ohne die Advanced Investment Bank zu nennen. Er langweilte ihn mit weitschweifigen Ausführungen zum Untreue-Tatbestand. Die hohe Erlöse und die darauf zu zahlenden Steuern hatte jeder gerne akzeptiert, dachte Philipp nur.

Er erinnerte sich noch gut an die Medienbeiträge der neunziger Jahre, in denen das Investmentbanking glorifiziert wurde. Alles, was aus London oder New York kam, war chic und sexy. Die Geschäfte der deutschen Banken waren damals für die Journalisten antiquiert, die Banken selbst zu klein und zu provinziell.

»Meine Damen und Herren, die Staatsanwaltschaft hat etliche Banken durchsucht, weil sie gegen Vorstände und Händler Untreue-Vorwürfe erhebt. Wir haben versucht, den Vorstandvorsitzenden der Advanced Investment Bank zu einer Stellungnahme zu bewegen. Herr Weck war hierzu leider nicht bereit.«

Philipp starrte wie gebannt auf die etwa fünfzigjährige Moderatorin, die unter ihrer Puderschicht versuchte, spöttisch zu lächeln.

»Wir haben eine schriftliche Stellungnahme der Bank vorliegen, die ich aber hier nicht verlesen will. Sie beantwortet nicht meine Fragen. Lehren aus der Pleite von Münemann hat man wohl auch dort nicht gezogen, obwohl Herr Weck – er ist so um die sechzig Jahre alt – ihn noch erlebt haben dürfte. Ich verspreche Ihnen: Wir werden weiter recherchieren, wie es unsere Aufgabe ist.«

Weder der schon lange verstorbene Müneman noch der alte Weck beeindruckten Philipp sonderlich. Das war nicht seine Generation. Er fluchte leise und schaltete den Fernseher ab.

Ein alter Mercedes und ein neuer 3-er BMW verließen kurz hintereinander die Tiefgarage des Senders. Sie nahmen die gleiche Richtung und waren offensichtlich bemüht, beieinander zu bleiben. In gebührendem Abstand folgte ihnen ein Golf, der vor dem Eingang der Tiefgarage gestanden hatte. Alle drei parkten eine halbe Stunde später vor der Wohnung von Carmen Abendroth, der Mercedes etwa hundert Meter hinter dem BWM, der Golf hinter der nächsten Ecke.

Carmen Abendroth verriegelte den Wagen und suchte nach ihrem Hausschlüssel. Sie schaltete das Treppenhauslicht an und ging nach oben. Als sie die Wohnungstür aufgeschlossen hatte, verließ auch Jaeger schnellen Schrittes sein Auto und legte den Finger kurz auf die mittlere Klingel rechts. Er hatte nicht bemerkt, dass der Golffahrer sein Auto ebenfalls verlassen hatte und im Schatten eines Baumes die Szene zu beobachten schien. Dieser hatte eigentlich nur Carmen Abendroth folgen wollen und zu seiner Überraschung einen Mann entdeckt, der vielleicht zu der bisher skandalfreien Moderatorin gehörte.

Carmen legte ihre Jacke ab und zog die Schuhe aus, die sie schon die ganze Zeit gequält hatten. Eigentlich hätte sie jetzt gerne ihre Ruhe gehabt, aber Hannes Jaeger wollte unbedingt noch mitkommen. Er konnte seiner Frau sagen, dass er mit wichtigen Leuten vom Fernsehen und Bankexperten zusammengesessen habe. Gute Entschuldigungen waren in ihrer Situation selten und man musste die Gelegenheit nutzen. Hannes umarmte sie und beide ließen sich auf die Couch fallen. Carmen lachte und meinte:

»Ich habe dich heute geschont. Ein anderer Staatsanwalt wäre schlechter weggekommen.«

»Wieso?« Hannes lächelte unsicher.

»Ich habe vor ein paar Tagen in Handel & Börse einen herrlichen Artikel über Bankvorstände und Staatsanwälte gelesen. Der Journalist meinte, die Staatsanwälte seien aufgrund der ganzen Durchsuchungen und Ermittlungen zur Untreue von Bankvorständen am besten als Bankmanager geeignet. Deswegen sollten sie in Massen in die Vorstände der Banken eintreten, das würde die Welt weiterbringen.«

Hannes konnte nicht wirklich darüber lachen. Ironie war für ihn ein schwieriges Feld, vor allem, wenn er selbst betroffen war.

Carmen versuchte die Stimmung wieder aufzuhellen und strich ihm leicht über den Oberschenkel.

»Ich finde es so lustig, dass diese Tochtergesellschaften in Irland die schöne englische Bezeichnung »Special Purpose Vehicle« haben. Hast du auch so etwas?«

»Klar«, meinte er. »Hat aber nichts mit Immobilien zu tun.«

Als Hannes Jaeger das Haus verließ und sich auf den Heimweg machte, folgte ihm der Golffahrer und schoss vor Jaegers Haustür sein letztes Foto in dieser Nacht.

Elisabeth Richter, geborene Berressem, hatte ihren Bruder überredet, Weihnachten im Kreise der Familie zu feiern. Über viele Jahre hatte er das abgewehrt. Sie wusste, dass er Familiengetue und bei solchen Gelegenheiten aufkommende Sentimentalitäten hasste. Zwanghafte Erinnerungen an alte, schönere Zeiten waren nicht seine Sache. Wenn Kinder dabei waren, wurden die Albernheiten der Erwachsenen noch unerträglicher.

Er hatte vor allem keine Lust, sich mit seiner Mutter oder seinem Schwager auseinanderzusetzen. Das konnte nur im Streit enden. Er musste Rücksicht nehmen und konnte die Diskussion nicht wie in der Bank mit einer abrupten Entscheidung beenden. Besonders die Mutter ließ nur ihre eigene Meinung gelten. Er hatte dennoch zugesagt. Vieleicht fühlte er sich allein. Elisabeth hatte auch Violetta einladen wollen. Sie wusste noch nicht, dass die Beziehung beendet war.

»Im Moment ist das unpassend«, hatte Philipp ausweichend geantwortet.

»Dann ist es doch besser für dich, dass du kommst und dich nicht zu Hause vergräbst«, entschied Elisabeth schließlich.

Philipp machte sich um fünf Uhr nachmittags auf den Weg. Auf seine Schwester freute er sich. Sie hatten nie große Probleme miteinander gehabt. Elisabeth war zwei Jahre älter als er und hatte ihn in der Kindheit als Puppenersatz geherzt und geliebt. Ihm war das nicht unangenehm gewesen. Wenn er sich beim Spielen verletzt hatte, tröstete seine Mutter allenfalls mit dem harschen Hinweis:

»Du willst doch mal ein Mann werden. Da weint man nicht, sondern beißt die Zähne zusammen.«

Das hatte ihn dazu erzogen, im Leben die notwendige Härte zu zeigen. Seine Schwester hatte einiges ausgeglichen, indem sie ihn in die Arme nahm und kräftig drückte. Aber er wusste nicht, ob diese mechanische Handlung Ausdruck einer echten Zuneigung war oder einem latenten Bedürfnis der Schwester entsprach, verfrühte Muttergefühle auszuleben.

Sein Vater hatte in seinem Leben keine Rolle gespielt. Als er vierzehn wurde, verstarb er. Er hatte ihn wahrscheinlich geliebt, konnte sich mit ihm unterhalten, auch über Probleme reden. Aber stets war seine Mutter in der Nähe gewesen und hatte sich eingemischt, belehrt, abgelehnt und entschieden, ohne wirklich zuzuhören. Zum Glück erhielt seine Mutter eine gute Rente und die vermögenden Eltern des Vaters hatten Philipp nach Kräften unterstützt. So wurde ihm ein sorgenfreies Studium ermöglicht. In dieser Zeit hatte er eine enge Beziehung zu seinem Großvater aufgebaut, der ihn mit seiner Klugheit und Toleranz durch einen Teil seines Lebens führte.

Die Beziehung zu seiner Mutter war zunehmend schwieriger geworden. Seine Schwester hatte gemeint, sie seien sich zu ähnlich, keiner sei bereit zurückzustecken. Philipp hatte seiner Mutter einmal in seiner Wut gesagt: »Behandle mich nicht so wie deinen Mann! Das lasse ich nicht mit mir machen.«

Sie hatten ein halbes Jahr nicht mehr miteinander geredet.

Philipps Schwester war Lehrerin und hatte wegen der drei Kinder den Beruf aufgegeben. Ihren Mann, auch Lehrer, kannte sie schon seit dem Studium. Philipp mochte ihn nicht sonderlich, weil er stets oberlehrerhaft fragwürdige Weisheiten verkündete und die täglich neue Unzufriedenheit über Leistung und Benehmen seiner Schüler mit nach Hause brachte. Mit seiner Schwiegermutter verstand sich der Schwager gut. Beide hatten sich in der Vergangenheit oft gegen Philipp verbündet.

Als er vor dem Fertighaus, einer stilistisch nicht sehr sicheren Imitation eines Fachwerkbaus, seinen BMW parkte, lächelte er ein wenig.

Er nahm mehrere Taschen mit Geschenken aus dem Kofferraum und ging ins Haus. Wenigstens die Kinder würden ihn deswegen jubelnd begrüßen. Er hasste es, wenn sie ihn »Onkel Philipp« nannten.

Der Abend verlief glimpflich. Der gemeinsame Kirchgang und die weihnachtliche Stimmung hatten alle Widersprüche und Aggressionen zugedeckt. Nur seine Mutter hatte sein Geschenk achtlos beiseitegelegt und gemeint:

»Was soll ich in meinem Alter noch mit Schmuck anfangen?«

Philipp hatte schon die Antwort auf der Zunge, als seine Schwester ihn scharf ansah und sagte:

»Ach Mama, probiere es doch erst einmal aus, und wenn er dir dann noch immer nicht zusagt, kannst du ihn mir geben.«

Sie wusste genau, dass die Mutter schon am nächsten Tag jeder Freundin erzählen würde, den Schmuck habe ihr der Sohn zu Weihnachten geschenkt.

Wie nicht anders zu erwarten war, lenkt der Schwager das Gespräch auf die gut verdienenden Banker. Philipp hatte damit gerechnet, sodass sich sein Ärger schon angestaut hatte. Die Familie hatte bereits alle Urteile und Vorurteile aus Zeitung und Fernsehen aufgesogen und fühlte sich bürgerlich betroffen. Sie erwarteten von ihm, in das allgemeine Lied der Unanständigkeit der Banker einzustimmen oder Reue zu zeigen. Sie hätten viele Jahre riesige Boni kassiert und würden jetzt den Staat um Hilfe bitten. Er versuchte zu erklären, gab es aber dann auf, weil das grundlegende Verständnis fehlte. Nur bei den Boni mochte er nicht nachgeben.

»Jeder kann, wenn er will, meinen Job machen und das gleiche Geld verdienen. Warum versucht es keiner? Lieber Schwager, wäre das nichts für dich?«, fragte Phillip aggressiv.

»Wieso beschwert sich keiner über die Gehälter von Fußballspielern, Filmschauspielern und Schlagersängern? Im Gegenteil: Wenn sie drogensüchtig und alkoholabhängig sind, werden sie noch öffentlich bedauert. Ich verdiene mein Geld hart. Wenn ich keinen Erfolg habe, fliege ich raus. Ich bin kein Beamter wie du, der nur etwas zu befürchten hat, wenn er silberne Löffel klaut.«

Damit hatte er das Thema beendet. Die Runde schaute betreten. Philipps Schwester sorgte dafür, dass ihr Mann alle Gläser füllte, weniger riskante Gesprächsthemen gewählt wurden und die zuvor geprobte weihnachtliche Harmonie wiederhergestellt werden konnte.

Gegen sechs Uhr morgens klingelte Philipps Handy. Er hatte in einem der Kinderzimmer geschlafen und sah das flackernde Display unter sich auf dem Boden. Der Name »Catherine« leuchtete ihm entgegen. Er freute sich, dass sie an ihn gedacht hatte.

»Merry Christmas«, scholl es verzerrt aus dem kleinen Lautsprecher. Eine ganze Gruppe männlicher und weiblicher Stimmen schien es fröhlich zu rufen. Dann meldete sich Catherine und fragte ihn, ob er »Fun« habe.

»Die ganze Familie hat hier gefeiert, ich bin bei meiner Schwester«, sagte er, weil ihm nichts anderes einfiel.

»Oh, ich würde auch gerne deutsche Weihnacht feiern«, schwärmte sie, was immer sie sich darunter vorstellte.

Die ersten Monate des neuen Jahres hatten für Philipp nichts Positives gebracht. Die Krise wollte kein Ende nehmen. Die Kurse fielen unaufhörlich. Investmentbanker waren lange Jahre in den Himmel gehoben worden. Jetzt ließ man sie nicht nur fallen, sondern versetzte ihnen so viele Tritte wie möglich. Es war wie bei Politikern und Showgrößen, die sich lustvoll im von den Medien verliehenen Glanz sonnten. Wenn sich die Bewunderung des Lesers erschöpft hatte, wurde abserviert. Vermeintliche Freunde wurden zu nützlichen Feinden. Ein neues Objekt der Beliebigkeit musste her.

Ihn hatte eine gewisse Endzeitstimmung überkommen. Bisher hatte er immer im Aufbruch gelebt, Altes hinter sich gelassen, Neues probiert, ohne zurückzuschauen. Seit Beginn der Krise stagnierte alles, geschäftlich wie privat. Eric erschien ihm plötzlich der einzig verbliebene Fixpunkt seines Lebens. Er war froh, dass er mit ihm reden konnte.

Nach einigem Suchen hatte er das kleine Einfamilienhaus in der zweiten Reihe einer Anliegerstraße gefunden, aber erst, nachdem er die Daimler-E-Klasse von Philipp entdeckt hatte. Wie bei den meisten Geschäftswagen fehlte die Typenbezeichnung. Vermutlich war eine größere Maschine eingebaut, die nicht offen gezeigt werden sollte. Besonders schlaue Kollegen waren sogar auf die Idee gekommen, sich das Emblem eines weniger leistungsfähigen Typs montieren zu lassen. Er bekannte sich zu dem was er fuhr: Sein 5er-BMW war günstiger als andere und sehr schnell. Das konnte man auf dem Kofferraumdeckel ablesen.

Anna öffnete die Tür und begrüßte ihn herzlich. Sie entschuldigte sich gleich für das Durcheinander. Sie hätten noch immer nicht alle Umzugskartons ausgeräumt. Aus dem Wohnzimmer hörte er eine Kinderstimme, die laut »Papa« rief.

Anna verschwand irgendwo im Haus. Eric klopfte Philipp freundschaftlich auf die Schulter und ging mit Mary, die ihn kurz begrüßte, die Treppe hoch.

Im Wohnzimmer standen drei Gläser auf einem Edelstahltablett, daneben eine Flasche Barolo, die schon geöffnet war. Ein Glas war halb gefüllt, die beiden anderen unbenutzt. Wahrscheinlich hatte Eric den Feierabend für sich schon eingeleitet. Philipp goss sich ebenfalls ein und probierte einen Schluck. Auf dem Tisch lag ein Wirtschaftsmagazin, das er lustlos durchblätterte. Natürlich befasste sich der Leitartikel wieder mit den Banken.

Er las den Aufkleber auf der Rückseite:

»Dr. Eric Geissel c/o Deutsche Kommerzialbank«.

Er schaute auf Eric, der gerade die Tür hereinkam.

»Also, hieraus beziehst du dein profundes Fachwissen.«

Eric lachte.

»Zeitung lesen macht keinen Spaß mehr. »Banker« war früher ein angesehener Beruf. Weißt du, dass er heute in der Ansehensskala auf Platz 23 hinter den Prostituierten rangiert?«

»Ich hätte Prostituierten ein besseres Ranking zugetraut. Wahrscheinlich sind nur Ehefrauen und keine einsamen Männer befragt worden«, antwortete Eric.

»Wenn ich etwas zur Hebung des Niveaus beitragen kann ...«, warf Anna ein, die gerade den Raum betrat.

Philipp goss den Rotwein in das dritte Glas und reichte es Anna. Er mochte sie, auch wenn es lange gedauert hatte, bis sie den Abstand zu ihm etwas reduziert hatte und ein freundschaftliches Miteinander zuließ. Philipp hatte erkannt, dass sie eine vorsichtige, vielleicht sogar misstrauische Frau war. Gepaart mit ihrem außergewöhnlichen Selbstbewusstsein war dies ein effizienter Abwehrmechanismus gegen jeden Versuch einer Kontaktaufnahme. Er bewundert Eric, der dies alles hartnäckig und geduldig überwunden hatte. Wer die Buchhaltung liebte, hatte wahrscheinlich auch mehr Geduld bei Frauen.

»Es gibt Gerüchte, dass du Vorstand wirst«, sagte Philipp unvermittelt zu Eric.

Dieser gab zu, dass es Gespräche über die Nachfolge von Heinrich Ruoff, dem Risikovorstand, gäbe. Dieser würde im nächsten halben Jahr in den Ruhestand gehen. Angesichts der Probleme der Bank seien Vorstand und Aufsichtsrat wohl für eine interne Lösung. Er habe die besten Karten, wisse aber noch nicht, ob er den Job annehmen solle.

»Wieso denn nicht? Das ist doch eine einmalige Chance. Risikofachleute stehen zurzeit hoch im Kurs. Die Bank ist auf dich angewiesen.«

Eric sah das differenzierter. Er hatte einen guten Job und ein vernünftiges Gehalt. Als Vorstand würde er hingegen einen Zeitvertrag über fünf Jahre abschließen. In diesen unruhigen Zeiten wusste man nicht, ob es eine Verlängerung geben würde. Boni wurden angesichts der öffentlichen Diskussion kaum mehr gezahlt. Insgesamt war der Ärger um ein Beträchtliches höher als in seinem bisherigen Job. Wenn er hart verhandelte und alles ausreizte, stand das am nächsten Tag in der Zeitung und schon wäre er öffentlich demontiert.

Eric zögerte weiterzusprechen und sagte dann mit Blick auf Anna:

»Entscheidendes Problem ist: Anna müsste ihren Job aufgeben. Sie kann nicht auf einer Position arbeiten, die letztlich mir unterstellt ist.«

Annas Gesicht zeigte keine Regung. Offensichtlich hatten sie das Thema intern schon häufig diskutiert, ohne ein Ergebnis erzielt zu haben. Es schien jedoch deswegen keiner der beiden verstimmt zu sein.

»Wie sieht das erste Quartal bei euch aus«, fragte Philipp.

Eric berichtete, dass man aus dem US-Geschäft keine größeren Risiken mehr befürchte. Man verdanke Rosen, dass er die Bestände im Wesentlichen abgestoßen hatte, der Rest sei abgeschrieben.«

»Ich betrachte aber mit Sorgen die Staatsanleihen aus Griechenland und Spanien, die wir im Bestand haben. Man kann sich nur damit trösten, dass alle Banken tangiert sind. Und wie sieht es bei dir aus?«

»Wir werden auch das erste Quartal sicher mit Verlust abschließen. Das kannst du dir selbst ausrechnen. Zusätzlich besteht das Problem der Liquidität.«

»Und für dich persönlich?«

Philipp suchte einen Moment nach Worten.

»Eigentlich kann ich gar nichts sagen. Die Staatsanwaltschaft rührt sich seit Monaten nicht. Mein Verteidiger hat die Akten eingesehen. Auch hier Fehlanzeige! Aktuell laufen in der Bank etliche Untersuchungen über das, was wir angeblich falsch gemacht haben. Aber definitive Ergebnisse gibt es nicht. Sie planen wohl, mich über das Irland-Geschäft stolpern zu lassen. Das wird ihnen aber nicht gelingen. Ich habe auch schon überlegt, ob ich selbst kündigen soll, es aber gelassen, weil ich sonst überhaupt nichts mehr erfahre und damit meine eigene Position schwäche.«

Anna trank ihren letzten Schluck Rotwein und verabschiedete sich von Philipp.

»Ich gehe ins Bett. Lasst euch von mir nicht stören, ich muss morgen früh raus.«

Die beiden Männer leerten noch eine halbe Flasche Rotwein, bis Philipp sich verabschiedete und mit unzulässig hohem Promillewert auf Schleichwegen nach Hause fuhr.

Die Leere seiner Wohnung machte ihn nervös. Nicht, dass er Einsamkeit empfunden hätte. Im Grunde brauchte er keine Gesellschaft. Ihn störte nur das Gefühl, dass sich nichts bewegte. Für das Bett war er noch zu wach. Ein paar Straßen weiter kannte er eine Kneipe, die er noch nie betreten hatte. Sie hatte sich ihm durch die Werbung für die Bundesligaprogramme eingeprägt, die er jedes Mal registrierte, wenn er zum Joggen in den sich anschließenden Park lief.

Philipp ging die drei Stufen hoch und bestellte an der kleinen Theke ein Bier. Es war spät, der Fernseher lief leise im Hintergrund. Neben ihm standen zwei Männer, die letzten Gäste. Der Wirt schaute ihn geschäftsmäßig an und stellte das schnell gezapfte Bier auf den Deckel.

»Bitteschön«, mehr sagte er nicht.

Die Männer schwiegen. Wenn es eine Unterhaltung gegeben hatte, war sie durch sein Kommen unterbrochen worden. Zaghaft schaute ihn sein Nachbar von der Seite an. Er betrachtete Anzug, Krawatte und Hemd der ungewohnten Erscheinung. Philipp fiel erst jetzt auf, dass er noch immer seine Bürokleidung trug. Er hatte vergessen, sich umzuziehen.

Sein erstes Bier hatte er in Gedanken an Eric und Anna getrunken, ohne sich dessen bewusst zu sein. Der Wirt hatte ihm sofort ein zweites auf den Deckel gestellt und mit geübter Hand einen weiteren Strich neben das Glas auf den Deckel gehakt.

Eric war Familienmensch geworden. Vermutlich führte das dazu, dass das Interesse für das Leben außerhalb erlahmte. Er hatte nicht das Gefühl, dass ihre Freundschaft einen Bruch erlitten hätte. Eher war das Interesse aneinander erlahmt. Die Zeiten, in denen sie zusammen die Welt eroberten, waren vorbei. Eric würde zwar Vorstand werden, aber sein privates und berufliches Leben würde er nur verwalten. Einen neuen Aufbruch würde es mit ihm nicht geben. Die gemeinsamen Ziele fehlten. Schade!

Philipp hob sein letztes Bier, prostete seinen Nachbarn zu und bezahlte.

»Herr Dr. Wohlfahrt steht gleich zu Ihrer Verfügung. Nehmen Sie bitte einen Moment Platz.«

Der Empfang durch die Sekretärin seines Anwalts war perfekt. Philipp lächelte freundlich und setzte sich. Gestern hatte ihn König, der Personalchef, zu sich gebeten und einen Aufhebungsvertrag offeriert.

»Sie wissen, Herr Berressem, wie sehr ich Sie immer geschätzt habe«, sagte er.

Phillip dachte sofort: Du Lügner!

»Aber angesichts der prekären Lage im Handel mit den Subprime-Papieren hat der Vorstand Konsequenzen ziehen müssen. Ihre Abteilung hat riesige Verluste verursacht, für die Sie als Führungskraft die Verantwortung tragen. Es wurde deshalb beschlossen, das Anstellungsverhältnis mit Ihnen zu lösen. Per sofort werden Sie freigestellt und Ihre Abteilung Herrn Meier zugeordnet. Ich bitte Sie um Verständnis.«

»Warum sagt mir das Herr Oesterich als mein Vorgesetzter nicht persönlich? Er hat mir gegenüber bisher mit keinem Wort angedeutet, dass er mit meiner Arbeit unzufrieden ist.«

Philipp reagierte verärgert. Er wusste, dass er damit einen wunden Punkt traf. Wie er vermutete, hatte Oesterich sich gedrückt und König gebeten, den unangenehmen Part für ihn zu übernehmen. Er wagte den frontalen Angriff:

»Ich weiß nicht, was die ewigen Untersuchungen, die hier im Hause durchgeführt werden, ergeben haben. Eines der wesentlichen Probleme haben wir in Irland. Das Engagement dort habe ich im ausdrücklichen Auftrag von Herrn Oesterich übernommen. Hat das der Vorstand bei seiner Entscheidung berücksichtigt?«

König schaute überrascht auf. Er kannte die Diskussionen um Irland. Dass aber letztlich Oesterich dahinter steckte, wusste er nicht. Er entschloss sich, zunächst nicht zu reagieren, um die Position der Bank nicht zu verschlechtern.

»Sehen Sie, Herr Berressem, ich möchte mich mit Ihnen nicht über Schuldfragen unterhalten. Das ist Aufgabe von Revision und Vorstand. Ich kann Ihnen nur einen fairen Ausstieg anbieten«, sagte König und schob mit freundlicher Geste einen Vertragsentwurf über den Tisch.

Phillip las, dass eine Aufhebung zum Monatsende vorgesehen war und ein halbes Jahresgehalt als Abfindung angeboten wurde. Wut stieg in ihm auf, die er nur mühsam unterdrücken konnte. Er konnte sich emotional ohne Probleme von der Bank trennen und das Geld war ihm nicht unbedingt wichtig. Er ärgerte sich aber über den Verlauf des Gespräches und die Feigheit Oesterichs.

Er schaffte es, König lächelnd zu antworten:

»Ich verstehe, dass Sie nicht über Schuldfragen diskutieren wollen. Aber hierauf kommt es rechtlich wohl entscheidend an. Ich werde den Vertrag einem Anwalt vorlegen und dann wieder auf Sie zukommen.«

König hatte mit diesem Ergebnis gerechnet, schien sich aber trotzdem zu ärgern und stand auf. Philipp verstand das Signal und verabschiedete sich.

Wohlfahrt führte Philipp in sein Büro. Conrad hatte ihm Wohlfahrt als exzellenten Fachanwalt für Arbeitsrecht empfohlen. Das Problem bei der Anwaltsauswahl war gewesen, dass die meisten Spitzenkräfte schon für Banken tätig waren und keine Mandate von Arbeitnehmern annahmen.

Philipp berichtete ein halbe Stunde über seine Arbeit, die Geschäfte mit den US-Papieren sowie die Durchsuchung der Staatsanwaltschaft. Dann entwickelte Wohlfahrt seinen Strategievorschlag.

»Positiv für uns ist, dass die Bank keine Kündigung aus wichtigem Grund ausgesprochen hat. Sie traut ihrer eigenen Position nicht und versucht es mit Überrumpelung. Den Vertrag sollten Sie so nicht akzeptieren. Ich biete Ihnen an, die Verhandlungen zu übernehmen. Wir werden zum Einstieg zwei Jahresgehälter fordern, ein gutes Zeugnis und den Verzicht auf etwaige Schadensersatzforderungen. Die Bank wird aber sicher bei einem für Sie negativen Ausgang des Strafverfahrens Ansprüche geltend machen wollen. Das wird eine harte Verhandlung, bei der wir um jeden Buchstaben ringen müssen.«

Am Ende verblieben sie so, dass sich Wohlfahrt mit König in Verbindung setzen sollte. Philipp würde alle Unterlagen, die die kritischen Immobilienpapiere betrafen, an Wohlfahrt übergeben, damit sich der Anwalt vorbereiten konnte.

Catherine Deysson hatte ihren Kurzaufenthalt in Dublin für eine größere Zahl geschäftlicher Termine und ein wenig Sex mit Philipp genutzt. Schon nach einigen Wochen in New York überkam sie das ungewohnte Gefühl, ihn wiedersehen zu wollen. Aber die räumliche Distanz war schwer zu überwinden.

Ins Geschäft gekommen war sie mit Philipps Arbeitgeber nicht. Er hatte offenbar nicht mehr den Einfluss in der Bank, den sie erwartet hatte. Das machte nichts. Sie würde es auf dem Weg über ihren Bruder in der New Yorker Filiale versuchen. Überhaupt brauchte sie die Wertpapiere der Advanced

Investment Bank nicht. Es gab genügend Angebote auf dem Markt. Viele Banken oder Fonds wollten sich von den Papieren trennen, weil sie dringend Liquidität benötigten oder einfach die Quelle des unablässigen Ärgers loswerden wollten.

Ihre Beziehung zu Philipp war bisher unkompliziert verlaufen. Sie hoffte, das würde so bleiben. Schwierige Beziehungen hasste sie. Sie beeinträchtigten den gesunden Menschenverstand und machten eine zuverlässige Planung unmöglich. Ein früherer Partner hatte ihr gesagt:

»Lass dich doch einfach einmal fallen.«

Solch ein Unsinn! Fallen ist eine Bewegung, die sich nur nach unten vollziehen kann. Ihr ganzes Leben wollte sie aber »oben« sein.

Sie konnte auch lieben, ja. Aber allein ihren Bruder. Anderen konnte sie Zuneigung entgegen bringen, mehr nicht. Für ihren Bruder hatte sie nach dem Tod der Mutter stets eine besondere Verantwortung empfunden. Das hatte sich nie geändert.

Als sie am College war, hatte sie einige frühe Versuche einer dauerhaften Beziehung unternommen. Das so oft von ihren Freundinnen beschriebene Gefühl einer bedingungslosen Liebe hatte sich aber nie eingestellt. Eine Zeit lang hatte sie gedacht, ihr Glück bei einer Kommilitonin zu finden, die lesbisch war. Aber auch dieser Test war nicht gelungen. Die Beziehung war angenehm, aber von einer vollständigen Erfüllung weit entfernt. Schließlich hatte sie entschieden, nicht weiter nach dem zu suchen, was sie schon bisher nicht gefunden hatte.

Sie hatte das sichere Gefühl, dass Phillip zu ihr passte. Er war die Marionette, mit der sie leidenschaftlich spielen konnte. Sie liebte es, mit wenigen Bewegungen ihrer schmalen Finger die Fäden anzuziehen und zu lockern, zu beobachten, wie sich der Körper scheinbar aus eigenem Antrieb hin und her bewegte. Sie gab sich nicht der Illusion hin, alles beherrschen und steuern zu können. Ihr analytischer Verstand sagte ihr, dass die Fäden nicht nur die Marionette, sondern auch den Spieler führten. Die Bewegungen der Marionette waren das Spiegelbild ihrer eigenen Wünsche. Sie wurden nur über das Zusammenspiel erfüllt oder verweigert. Sie würde sehen, was weiter geschah. Sie hatte keine Eile und unterlag keinen Zwängen.

Geschäftlich erreichte sie einen Höhepunkt nach dem anderen. Auf Wunsch einiger Investoren hatte sie den Kauf von Immobilienpapieren für Bruchteile früherer Kurse intensiviert und maßvolle Kredithebel eingesetzt. Nach den Stützungsmaßnahmen der Regierung zeichnete sich schon jetzt ab, dass der Absturz nicht mehr so ungebremst verlief. Viele hatten ihre Häuser verloren und den Banken überlassen. Aber irgendwo mussten die Leute schließlich wohnen und es wuchs eine Generation nach, die das wieder bezahlen konnte. Sicher würde es auch bei den von ihr gekauften Papieren und Immobilien große Ausfälle geben. Aber der Kaufaufwand war so gering gewesen, dass der Gewinn unter dem Strich noch immer immens sein würde.

Für sich selbst hatte sie eine neue, größere Wohnung gekauft und hierfür nur ein gutes Drittel des früheren Preises bezahlt. Viele ihrer Händlerkollegen konnten ihre Lofts und Ferraris nicht mehr halten. Sie mussten sich von Teilen ihres Luxus trennen. Aber der Markt zeigte, dass es schon wieder aufwärts ging.

Anders als in Europa würde es einen neuen Aufbruch geben. Die Wallstreet lebte intensiver denn je und der amerikanische Traum war unendlich.

7 Occupy

Der bärtige Mann trug ein Plakat und hielt es den Bankern entgegen, die das Gebäude an der Wallstreet verließen.

»Geldwechsler raus!«, stand auf ihm im ungelenken Lettern geschrieben.

Von den Balkonen beobachteten junge, lachende Gesichter die Szene. Von weitem nahte eine Polizeistreife mit mäßiger Geschwindigkeit. Den irritiert vorbeigehenden Fußgängern rief der Mann zu:

»Jesus hat die Geldwechsler aus dem Tempel vertrieben und ihre Tische umgeworfen.«

Der Streifenwagen hielt und die Beamten führten den Mann ab. Er leistete keinen Widerstand.

Philipp schaltete den Fernseher aus. Offensichtlich gab es jetzt auch eine alternative Bewegung in den USA. Er wusste nicht recht, ob es sich um einzelne Spinner oder um eine künftige Massenbewegung handeln würde. Auch Karl Marx war ein Spinner gewesen, aber aus seinen Ideen war ein Weltreich entstanden.

»Egal«, dachte er, »New York ist immer noch besser als Frankfurt.«

Er hatte jetzt viel Zeit, sein Leben neu zu ordnen. Vielleicht würde er demnächst für einige Monate nach New York gehen. Die von Wohlfahrt erreichte Abfindung erlaubte es ihm, sich mit der Stellensuche Zeit zu lassen. Er hoffte, bei einer amerikanischen Investmentbank in Frankfurt, London oder New

York einen Job zu finden. Seine Vita konnte sich mit anderen messen. Zur Not konnte er noch eine seiner beiden Wohnungen verkaufen.

Sein Weg führte ihn ziellos durch Frankfurt, an seinen ehemaligen Arbeitgebern und den anderen großen Bankhäusern vorbei, deren Türme weiterhin Seriosität und Macht ausstrahlten. Wie bei Unternehmen konnte man auch bei Bauwerken die Fundamente nicht sehen. Man musste auf ihre Festigkeit vertrauen.

Vor einem der großen Türme, von einigen Polizisten auf Abstand gehalten, sah er ungefähr hundert ultralinke Demonstranten, die aus den Sechzigern übrig geblieben oder nachgewachsen waren. Sie skandierten:

»Brecht des Bankers Gräten, alle Macht den Räten.«

Das passte zu dem Programm eines kabarettistischen Jungspunds, den er am Vorabend bei einem öffentlich-rechtlichen Sender gesehen hatte. Der Komiker hatte empfohlen, die Banker wie Weihnachtsschmuck an die Rotoren der Windkrafträder zu hängen. Anschließend hatte er perfide betont, nicht dazu aufgefordert zu haben, Banker aufzuknüpfen.

Überall wurde nur noch über Banker und Boni gesprochen. Dabei orientierten Politiker und Bürger die Grenze der Moral an ihrem eigenen Einkommen oder dem der eigenen Klientel. Wer achtzigtausend Euro im Jahr erreichen konnte, zog selbstverständlich die Grenze kurz darüber. Alles was mehr verdient wurde, sollte sozialisiert werden. Philipp wandte sich angewidert vom Hass der Straße ab.

»Voll krass! Bist du auch so'n Typ aus der Bank?«

Ein Mädchen, knapp zwanzig Jahre alt, ging auf ihn zu. Er hatte sich gerade ein paar Schritte von den Demonstranten entfernt.

»Dann kannst du morgen früh zum Sit-in vor der AIB kommen. Wir werden es diesen Banker-Schweinen schon zeigen. Da können die Bullen machen, was sie wollen.«

Philipp wandte verunsichert seinen Kopf. Das Mädchen, lange blonde Haare, die eine Wäsche nötig gehabt hätten, grauer Pullover, dessen Ärmel weit über die Daumenwurzel reichten, enge Jeans mit Schnitten über den Knien, starrte ihn herausfordernd an. Er überlegte kurz, die Flucht zu ergreifen. Das war nicht seine Sprache und auch nicht seine Welt.

Plötzlich aber kam Wut in ihm auf. Was bildete sich diese Göre überhaupt ein? Vom Leben noch nichts gesehen und sofort Todesurteile fällen. Er drehte sich vollständig um und ging mit seinem plötzlich wiedererwachten Selbstbewußtsein auf das Mädchen zu. Unsicherheit und dann Angst zeigten sich in ihren Augen, als er unmittelbar vor ihr stand. So nah, dass sie seinen Atem spürte und die Erregung fühlen konnte. Der Moment der Stille zog sich unerträglich in die Länge.

»Gehen wir was trinken?«, fragte Philipp schließlich.

Warum interessierte ihn dieses Mädchen? Sie war halb so alt wie er und nicht sonderlich attraktiv. Sie kannte vermutlich keine Bank von innen und redete nur das nach, was sie irgendwo gehört oder gelesen hatte. Aber sie schien unverbraucht, stand im Gegensatz zu ihm am Anfang ihres Lebens.

»Warum nicht«, sagte sie und schaute ihn aus ihren grauen Augen forschend an.

Philipp überlegte angestrengt, wo man in dieser Gegend etwas trinken konnte. Er kannte nur Restaurants oder Clubs, die aber noch nicht geöffnet hatten. Beides wäre unpassend.

»Ich weiß, wohin«, erriet das Mädchen seine Gedanken und zog ihn zu einer kleinen Kneipe zweihundert Meter weiter.

Sie holte zwei Gläser mit Orangensaft an der Theke und

setzte sich an einen der wenigen Tische. Philipp nahm ihr gegenüber Platz.

»Inge«, sagte sie nur und trank den ersten Schluck.

»Philipp«, schloss er sich an.

Beide wussten nicht genau, warum sie hier saßen.

»Was machst du so?«, fragte sie, nachdem sie einen weiteren Schluck genommen hatte.

»Ich bin ein gekündigter Banker und habe jede Zeit der Welt«, antwortete er, obwohl er das eigentlich für sich behalten wollte.

»Krass«, war ihr einziger Kommentar.

»Und du? Was machst du, wenn du nicht demonstrierst?«

»Ich hab' mein Abi und wollte studieren. Dann kamen mir die Banker dazwischen.«

Sie schnäuzte sich die Nase in ein mehrfach benutztes Papiertaschentuch und sah ihn abwartend an. Auf wiederholtes Nachfragen erzählte sie in ihrem gewöhnungsbedürftigen Stakkato, dass sie in zwei Monaten mit ihrem Studium der Anglistik und Geschichte beginnen würde. Er versuchte, ihr zu erklären, was er als Banker gemacht hatte und wie es zu seiner Kündigung gekommen war.

»Eigentlich brauchen wir keine Banker, zumindest nicht so viele. Die richten nur Unheil an. Spareinlagen verwalten und ein paar Kredite geben, reicht völlig aus«, kommentierte Inge unbeeindruckt die Kündigung.

»Glaubst du, du leistest etwas für die Gesellschaft, wenn du Geschichte studierst? Aus der Geschichte hat noch nie jemand etwas gelernt. Das siehst du an der aktuellen Krise. Und Anglistik können die Engländer und Amerikaner besser. Wenn du den Drang hast, die Welt zu verbessern, studiere Betriebs- oder Volkswirtschaft«, konterte Philipp.

Inge schaute ihn böse an. Es hatte aber keinen Sinn, den

Wortkrieg fortzuführen. Sie hatte jetzt einen Banker vor sich sitzen, den sie zu allen Themen, die sie interessierten, fragen konnte. Ob er die Wahrheit sagte und das sie weiterbrachte, würde sie sehen.

»Kriegt deine Bank auch Stütze vom Staat?«, fragte sie mit einem angedeuteten Lächeln. Ganz ohne Provokation ging es doch nicht.

Philipp blieb ruhig und erklärte, dass dies bisher noch nicht der Fall sei, aber bevorstehen könne. Allerdings müssten diese Summen verzinst und an den Staat zurückgezahlt werden.

»Aber du gibst doch zu, dass von anderen Banken etliche Milliarden nicht zurückgezahlt werden können?

»Das stimmt, aber die Banken haben in der Vergangenheit auch Milliarden an Steuern gezahlt«, gab Philipp zu bedenken.

Inge ließ dies nicht als Argument gelten. Fabriken würden geschlossen und nicht vom Staat aufgefangen, wenn sie Pleite gingen, auch wenn sie vorher viele Steuern gezahlt hätten. Als Philipp die an solche Unternehmen in den letzten Jahren gewährten Staatskredite aufzählte, verwies sie darauf, dass die Ausnahme die Regel bestätige. Es ginge auch nicht nur um die Pleiteunternehmen. Die Investmentbanker würden wie die Heuschrecken über gesunde Unternehmen herfallen, sie aussaugen und zerschlagen.

»Das sind die Folgen unserer Freiheit, man kann nicht nur die Rosinen haben. Über Wettbüros, in denen selbst kleine Leute Milliarden auf Bundesligaergebnisse setzen, regt sich niemand auf.« Mehr fiel Philipp nicht ein.

»Mit dem simplen Wort Freiheit kannst du nicht alles rechtfertigen. Ihr macht doch sicher auch Geschäfte auf Cayman, Guernsey und wie diese angeblichen Paradiese alle heißen. Steuerfreiheit zu nutzen, ist unmoralisch. Das ist Betrug gegenüber der Allgemeinheit.«

»Vielleicht, aber wenn du Recht hättest, säße die Hälfte aller Bundesbürger im Gefängnis, nicht nur Banker und Unternehmer«, antwortete Philipp.

»Findest du wenigstens die Gehälter und Boni unanständig, die Ihr verdient? Das hat doch alles nichts mehr mit Freiheit, Moral und Anstand zu tun.«

Allmählich tat ihr Philipp etwas leid. Er wehrte sich, so gut er konnte, aber nichts sprach für ihn, seine Argumente waren schwach. Dennoch, ein interessanter Typ. Wenn er nicht gerade Banker und zehn Jahre jünger wäre, könnte man sich nochmals treffen, dachte sie.

Philipp war irritiert, als sie ihm forschend in die Augen schaute, fand aber wieder den Anschluss an ihre Frage.

»Warte mal, bis du im Beruf bist. Ich nehme an, du wirst einmal Studienrätin an einer fortschrittlichen Gemeinschaftsschule und siehst nach ein paar Jahren, wie andere, die du für schwache Typen hältst, zu Oberstudienräten befördert werden. Ich will damit sagen, dass jeder für sich erfolgreich sein will und sich gerne an anderen misst. Mehr Geld ist das Ergebnis, aber nicht immer die Motivation.«

»Aber weder ein Studienrat noch ein Oberstudienrat verdienen unanständig viel Geld. Jetzt sag' schon: Du kriegst doch mindestens eine Million im Jahr.«

Philipp lachte und antwortete:

»Viel weniger, aber ich hätte die Million schon gern. Und ich bin sicher, auch du würdest sie nicht ablehnen. Aber unanständig ist hierbei gar nichts. Wenn einer dir ein solches Gehalt zahlt, musst du es ihm wert sein. Unanständig ist höchstens ein Lottogewinn. Dafür hat man nicht gearbeitet, sondern nur gespielt.«

Inge blieb bei ihrer Meinung. Ob hohe Boni gezahlt würden, sei ein nachrangiges Problem. Es komme auf das Verhältnis zwischen dem gesamten Gehalt eines Bankers und dem Durchschnittslohn der Normalverdiener an. Der Staat müsse hier Grenzen einziehen. Ihr war klar, dass sie Philipp nicht überzeugen konnte. Aber sie hatte es wenigstens versucht.

Philipp wusste nicht, warum er ausgerechnet ihr das alles erzählte. Er kannte sie nicht und sie verstand nicht allzu viel. Genauso wunderte sich das Mädchen, dass zweihundert Meter weiter ihre Freunde standen und am liebsten Banker verprügelt hätten, während sie sich hier die Beichte eines Hauptschuldigen anhörte. Wir kommen aus zwei verschiedenen Welten und haben dennoch zwei Stunden miteinander geredet, dachte sie und stand auf, um zu ihren Freunden zurückzukehren.

»Kommst du morgen zum Sit-in?«, fragte sie, ohne eine ernsthafte Antwort zu erwarten.

»Eher nicht, deine Freunde würden mich nicht mögen«, antwortete Philipp und schaute sie nachdenklich an. Sie hatten sich nicht verstanden, aber eine gemeinsame Saite berührt.

»Nimmt dieses Elend denn überhaupt kein Ende?«, fragte sich Meier, nachdem er am Morgen die Kurse einiger Staatsanleihen abgefragt hatte.

Portugal, Spanien und Griechenland machten ihm Sorgen. Insbesondere Spanien hatte eine ähnliche Immobilienblase wie die USA produziert. Das belastete auch den Kurs der Staatsanleihen. Von denen hatte er eine Menge gekauft. Über Jahrzehnte waren das absolut sichere Anlagen mit geringen Kursschwankungen gewesen. Auch hierfür wurde den Banken die Schuld in die Schuhe geschoben. Die Staaten hatten mit den Anleiheerlösen Renten, Sozialleistungen und Infrastruktur finanziert. Das konnte nicht lange gutgehen.

Seine Probleme belasteten ihn mittlerweile auch gesundheitlich. Der Blutdruck schoss immer wieder nach oben und sein Arzt testete ein Medikament nach dem anderen, um die richtige Einstellung bei den geringsten Nebenwirkungen zu finden. Dann hatte zu allem Überfluss Weck verlangt, dass er nach dem erzwungenen Weggang von Berressem auch noch dessen Abteilung übernehmen sollte. Er kannte das Geschäft zwar in jeder Beziehung, hatte aber keine Lust, für andere den großen Scherbenhaufen wegzuräumen.

Meier stand auf und machte sich auf den Weg zum Besprechungszimmer. Schmahl von der Revision wollte mit ihm über den Bericht zum Irland-Engagement der Bank sprechen. Dieses Thema nervte ihn schon seit Wochen. Die Iren hätten sich besser um die Umsatzausweitung ihrer hervorragenden Butterproduktion gekümmert, als mit großen Steuervorteilen das weltweite Bankgeschäft zu akquirieren.

Schmahl saß schon vor seinem Kaffee und einem Stück Sahnekuchen.

»Kann sich die Bank das noch leisten?«, fragte Meier halb ernst, halb ironisch.

»Nein. Deswegen habe ich das selbst bezahlt und mitgebracht. Ohne Süßes halte ich den Stress nicht aus«, erwiderte Schmahl.

»Wie steht es eigentlich mit Oesterich? Verliere ich meinen Chef oder bleibt er?«

»Soweit ich weiß, läuft sein Vertrag noch ein halbes Jahr. Wenn er bliebe, hätte ihm der Aufsichtsrat schon die Verlängerung anbieten müssen. So läuft es normalerweise. Aber was ist schon normal in diesen Zeiten.«

Schmahl hob resigniert die Hände.

Meier berichtete, Oesterich wolle das Handtuch werfen. Seit der Berichterstattung der Presse über das Ermittlungsverfahren gegen ihn, Weck und Berressem waren er und seine Kinder persönlichen Anfeindungen im privaten Bereich ausgesetzt.

»Du hast doch einen Verbrecher als Vater«, hatte ein Mitschüler seinem zehnjährigen Sohn während eines Fußballspiels zugerufen. Und das in einem Fall, in dem über Monate ermittelt wurde und in dem über Eröffnung des Verfahrens oder die Einstellung längst nicht entschieden war.

»Was glaubst du, wie es für Berressem ausgehen wird?«, fragte Meier. Er nahm an, dass Schmahl nähere Informationen hatte.

»Wahrscheinlich kann man ihm nur das Thema »Irland« ankreiden. Ob die Bank Schadensersatzansprüche geltend machen wird, steht nicht fest. Ich weiß auch nicht, ob das nach dem Aufhebungsvertrag möglich ist. Es gibt einen Vermerk von Maria Weingarten, den sie im Auftrag Berressems erstellt hat. Danach hat Oesterich Philipp in New York angerufen und beauftragt, den Irland-Deal durchzuziehen. Oesterich bestreitet das. Es sei klar gewesen, dass Philipp die entsprechenden Vorstandsbeschlüsse für die Gründung der Tochtergesellschaft in Irland habe herbeiführen müssen.«

Sie waren sich einig, dass Philipp mit seinem renommierten Strafverteidiger und dem Arbeitsrechtsanwalt alle Register zog, um ohne Blessuren aus der Sache herauszukommen. Ob er so schnell einen neuen Job finden würde, bezweifelten sie. Solange das Ermittlungsverfahren lief, würde kein anderer Arbeitgeber irgendein Risiko eingehen.

»Sphinx001« tippte Oesterich in den Computer seiner Sekretärin. Gut, dass ich ihr gestern über die Schulter geschaut habe, als sie für mich ein Schreiben gesucht hat, dachte er. Er hatte zunächst den Vermerk auf seinem eigenen PC schreiben wollen, war dann aber zu dem Ergebnis gekommen, dass ihm keiner in der Bank glauben würde, selbst getippt zu haben. Deswegen saß er jetzt auf dem Stuhl seiner Sekretärin, die vor einer Stunde gegangen war. Es war schon so spät, dass ihn außer dem Putzdienst niemand sehen würde.

Oesterich klappte seinen Taschenkalender auf und wählte einen Tag, der kurze Zeit nach seinem Telefonat mit Berressem lag, den er damals in New York erreicht hatte. Daran konnte er sich noch erinnern, ebenso an das Thema »Asset Backed Securities«. Er setzte das Datum an die vorgesehene Stelle eines alten Vermerks, den er als Datei kopiert hatte und als Muster verwendete. Die Kürzel für seinen Namen und den der Sekretärin konnte er beibehalten. Alles ging zwar langsam und bereitete ihm große Mühen, aber es schien zu funktionieren.

Der Vermerk umfasste etwa eine halbe Seite und enthielt als zentrale Aussage die Weisung Oesterichs an Berressem, alle formalen Voraussetzungen für die Aufnahme des Geschäfts in Irland zu schaffen. Im Verteiler des Vermerks war Berressem vorgesehen. Wie bei Oesterich üblich, hätte er den Vermerk nicht selbst abgezeichnet. Das überließ er seiner Sekretärin. Deswegen nahm er auch keinen Ausdruck vor. Sobald er den Vermerk brauchte, würde er die Sekretärin fragen, ob sie sich an die Sache erinnere. Sie würde dann nicht ruhen, bis sie den Vermerk gefunden hatte.

Ihm war klar, dass die Staatsanwaltschaft in ihren beschlagnahmten Unterlagen den Vermerk nicht finden würde. Das Gleiche galt für Weck und die Revision. Aber es kam oft genug vor, dass Unterlagen aus heiterem Himmel auftauchten. Das Risiko musste er eingehen. Seine Sekretärin schrieb häufig Vermerke für ihn. Dabei diktierte er ihr immer den ungefähren Inhalt, ohne sich das Papier anschließend nochmals durchzulesen. Sie würde sich nicht erinnern können.

Gegenüber Berressem hatte er kein schlechtes Gewissen. Es war dessen Aufgabe gewesen, das operative Geschäft entsprechend den gültigen Regelungen abzuwickeln. Als Vorstand war er nur für strategische Entscheidungen verantwortlich. Dass Weck den Aufsichtsrat dazu bringen würde, ihn zu opfern, schockierte ihn schon nicht mehr. Wichtiger war, das Ermittlungsverfahren der Staatsanwaltschaft loswerden. Solange dieses lief, würde er nirgendwo eine neue Position antreten können.

Oesterich speicherte den Vermerk im vorgesehen Ordner des Laufwerks seiner Sekretärin. Dass dies unter dem aktuellen Tagesdatum geschah und jederzeit nachvollziehbar war, fiel ihm nicht auf.

Philipp begrüßte Giovanni, den Wirt des Cortile, mit Handschlag. Es war mindestens ein Jahr her, dass er das letzte Mal hier gegessen hatte. Giovanni hatte ihm schon bei der Reservierung gesagt, dass Carefree Credits und die Advanced Investment Bank leider nicht mehr zu seinen besten Kunden zählten. Aber er war Geschäftsmann und zuvorkommend wie immer. Philipp konnte bei ihm nie unterscheiden, ob dies reiner Geschäftssinn, Freundschaft oder eine Mischung aus beiden war. Letztlich war es ihm gleichgültig.

Er hatte einen Achtertisch reservieren lassen. Ob er den benötigte, war noch nicht sicher. In der Advanced Investment Bank trauten sich die meisten Kollegen nicht, seine Einladung anzunehmen. Sie wollten nicht mit ihm zusammen gesehen werden. Deswegen hatte er zunächst überlegt, zu Hause zu feiern und ein Cateringunternehmen zu beauftragen. Dann war ihm aber der Aufwand zu groß gewesen. Schließlich hatte er sich für Giovanni entschieden. So trennte sich auch die Spreu vom Weizen. Am Ende hatten seine frühere Sekretärin

Christine Odenthal – nach einigem Zögern –, Conrad Reitz und Maria Weingarten mit Conrad Paffrath zugesagt. Dass Eric und Anna kamen, war selbstverständlich.

Anna hatte ihn gefragt, ob er nicht auch Violetta einladen wolle. Sie hatte sofort betont, nicht die Beziehung kitten zu wollen. Sie fand lediglich Violetta sehr sympathisch und wollte sie gerne wiedersehen. Philipp verspürte angenehme Erinnerungen, ohne dass typische Gefühle einer vergangenen Beziehung die Oberhand gewannen. Er konnte sich das Wiedersehen in diesem Kreis als interessant vorstellen, mehr nicht.

Von Carefree Credits hatte er niemanden eingeladen. Er wollte aber endlich die Beziehung zu Johannes Rosen vertiefen. Catherine schien ihn auch zu kennen und war begeistert von ihm. Was das Äußere betraf, hatte ihn die Natur nicht bevorzugt bedacht, sodass Philipp der euphorischen Reaktion von Catherine nicht misstraute. Der letzte Zweifel zerstreute sich, als Rosen unangemeldet mit Partner erschien.

Violetta sah attraktiv aus wie immer. Sie hatte einiges an Gewicht verloren und war leger gekleidet. Enge Jeans und eine passgenaue weiße Bluse zeigten, dass sie überflüssige Pfunde verloren hatte. Ihre Gesichtszüge waren aber härter geworden. Neue Falten deuteten das unvermeidliche Altern oder zunehmende Sorgen an. Philipp wollte sie küssen, es kam aber nur zu einer leichten Berührung der Wangen. Sie setzte sich so, dass sie von Philipp möglichst weit entfernt war. Später steuerte Anna auf den freien Platz neben Violetta zu.

»Was feiern wir eigentlich heute?«, fragte Violetta in ihrer unverblümten Art in die Runde.

»Meinen Ausstieg bei der Bank, Beginn oder Ende eines Strafverfahrens, eines Zivilprozesses oder was auch immer ihr wollt. Nur mit einem neuen Job kann ich im Moment noch nicht dienen«, antwortete Philipp sarkastisch.

»Jetzt im Ernst: Ich freue mich, dass ihr gekommen seid. Ich kenne die Zukunft nicht, werde aber gewiss nicht darauf warten, dass irgendjemand mein Leben in die Hand nimmt. Ich glaube, es ist an der Zeit, mich bei den engsten Weggefährten der letzten Jahre zu bedanken. Auf die Zukunft!« Philipp hob sein Glas.

»Auf die Zukunft«, sagte auch Eric, der in Gedanken an die gemeinsame Zeit mit Philipp versunken war. Ihm war bewusst, dass die Zukunft vollständig anders aussehen würde.

Conrad Paffrath saß neben Rosen und diskutierte mit zunehmender Begeisterung Ursachen und Wirkung der Finanzkrise. Rosen erklärte ihm die Aktionen einiger Hedgefonds gegen Staatsanleihen von Euroländern. Er rechtfertigte dieses Verhalten nicht mit ehernen Grundsätzen der Marktwirtschaft, sondern behalf sich mit Ironie:

»Hätten sich die Länder nicht so hoch verschuldet, hätte sich die Spekulation nicht gegen sie gestellt. Wenn du bei Rot über die Straße rennst, musst du damit rechnen, dass ein Auto kommt. Einfach das Autofahren zu verbieten, ist keine Lösung. Wo fängt man mit den Verboten an, wo hört man auf? Bei der Erfindung des Rades oder der Bombe?«

»Na ja, das mit dem Rad war im Gegensatz zur Bombe sicher sinnvoll, das kann man lassen«, meinte Conrad scherzhaft.

»Wieso? Es gäbe keine Verkehrstoten, das Leben wäre geruhsamer, wir bräuchten keine Straßen. Aber meine Argumentation ist natürlich überspitzt. Ich meine nur, dass du die Entwicklung neuer Ideen, auch wenn sie unsinnig, unmoralisch oder ungesetzlich erscheinen, nicht einfach verhindern kannst. Jede Idee bricht irgendwann die Ketten der Konvention oder des Gesetzes. Umso mehr gilt das für die Spekulation, die noch nicht einmal ungesetzlich ist. Sie existiert von den Anfängen der ersten Produktion und des ersten Warenverkehrs unter den Menschen. Der Staat kann natürlich mit neuen Gesetzen reagieren und beliebige Finanzprodukte verbieten. Das muss aber dann auch von einem gemeinsamen Willen getragen sein, sonst setzt es sich nicht auf Dauer durch.«

Eric mischte sich ein, ohne aber den eher philosophischen Kern der Aussage Rosens zu treffen:

»Es ist in der Tat so, dass die Diskussion immer abstruser wird. Es geht nicht mehr um Finanzprodukte, es geht um das Feindbild »Banker«. Die Bank ist von vornherein schuldig: Gibt sie dir Kredit und du kannst ihn nicht zurückzahlen, hätte sie dich durch Verweigerung der Auszahlung vor dir selbst schützen sollen. Gibt sie den Kredit wegen fehlender Bonität nicht, schädigt sie die Volkswirtschaft und behindert die Entwicklung des Unternehmertums. Gibt sie den Kredit trotzdem, ermittelt der Staatsanwalt wegen Untreue. Macht die Bank hohe Gewinne, ist sie unanständig und denkt nicht an die Armen. Macht sie keine Gewinne, ist das Management unfähig. Zahlt die Bank den Aktionären eine hohe Dividende, gilt sie ebenso wie der Aktionär als unanständig. Zahlt die Bank keine Dividende, ist sie schlecht geführt und der Aktionär verkauft die Aktie.«

»Hier sind zu viele Banker, die einseitig argumentieren und mit großen Sprüchen anderen die Verantwortung zuschieben«, warf Violetta ein. »Es kann doch nicht sein, dass der einfache Bürger mit seinen Steuern die Risiken der Banken finanziert.«

Der Staat hat über Jahrzehnte hohe Steuern auf die Gewinne der Banken erhoben und kassiert, und das auch jetzt noch, wollte Philipp sagen, dachte dann aber plötzlich an das Mädchen Inge, das seine Argumente zerpflückt hatte. Sie stand kurz vor dem Studium und hatte noch das ganze Leben vor sich. Eine unerklärliche Wehmut überkam ihn.

»Wie wird es weitergehen?«, fragte er zweifelnd, ohne ernsthaft eine Antwort zu erwarten. Rosen nahm die Gelegenheit wahr, das Gespräch wieder auf die von ihm geschätzte abstrakte Ebene zu heben.

»Der Staat wird ein paar Gesetze ändern und den Handel für einige Produkte durch Steuern oder Auflagen erschweren. Viel wird sich nicht ändern, vor allem lassen sich dadurch keine neuen Finanzkrisen verhindern. Mehr kann die Politik nicht tun. Unser System des Kapitalismus, dazu gehört auch die soziale Marktwirtschaft, ist ein riesiges Stahlskelett, das den Staat trägt. Im Lauf der Jahrzehnte sind viele zusätzliche Streben eingebaut worden, ohne dass man heute noch weiß, warum. Jetzt will es plötzlich jeder transparenter und einfacher machen. Aber keiner weiß, was beim Herauslösen einzelner Streben geschieht. Bleibt das Gerüst stehen oder fällt es? Am Ende werden hier in Europa zusätzliche Streben eingefügt, das hilft nichts, aber schadet auch nicht.«

»Heißt das, du willst alles so lassen wie es ist? Nichts ändern, Freiheit für alle, Kapitalismus als Religion wie in den USA?«, fragte Anna, bevor Violetta ihrem Unmut Luft machen konnte.

»Und trotzdem Darwin leugnen«, ergänzte Maria.

»Natürlich nicht. Ich meine nur, dass populistische Maßnahmen ein halbes Jahr beruhigen, es aber am Ende nicht besser machen, vor allem keine neue Krise verhindern. Europa will und wird alles regulieren. Hier hat man schon immer auf Gesetze vertraut. Das ist nicht schlecht, aber Amerika und Großbritannien werden nichts oder fast nichts tun. Die Freiheit siegt über alles.«

»Alles sehr weise, aber was würdest du tun?«, fragte Anna nochmals.

»Ich weiß es nicht«, sagte Rosen und lächelte im Bewusstsein, die ganze Runde ratlos zurückzulassen.

Der Leitende Redakteur legte Carmen Abendroth den aktuellen »Boulevard« auf den Schreibtisch.

»Es gibt sicher schönere Fotos von dir. Ich wollte dir nur sagen, dass ich nicht dahinter stecke.«

»Wird Moderatorin abgelöst?«, schrie ihr die mehrspaltige Überschrift entgegen.

Darunter hatte die Zeitung ein undeutliches Foto von ihr gebracht, das sie beim Verlassen des Senders zeigte. Jaegers Kopf schien aus einer früheren Fernsehsendung zu stammen. Für die Information selbst war kein Platz mehr. Sie stand auf Seite 2:

»*Boulevard liegen Hinweise vor, dass Carmen Abendroth in ihrer letzten TV-Sendung ein Interview mit einem Oberstaatsanwalt führte, der ihr Geliebter sein soll. Auf Anfrage bestritt dieser ein Verhältnis zu Abendroth. Allerdings ist die Redaktion im Besitz von Fotos, die ihn beim Betreten des Hauses von Abendroth zeigen. Es ist auch sicher, dass er erst einige Stunden später herausgekommen ist. Der Oberstaatsanwalt leitet die Ermittlungen gegen die Vorstände Weck und Oesterich sowie einen Abteilungsleiter der Advanced Investment Bank. Der Pressesprecher der Staatsanwaltschaft teilte mit, dass das Privatleben Sache des Oberstaatsanwalts sei. Wir werden unsere Leser weiter informieren und nicht locker lassen.*«

Carmen fürchtete nicht um ihren Job. Das Thema würde sie in der nächsten Sendung offensiv angehen und die Zuschauer würden auf ihrer Seite stehen. Für die Quote war die ganze Sache nicht schlecht, aber ihr Freund hatte echte Probleme. Sie versuchte, Hannes zu erreichen. Dies gelang weder im Dienst noch über Handy. Sie mochte sich die kommenden Komplikationen nicht ausmalen. Ging die Ehe der beiden in die Brüche, würde Hannes auf sie zukommen und wahrscheinlich mit ihr zusammenziehen wollen. Vor einigen Jahren hätte sie freudig zugestimmt. Aber mit zunehmendem Alter schätzte sie ihre Unabhängigkeit. Aus Beispielen im Freundeskreis wusste sie überdies, dass ein Neustart für Hannes nach einer Jahrzehnte dauernden Ehe nicht unbedingt erfolgversprechend war.

Carmen vereinbarte ein Gespräch mit der Pressestelle des Senders, zusammen mit ihrem Chef. Sie liebte es, von scheinbar unlösbaren Problemen gefordert zu werden. Die Vokabel »alternativlos« existierte für sie nicht, sie war auch unsinnig. Aus dieser Krise würde sie gestärkt hervorgehen – beruflich und privat.

Jaeger hatte eine Sitzung seines Ermittlungsteams anberaumt, nachdem er mit dem Generalstaatsanwalt gesprochen hatte. Seine Frau hatte noch nicht angerufen. Er hatte seit dem Morgen das Gefühl, dass jeder im Hause ihn mit besonderen Augen anschaue. Bei Frauen überwog der stille Vorwurf, bei Männern ein Lächeln, das Hochachtung oder Mitgefühl ausdrückte. Es konnte aber auch sein, dass sich die Kollegen wie an jedem anderen Tag verhielten und alles nur Projektionen seiner eigenen Gedanken waren.

Die Runde schaute ihn gespannt an. Er atmete tief ein und ließ die Luft langsam entweichen, während er den Kaffeelöffel ergriff.

»Meine Herren! Sie haben wie ich die Zeitungsberichte verfolgt. Ich sage Ihnen ganz offen, dass ich diese Beziehung zu Frau Abendroth habe und ihren Interviewwunsch besser abgelehnt hätte. Irgendein Reporter muss mir nach der Sendung gefolgt sein. Mehr weiß ich nicht. Durch das Interview sind unsere Ermittlungen gegen einzelne Banken berührt. Wichtig ist, dass wir rechtliche Risiken im Interesse der Sache von vornherein ausschließen. Deshalb habe ich mit dem Generalstaatsanwalt vereinbart, dass ich mich sofort aus dem Verfahren zurückziehe. Die weiteren Ermittlungen leitet ab sofort der Kollege Lehnen. Er ist insoweit dem Generalstaatsanwalt unmittelbar unterstellt.«

Jaeger grüßte freundlich, verließ den Raum und fuhr sofort nach Hause.

Lehnen war ebenso überrascht wie die Kollegen. Er schlug vor, das bisherige Ermittlungsergebnis gegen die Banken, beginnend mit der Advanced Investment Bank, wie geplant zu diskutieren.

»Die Suche nach einem Zuständigkeitsverstoß in der Irland-Angelegenheit ist noch nicht beendet. Die Unterlagen sind widersprüchlich und Oesterich und Berressem sind noch nicht befragt worden. Sie werden wahrscheinlich auch die Aussage verweigern, so wie wir ihre Verteidiger kennen. Zur Werthaltigkeit von Subprime-Papieren mit gutem Rating hat gerade eine große Agentur erklärt, dass diese mindestens so gut gewesen seien wie amerikanische Staatspapiere. Das stützt die Argumentation der Bank, es handle sich um ganz normale Geschäfte, bei denen das Risiko ausreichend geprüft worden sei.

Auf der anderen Seite sehe ich nicht ein, dass diese enormen Verluste, die die Banken eingefahren haben, für die Verantwortlichen ohne strafrechtliche Folgen bleiben.«

Ein älterer Kollege riet zur Mäßigung.

»Konkurs und Ruin sind die vom Gesetz vorgesehenen »Strafen« für falsche Vermögensdispositionen. Nicht jede fehlgegangene Spekulation eines Managers ist schon Untreue. Sie wissen, dass gerade erst das Bundesverfassungsgericht die Gerichte und Staatsanwaltschaften zur Ordnung gerufen hat.«

»Man darf sich doch als Bürger schon mal ärgern«, entgegnete Lehnen.

»Richtig, der Ärger sollte aber die Politiker treffen, die die Banken vor der Pleite retten.«

»Wie dem auch sei«, kam Lehnen zum Thema zurück. »Wie gehen wir jetzt weiter vor? Einstellung mit oder ohne Zahlung, Anklage oder weitere Ermittlungen?«

Die bisherigen Ermittlungsergebnisse einschließlich verschiedener Gutachten von Fachleuten wurden nochmals durchgegangen. Am Ende bestanden Bedenken, ob das Gericht überhaupt eine Hauptverhandlung gegen Weck oder Berressem eröffnen würde. Auch bei Oesterich war sich Lehnen nicht sicher. Schließlich erklärte er, zunächst mit dem Generalstaatsanwalt sprechen zu wollen.

Drei Bildvergrößerungen von Männergesichtern waren mit Magneten an einer Pinnwand befestigt: ein alter, vom Leben gezeichneter Kopf einer vermutlich gut genährten Person, ein Gesicht eines Mannes um die vierzig mit akkuratem Hemdkragen und perfektem Krawattenknoten sowie ein blasses Porträt eines Enddreißigers, der missmutig ins Objektiv schaute. Carmen Abendroth betrachtete die Bilder von Weck, Oesterich und Berressem nachdenklich. Das waren also die Verantwortlichen für das Immobiliendesaster in der Advanced Investment Bank. Der letzte hatte bereits seine Kündigung erhalten, der mittlere würde sicher demnächst folgen und der erste konnte sich bald in den Ruhestand verabschieden.

Sie überlegte, wie man aus diesen drei Herren eine Story machen konnte. Hannes wollte ihr nicht helfen, Lehnen kam nicht in Betracht. Also hatte sie einen jungen Praktikanten zunächst einmal die Fotos beschaffen lassen. Kurze Videos der privaten Häuser von Weck und Oesterich hatten sie schon eingespielt. Einige Passanten waren bereit gewesen, schnelle Urteile über die Immobilienkrise und ihre daran beteiligten Nachbarn zu fällen.

An Berressem heranzukommen, war schwierig gewesen. Er hinterließ kaum private Spuren. Schließlich hatten sie aber seinen »Stammitaliener« gefunden und die Gäste filmen können, die dort mit ihm seine Kündigung gefeiert hatten. Seine wenigen Freunde waren nicht bereit, Interviews zu geben, aber die Bilder würde man mit bissigen Kommentaren versehen können.

Das Ganze war aber nur die Einleitung. Erstes Highlight würde ein Dokument der Innenrevision der Advanced Investment Bank sein, das dem Sender anonym zugespielt worden war. Irgendjemand hatte ein Interesse, sich an der Bank oder einem dort angestellten Intimfeind zu rächen. Die Schlussseite mit Datum und verschiedenen Unterschriften hatte folgenden Text:

»Zusammenfassend lässt sich sagen, dass der Erwerb der US-Immobilienpapiere vom Handelsvorstand gewünscht und vom Gesamtvorstand beschlossen wurde. Geäußerte Bedenken wurden nicht weiterverfolgt.«

Das schien gegen Oesterich gerichtet zu sein. Carmen hatte deswegen sein Vorleben durchforsten lassen und war fündig geworden.

Während seiner Tätigkeit in New York sechs Jahre zuvor hatte Oesterich zu einer Clique von Händlern gehört, die gemeinsam spekuliert und es dabei mit den gesetzlichen Vorschriften nicht so genau genommen hatten. Die amerikanische Wertpapieraufsicht hatte ermittelt, das Verfahren später aber eingestellt. Oesterich wurde in seiner Bank von den Aufgaben in New York entbunden und nach London versetzt. Carmen hatte die Korrespondentin des Senders in New York gebeten, die Recherchen voranzutreiben und nächste Woche in einer Live-Schaltung zu berichten.

Sie freute sich auf die Sendung. Das Material reichte jetzt

schon. Zum Ganzen würde sie noch Bankfachleute und Juristen Stellung nehmen lassen, aber nicht mehr die »trockene« Spezies, mit der sie sich beim letzten Mal fast blamiert hatte. Es gab einige Exemplare, die sich besser verkauften.

Die Liebschaft mit Hannes Jaeger würde ihr kaum ein Zuschauer übelnehmen. Sie würde beweisen, dass sie weder die Staatsanwaltschaft noch einen Oberstaatsanwalt nötig hatte.

»Wieso ist Herr König bei dem Gespräch anwesend?«, fragte Oesterich. »Haben wir ein gemeinsames Personalproblem?«

»So würde ich das nicht bezeichnen. Herr König soll lediglich ein Protokoll über das Gespräch schreiben, das wir dann beide abzeichnen«, antwortete Weck lächelnd.

Oesterich war sofort klar, dass es um seinen Job ging. Er würde aber nicht so naiv sein, irgendetwas zu unterschreiben. Weck gab vor, der Aufsichtsratsvorsitzende habe ihn gebeten, das Gespräch zu führen und die Möglichkeiten einer vorzeitigen Vertragsaufhebung zu diskutieren. Der Aufsichtsrat sehe eine klare Verantwortlichkeit des Handelsvorstandes für die hohen Wertberichtigungen der vergangenen Wochen.

»Warum redet der Vorsitzende nicht selbst mit mir?«, fragte Oesterich, obwohl er die Antwort kannte: Unangenehme Dinge ließ man lieber von anderen erledigen.

Weck antwortete wenig überzeugend, das Gespräch würde sicher nachgeholt werden. Er selbst solle alles nur vorbereiten.

»Da gibt es nicht viel zu reden. Wenn der Aufsichtsrat kein Vertrauen mehr zu mir hat, kann er mich sofort nach Hause schicken. Mein Gehalt ist bis zum Ablauf des Vertrages ungekürzt zu zahlen«, lehnte Oesterich jeden Kompromiss ab.

»So einfach ist das nicht. Die Revision hat nochmals eingehend nach Unterlagen zum Irland-Geschäft gefahndet und plötzlich einen Vermerk entdeckt, der ein Gespräch zwischen

Ihnen und Berressem wiedergibt«, mischte sich König ein und schob einen Ausdruck des Vermerks über den Tisch, sodass Oesterich und Weck gleichermaßen lesen konnten.

»Dann ist doch alles klar. Berressem hat die Weisung nicht befolgt«, echauffierte sich Oesterich.

Weck lehnte sich in seinem Stuhl weit zurück, streckte die Beine aus und faltete die Hände über seinem Bauch zusammen. Er sah Oesterich eindringlich an.

»Herr Kollege, den Vermerk senden Sie besser nicht der Staatsanwaltschaft. Die Revision hat festgestellt, dass er erst vor wenigen Tagen – von wem auch immer – geschrieben wurde. Das System hält so etwas ganz genau fest.«

Oesterich wirkte sprachlos.

Weck blickte mitleidig und versicherte, der Inhalt des Vermerks könne natürlich trotzdem wahr sein.

»Es ist nicht zu beanstanden, einen Vermerk nachträglich zu schreiben. Unschön ist nur, dass er rückdatiert ist. Ihre Sekretärin, die als sehr zuverlässig bekannt ist, kann sich an den ganzen Vorgang leider nicht erinnern, obwohl erst wenige Tage vergangen sind. Ich rate jedenfalls dringend dazu, mit dem Aufsichtsrat eine einvernehmliche Regelung zu suchen.«

Weck behielt seine entspannte Haltung bei. Oesterich war klar, dass über seinen Abgang bereits entschieden war. Selbst wenn der Aufsichtsrat sich auch von Weck trennen wollte, würde keiner das öffentlich zugeben. Den Vorsitzenden würde sie zunächst halten und nach einem Jahr in Ehren verabschieden. Auf Berressem konnte er die Sache nicht mehr schieben. Der Fehler mit dem Vermerk hatte seine Glaubwürdigkeit komplett zerstört.

Jetzt habe ich ihn soweit, dachte Weck und schlug vor, dass der Anwalt Oesterichs zusammen mit König den Aufhebungsvertrag verhandeln solle. Weck würde ihn dann mit dem Aufsichtsratsvorsitzenden abstimmen.

Oesterich stand auf, nickte Weck zu und wandte sich grußlos zur Tür. Die Pralinen auf dem Besprechungstisch hatte er nicht angerührt.

»Ich bitte Sie, jetzt die Sicherheitsgurte zu schließen und die Rückenlehnen aufrecht zu stellen«, sagte die Flugbegleiterin auf dem Bildschirm und schaute gelangweilt auf einen Fixpunkt irgendwo im Heck der Boeing 747.

Philipp machte es sich so bequem, wie es in einem Economy-Sitz möglich war. Er hätte von seinen Bonus-Meilen ein Upgrade vornehmen lassen können, aber im Augenblick sparte er lieber. Er wusste nicht, wann er wieder mit festen Einkünften rechnen konnte. Bis New York blieben ihm jetzt acht Stunden, eine ausreichende Zeit, um ungestört und ohne Ablenkung sein neues Leben zu planen.

Er fragte sich, wie sein sprichwörtlicher Sprung in kaltes Wasser enden würde. Viele sprachen diese Worte leichtfertig aus, ohne über die Folgen nachzudenken. Konnte man daran sterben oder krank werden? Gewöhnte man sich an die Kälte oder wurde im Laufe der Zeit das Wasser wärmer? Vielleicht war es aber auch nur die Metapher für einen schwierigen Aufbruch, für den die Wärme des Lebens entschädigte.

Wenige Wochen, für ihn eine gefühlte Ewigkeit, waren seit dem erzwungenen Abgang bei der Advanced Investment Bank vergangen. Noch immer hatte er sein Leben nicht im Griff. Jeder Tag verlief nach dem gleichen unbefriedigenden Muster. Mit seinem morgendlichen Jogging startete er unverändert und überlegte dann, wie es weitergehen solle. Er hatte alle seine beruflichen Kontakte genutzt, um irgendwo einen Job zu finden. Aber sein Name und die Ermittlungen der Staatsanwaltschaft waren überall bekannt. Überdies waren Händler nicht mehr gesucht, selbst in London nicht. Etwas anderes wollte er aber nicht. Er war Händler mit Leib und Seele.

Bei einem deutschen Automobilbauer, der sich sehr stark in Finanzgeschäften engagierte, hatte er ein Vorstellungsgespräch absolviert. Er sollte dort im Bereich Aktienoptionen arbeiten. Letztlich scheiterte alles daran, dass er als einfacher Sachbearbeiter eingestellt werden sollte. Hierzu war er nicht bereit, obwohl das Vergütungsangebot außerordentlich großzügig war. Der Leiter der Finanzabteilung hatte ihn mit nahezu sicheren Aufstiegschancen und großzügigen Dienstwagenregelungen für ein außergewöhnliches Modell locken wollen, doch insgesamt war das Angebot für ihn ein Abstieg und deshalb nicht akzeptabel. Seine Beziehung zu Catherine erwies sich jetzt als Glücksfall. Sie hatte ihn nicht erst überreden müssen, nach New York zu kommen. Er wusste nicht, was er hier in Deutschland noch tun sollte.

Ihn ergriff plötzlich eine unbändige Freude, neu beginnen zu können: Das Leben zum Geschäft machen, handeln, testen, abschließen – und das alles ohne Grenzen. Dies versprach zumindest die Freiheitsstatue mit dem trotzig erhobenen Arm. Philipp glaubte, dass er nur durch einen Fehlgriff des Schicksals in Europa geboren worden war, wo Geschäft und Freiheit nicht kompatibel waren, wo Regulierung und soziale Fragen alles bestimmten, wo Occupy und das Mädchen Inge zu Hause waren.

Catherine würde ihm helfen, Fuß zu fassen. Sie hatten mehrfach telefoniert und sein weiteres Leben geplant. Es hatte ihn erstaunt, wie selbstverständlich und entschieden sie alles in die Hand nahm. Noch mehr wunderte ihn, dass er sich nicht dagegen wehrte. Sorge machte ihm das Visum. Seine Einreiseberechtigung hatte neunzig Tage Gültigkeit. Er wusste nicht, ob er ohne weiteres eine Arbeitserlaubnis erhalten könnte. Catherine würde sich darum kümmern.

»Wir haben genügend Zeit und ich kenne eine Menge Leute. Ein Freund von Jim ist Anwalt. Er ist auf Einwanderungsrecht spezialisiert«, hatte sie ihn beruhigt.

Eric hatte er als einzigen aus seinem kleinen Freundeskreis informiert. Dieser hatte die Entscheidung für richtig gehalten und ihm jede Unterstützung zugesagt. Er brauchte Eric, wenn er Deutschland eines Tages vollständig hinter sich lassen würde. Vielleicht nützte ihm auch sein Name als Referenz; immerhin war er jetzt Vorstandsmitglied einer Großbank.

Der Abschied von Eric und Anna war ihm schwergefallen. Gleichzeitig hatte ihre Hochzeit, zu der er noch kurz vor seinem Abflug eingeladen war, den Schlusspunkt seines Lebens in der Alten Welt gesetzt. Sein Freund stand für die bürgerliche Ordnung, er aber würde frei von jedem Ballast den Neustart wagen.

Heiraten war für ihn noch nie ein Thema gewesen. Er wollte es nicht ausschließen. Aber irgendwelche Vorteile eines gemeinsamen Lebens hatte er noch nicht zu erkennen vermocht. Es war schon schwierig genug, mit jemandem die Wohnung zu teilen. Das Zusammenleben auch noch in jeder Hinsicht zu legalisieren, überstieg sein Vorstellungsvermögen.

Das leise Geräusch der Flugzeugturbinen hatte ihn träge gemacht. Gleichmütig blickte er der Lufthansa-Stewardess hinterher, deren Beine ihn an Catherine erinnerten. Zuletzt war er vor einigen Monaten mit ihr in Dublin zusammen gewesen. Sein Sexualleben schien seit der Trennung von Violetta nicht mehr altersgerecht. Hin und wieder hatte es Kontakte gegeben, die aber über eine Nacht oder wenige Tage nicht hinausgingen. Zum ersten Mal in seinem Leben fühlte er sich zu einer Frau hingezogen, die ihm mehr bedeutete als jemand, mit dem man ein Glas Rotwein trinken und ins Bett gehen wollte.

Er wusste nicht, ob es Liebe war, ob diese für ihn ungewohnte Intensität eines Gefühls nur ihren Grund in räumlicher Entfernung und dem Wechsel von Trennung und Vereinigung hatte. Er wusste noch nicht einmal, welche Gefühle Catherine für ihn empfand. Sie redeten nicht darüber und zeigten auch keines der Anzeichen, die eine Verbindung von Paaren öffentlich werden ließen. Sie gingen nicht Hand in Hand, berührten sich nicht und schauten sich nicht in die Augen.

Philipp nannte dem Taxifahrer seine Adresse. Es war ein ungewohntes Gefühl, New York zu betreten, ohne den Rückflug geplant zu haben. Zum ersten Mal wurde ihm die Endgültigkeit seiner Entscheidung bewusst. Gewiss hatte er noch alle Optionen offen, aber er wollte sie nur im Notfall nutzen. Die Umkehr würde einer Niederlage gleichkommen. Das Rückflugticket hatte er nur, um den Einreisebestimmungen zu genügen, die ihm zunächst neunzig Tage Zeit gaben.

Wenn er bloß wüsste, wie das Ermittlungsverfahren gegen ihn ausgehen würde. Mit seinem Strafverteidiger hatte er vor dem Abflug telefoniert. Sie hatten als Sprachregelung gegenüber der Staatsanwaltschaft vereinbart, dass er zunächst nur vorübergehend in New York wohne, um die Arbeitsmöglichkeiten zu erkunden. Der Verteidiger hatte Staatsanwalt Lehnen offen informiert und bei der Gelegenheit versucht, dessen Meinung zum weiteren Verfahren festzustellen. Es schien noch nichts festzustehen. Zu einer Einstellung des Verfahrens wollte sich Lehnen nicht äußern. Deswegen wusste Philipp auch nicht, wie er sich gegenüber den amerikanischen Behörden verhalten sollte, solange dieses Damoklesschwert über ihm hing.

»Gehen Sie beruhigt in die USA. Das Verfahren gegen Sie wird nach meiner Meinung wahrscheinlich eingestellt. Allenfalls gibt es eine Geldbuße«, hatte sein Verteidiger gemeint.

Philipp hatte Zweifel. Er konnte sich nicht mehr genau erinnern, was über die Gründung der irischen Tochter alles zwischen Oesterich, Kearnes, Maria und ihm besprochen worden war. Er hatte sich nie etwas notiert. Es war am besten, dem Rat des Juristen zu folgen.

»Herr Berressem, in solchen Verfahren hat immer jeder seine eigene Wahrheit. Lassen Sie es mich so sagen: Oesterich hat vielleicht gedacht, Sie würden sich um alles kümmern. Er hätte aber aufmerksam werden müssen, als Sie sich nicht mehr gemeldet haben. Spätestens galt das, als die Planzahlen für Irland dem Vorstand vorgelegt wurden. Letztlich wird hier die Staatsanwaltschaft nicht weiterkommen. Dass die Papiere nichts mehr wert sind, kann man Ihnen nicht vorwerfen. Die sorgfältige Prüfung vor dem Erwerb können wir nachweisen.«

Philipp schaute durch die Seitenscheibe des Taxis auf die Vielzahl der Menschen, die vor den repräsentativen Eingängen der Bürohochhäuser eine Zigarette rauchten oder auf Steinbänken saßen und einen belegten Toast aßen, den sie an einem der zahlreichen, fahrbaren Imbißstände gekauft hatten, die so schnell auftauchten wie sie wieder verschwanden. Er konnte es kaum abwarten, sich unter diese Menschen zu mischen.

Schön wäre es gewesen, wenn Catherine ihn abgeholt hätte. Aber das passte nicht zu ihr. Sie ging davon aus, dass er in der Lage war, ein Taxi zu nehmen. Auch in ihre alte oder neue Wohnung hatte sie ihn nicht eingeladen, als er vor wenigen Tagen mit ihr telefoniert hatte. Philipp war bei ihr stets unsicher und konnte ihre Entscheidungen nur schwer voraussehen. Er musste geduldig sein.

Seine eigene Wohnung überraschte ihn. Einen Großteil des

Mobiliars hatte er noch nicht gesehen. Catherine hatte bei einigen Stücken eine geschmackvolle Wahl getroffen. Ziemlich viel Bauhaus, aber die Harmonie mit einer Sitzgarnitur, die verdächtig an die Imitate antiker Möbel seiner Großeltern aus den fünfziger Jahren erinnerten, war nicht gelungen. Ihn störte das wenig. Schließlich wollte er die Funktionalität nicht zur Weltanschauung erheben.

An einer Wand hing ein Bild, eher ein Plakat, mit überwiegend blassen Rot- und Grüntönen. Bei näherer Betrachtung erkannte er die Gesichtszüge von Catherine. Sie musste es bei irgendeinem Warhol-Epigonen in Auftrag gegeben haben. Tatsächlich hatte sie sich in seiner Wohnung eine Emotion erlaubt und ihm das großformatig übermittelt. Ein Stück Unsicherheit fiel von ihm ab. Sie schien ihn zu mögen. Zumindest war er Bestandteil ihrer Gedanken geworden.

Sein Blick fiel auf Telefon und Anrufbeantworter. Er hatte beides bei seinem letzten Aufenthalt noch nicht gehabt. Weil das Gerät unaufhörlich blinkte, drückte er auf eine Taste. Sofort hörte er die Stimme Catherines.

»Hallo Philipp! Schön, dass du da bist. Ruf mich bitte gleich an.«

Philipp schaute durch die großen Fenster auf das geschäftige New York und brachte sein Gepäck ins Schlafzimmer. Im Bad betrachtete er kurz sein unrasiertes Gesicht und ging dann zum Telefon. Er merkte, dass er aufgeregt war.

»Ich bin eben angekommen und hier in der Wohnung«, erklärte er.

»Herzlich willkommen in New York«, begrüßte Catherine ihn. »Am besten ist es, du ruhst dich erst einmal vom Flug aus und kommst danach zu mir.«

»Können wir uns nicht sofort treffen?«, fragte er ungeduldig.

Catherine lachte, als unterstellte sie ihm gewisse Wünsche, die sie jetzt noch nicht erfüllen wollte, blieb aber in ihrer Antwort hart.

»Es gibt heute Abend eine kleine Party. Ich will meine Wohnung einweihen und dich meinen Freunden vorstellen. Ich habe gewartet, bis du hier bist. Leg dich noch etwas hin, es wird eine lange Nacht. Ich muss mich hier um die Leute vom Catering kümmern. Bis heute Abend.«

Philipp war verunsichert und fühlte sich zurückgewiesen. Anderseits tröstete ihn, dass Catherine ein Bild von sich in seine Wohnung gehängt und für ihn heute eine Party gab. Sie warb um ihn und plante für ihn, stimmte aber nichts mit ihm ab. Was sie tat, war richtig. Er brauchte Kontakte in New York und sie sorgte dafür, dass er bekannt wurde. Er wunderte sich, dass er das akzeptierte. Es machte ihm nichts aus, weil es von ihr kam.

Sein Versuch, etwas zu schlafen, misslang. Stattdessen lief er ein wenig durch die umliegenden Straßen und suchte die nächste Metrostation und Shopping Mall, um sich mit seiner neuen Heimat vertraut zu machen. Nachdem er geduscht und sich angezogen hatte, setzte er sich ins Taxi.

Schon der Eingang und der aufwendig gestaltete Empfang vermittelten weniger das Gefühl guten Geschmacks als offensichtlichen Reichtums. Philipp trat einige Schritte zurück und schaute sich die Umgebung an. Das zwanzigstöckige Gebäude mit einer Dachschräge, die einem mittelalterlichen Getreidespeicher zugestanden hätte, wirkte verloren angesichts der funktionalen Glasfassaden der Wolkenkratzer in der Nachbarschaft. Selbst das hellgrüne Laub der Bäume des Central Park schien unecht vor der historisierenden Fassade aus den Anfängen des zwanzigsten Jahrhunderts.

Die Immobilienkrise war auch an diesem Standort nicht spurlos vorübergegangen. Der Taxifahrer hatte erzählt, dass ein Investor das Areal gekauft, das dort ansässige Nobelhotel auf einen Teil des Gebäudes beschränkt und die zum Central Park gelegenen Zimmer mit hohem Aufwand in Eigentumswohnungen umgebaut habe. Philipp war jetzt auch klar, dass Catherine hier nur eine günstige Gelegenheit genutzt hatte. Vermutlich war ein Investmentbanker, der seine Entlassung erhalten hatte, durch die Krise gezwungen gewesen, die Wohnung preiswert zu verkaufen. Allein die monatlichen Lasten für Nebenkosten und Grundsteuer dürften je nach Größe zwischen fünf- und zehntausend Dollar liegen. Selbst wenn ich das Geld für einen Kauf hätte, würden mich schon die Nebenkosten erdrücken, dachte Philipp. Er wusste, dass er ein Gehalt dieser Größenordnung nie erreichen würde. Aber wer weiß, machte er sich Mut.

Philipp meldete sich beim Doorman an, der ihm den Weg zum Aufzug wies. Er bewegte sich vorsichtig durch die Lobby, eine über zweihundert Quadratmeter große, rein-weiße Marmorfläche, die von geometrischen schwarzen Mustern und antikisierende Darstellungen, die sich ihm nicht erschlossen, umrandet war. Die Wände wurden durch hohe Pfeiler oder Pilaster dominiert, deren Zwischenräumen schmiedeeiserne, vergoldete Tore verschlossen.

In der Mitte des Raums stand ein langer Holztisch mit gedrechselten Beinen, auf dem sich in einer Glasvase ein riesiges Bukett aus langstieligen rosa Rosen erhob. Darüber hing ein Kronleuchter, der einem Schloss Ehre gemacht hätte. Eine etwa zehn Meter lange Marmortheke, hinter der verloren ein einsamer schwarzer Mensch saß, war vor einer Seitenwand platziert. Das Ganze erinnerte Philipp eher an ein türkisches Bad, das momentan geschlossen war, als an ein Wohngebäude. Neorenaissance sei das, hatte ihm Catherine später erklärt.

Der Aufzug fuhr zu Catherines Wohnung. Sie lag nicht in der obersten Etage, die vermutlich auch Catherine nicht bezahlen konnte. Sicherheitspersonal und Butler waren für heute Abend engagiert und sorgten für einen reibungslosen Ablauf.

Catherine gab gerade Anweisungen an eine junge Dame in kurzem schwarzem Kleid, die eine weiße Schürze umgebunden hatte. Sie verteilte Gläser auf den mit Kerzen und einzelnen Blumen dekorierten weißen Stehtischen. Philipp blickte durch die breite Fensterfront auf das hell erleuchtete Manhattan, ein Blick, den es eigentlich nur als Postkartenmotiv geben konnte. Die Wohnung musste ein Vermögen gekostet haben.

Der Boden des Foyers, des Esszimmers und des riesigen Wohnzimmers war mit einem hellen, neuen Parkett belegt, dessen Holzpaneele sich im streng geometrischen Auf und Ab mit einem Winkel von fünfundvierzig Grad von Wand zu Wand zogen. Die großzügigen Räume beeindruckten durch den Kontrast des warmen Holzes zu den hell-weißen Decken, Wänden und Fensterrahmen. Die Stuckleisten am Übergang zwischen Wänden und Decken waren eine typisch amerikanische Entgleisung und keine handwerkliche Leistung. Man konnte sie vorgefertigt im Baumarkt kaufen.

Die riesige Decke zierte ein achtflammiger Lüster, der zu klein geraten war. Er wirkte wie eine LED-Leuchte, die verloren im All erglühte. Aber es war zu ertragen, wenn man durch den kleinen Erker nach draußen auf die lebhafte Metropole schaute. Man muss den Reichtum nüchtern betrachten, dachte Philipp. Er ist kein Anlass für Freude oder Glück, allenfalls für Neid und Habgier. Der traumhafte Blick aus dem Fenster überrascht schon beim zweiten Mal nicht mehr, Essen und Trinken werden zur Gewohnheit wie die Liebe. Es bleibt allenfalls die Frage, ob das Streben nach Mehr vernünftig oder unvernünftig ist.

Unter diesem Aspekt erschien ihm die Wohnung zu teuer. Der Gegenwert auf einem Konto oder in einem gut sortierten Depot entsprach eher seinen Vorstellungen. Er wollte Erfolg und Reichtum, aber er musste beides nicht zeigen. Vor allem war Reichtum für ihn kein Selbstzweck. Ihn interessierte der Erfolg, der sich mehr oder weniger in Geld niederschlug.

Catherine hatte ihn entdeckt. Ein kurzes Aufleuchten der Augen drückte Freude über das Wiedersehen aus. Sie ließ sich von Philipp umarmen und küssen, entzog sich ihm wieder und sagte beiläufig:

»Du solltest heiraten.«

Philipps Magen zog sich zusammen, seine Beine zeigten eine Schwäche, die er sonst nur nach einer zu hohen Dosis Sport verspürte. Er war zu überrascht, um eine taktische Antwort zu finden und fragte nur:

»Wen?«

»Mich natürlich. Meine neue Wohnung hat drei Schlafzimmer. Ich nehme an, das reicht für uns.«

Catherine ließ ihm keine Chance. Seine Gedanken waren zu träge, um die komplexe Situation angemessen zu bewältigen. Ihm war nur klar, dass Catherine eines Tages eine mögliche Trennung auf die gleiche, nüchterne Art umsetzten würde.

»Wann heiraten wir?«

Er begann, sich auf das Spiel einzulassen, aber sie war einfach besser.

»Sofort. Ich habe schon ein Hotel in der Karibik gebucht. Dort können wir heiraten und unsere Flitterwochen verbringen.«

»Warum so schnell?«

»Ich will das heute unseren Freunden verkünden. Sie werden sich fragen, wer du bist. Und ich möchte gleich klare Verhältnisse haben. Im Übrigen willst du hier arbeiten. Die Heirat wird dir die Zustimmung der Behörden sichern. Ich habe schon einen Freund gebeten, das Ganze in die Hand zu nehmen. Er ist Anwalt und kennt sich in solchen Verfahren aus.

»Und wenn ich »Nein« gesagt hätte?«

Catherine lachte laut.

»Dann hätte ich dich heim geschickt.«

Sie überraschte ihn jedes Mal, wenn er sie traf. Mit einer anderen Frau hätte er Streit begonnen, wenn sie ihn so behandelt hätte. Bei ihr hatte er nicht das Gefühl, dass sie ihn dominierte. Sie traf die richtigen Entscheidungen, ohne Zögern und ohne Selbstzweifel. Es machte ihm nichts aus.

Sie gab ihm die Einladungsliste und erläuterte die rund vierzig Personen, ihre Berufe, ihr Alter und die Bedeutung für sie und ihn. Die wichtigsten Hedge-Fonds und Investmentbanken waren vertreten. Philipp war beeindruckt von den geschäftlichen Beziehungen, über die Catherine verfügte.

»Was macht Rosen hier? Ich hatte ihn zuletzt noch in Frankfurt gesehen«, fragte Philipp erstaunt.

»Ich kenne ihn schon lange. Er hat in New York und London gearbeitet, bevor er nach Frankfurt ging. Du weißt ja, dass er seinen Job dort aufgegeben hat und eigentlich privatisieren wollte. Ich habe ihn überredet, einen Fonds für mich zu managen, der nur in Subprime-Papiere investieren soll. Die sind im Moment günstig zu haben und der Markt wird sich irgendwann erholen. Amerikaner ohne Haus und Wohnung kann ich mir auf Dauer nicht vorstellen.«

»Und was mache ich?«, fragte Philipp ungeduldig.

»Keine Sorge«, antwortete Catherine. »Rosen wird das nur

ein Jahr machen, bis du den Markt besser kennst und mit unseren Leuten hier klarkommst. Dann wirst du das Management komplett übernehmen.«

Philipp hatte das Gefühl, dass Catherine ihm misstraute. Aber er konnte es ihr nicht übelnehmen, wenn sie vorsichtig war. Sie fühlte seine Bedenken und zog ihn am Arm zur Bar.

»Du musst erst einmal das Vertrauen der Investoren gewinnen. Keiner kennt dich. Wenn jemand erfährt, dass in Old Germany ein Strafverfahren gegen dich läuft, ist alles vorbei.«

»Es laufen nur Ermittlungen der Staatsanwaltschaft, die sicher bald eingestellt werden. Es gibt bisher kein Strafverfahren.«

»Bisher! Den Unterschied versteht hier keiner.«

Die Wohnräume hatten sich gut gefüllt. Catherine ging routiniert von Gruppe zu Gruppe und vermittelte jedem das Gefühl, zu den bevorzugten Gästen zu gehören. Sie bezog Philipp in jedes Gespräch ein und bezeichnete ihn als den großen Fachmann aus Germany, der die Beschränkungen Europas hinter sich lassen und jetzt im Management eines Hedge-Fonds arbeiten wolle.

Jim beobachtete die Szene vom Rande des Geschehens. Er schien ein wenig verunsichert und gehemmt. Catherine hatte anscheinend eine weitere Person gefunden, die wie er eng betreut werden musste.

»Was willst du eigentlich mit ihm? Du hast doch alles«, fragte Jim zweifelnd, vielleicht auch ein wenig eifersüchtig.

»Er liebt mich«, antwortete Catherine, obwohl Philipp ihr das niemals gestanden oder sonst gezeigt hatte.

»Und du, liebst du ihn? Wirst du mit ihm glücklich?«

»Er gefällt mir, das ist alles. Wer kann schon glücklich sein! Ich will in meinem Leben die Zahl der kleinen Freuden vervielfachen. Mehr kann ein Mensch nicht erreichen.«

Catherine schaute Jim liebevoll an, gab ihm einen tröstenden Kuss auf die Wange und wandte sich ihren Gästen zu.

Philipp hatte im Laufe der Jahre widerwillig gelernt, in einer großen Gesellschaft den Small Talk zu pflegen und Kontakte zu knüpfen. Heute Abend kannte er aber so gut wie niemanden. Nach einigen Stunden war er der ständig wiederholten Fragen und Antworten zum Zustand der deutschen Banken sowie der Verschuldung und Wirtschaftskraft der südeuropäischen Staaten überdrüssig. Er war froh, dass er sich bis zu Rosen durchgearbeitet hatte und zusammen mit ihm und dessen Freund ein Glas Rotwein trinken konnte.

Rosen war auch hier ein überaus beliebter Gesprächspartner. Um ihn hatte sich stets ein neuer Gesprächskreis gebildet, sobald er ein paar Schritte weiterging. Soweit es Philipp mitbekommen hatte, gab er Analysen der wirtschaftlichen und politischen Situation der USA oder Europas genauso überlegt zum Besten wie die Bewertung der aktuellen Premieren der führenden Theaterbühnen. Keine Frage brachte ihn in Verlegenheit. Vor allem seine Geduld gegenüber weniger intelligenten Partnern – und davon gab es eine Menge – war unbegrenzt. Insgeheim bewunderte Philipp ihn, wenngleich er bei seinem Abschiedsessen in Deutschland festgestellt hatte, dass Rosens Logik durchaus angreifbar war. Das hatten besonders Anna und Violetta bemerkt und ihn in die Enge getrieben.

Die Großeltern Rosens waren als verfolgte Juden rechtzeitig aus Deutschland geflohen und hatten sich zunächst in London und dann in New York niedergelassen. Seine Eltern galten als vermögend und hatten ihm ein sorgenfreies Studium ermöglicht. Er war viel gereist und kannte Europa besser als mancher Deutsche. Er hatte hier lange nach seinen Wurzeln gesucht, war aber letztlich polyglott geblieben. Gearbeitet hatte er als Händler in London, New York und Deutschland. Lange Zeit hatte er auch verschiedene Hedge-Fonds beraten und selbst ein Vermögen verdient.

»Warum arbeitest du jetzt für Catherine? Du könntest doch selbst ins Geschäft einsteigen«, fragte Philipp. Er wollte nach dem Gespräch mit Catherine wissen, wie seine geschäftliche Zukunft mit Rosen aussehen würde.

»Das habe ich schon längst getan, aber Catherine konnte ich nicht widerstehen. Ich war ihr auch noch einen Gefallen schuldig. Sie hat dir sicher gesagt, dass ich irgendwann wieder aussteige«, entgegnete Rosen, dem die Ungeduld Philipps nicht entgangen war.

»Willst du auf Dauer hier in New York bleiben?«

Rosen war die Direktheit der Frage sichtlich unangenehm. Er schaute zu seinem Freund und zuckte mit den Schultern.

»Das haben wir noch nicht entschieden. Ich fühle mich eigentlich überall zu Hause, wenn ich ein wenig arbeiten, schön wohnen und ins Theater gehen kann. Im Moment ist New York sicher besser als Europa. Die Amerikaner wollen die Krise so schnell wie möglich hinter sich lassen. Vergangenes bewältigen sie, indem sie neu beginnen. Die Europäer baden lieber in ihren Problemen und versichern sich gegenseitig, dass es noch nie so schlimm gewesen ist.«

»Aber auch hier gibt es die Occupy – Bewegung. Wird sie die Politik nicht beeinflussen?«, fragte Philipp und deutete mit der Hand in Richtung Wallstreet.

»Schau doch einmal, wie groß New York ist«, erwiderte Rosen, »und wie wenige Plakatträger vor der Börse und den Banken stehen.«

Sein Freund ergänzte:

»Und die Händler schauen sich das an und lachen. So ein

Spuk hält hier nicht lange. Am Ende wählen doch die meisten wieder die Republikaner.«

Rosen schaute nachdenklich auf die nächtliche Stadt und überlegte einige Zeit, bis er die plötzliche Stille um ihn beendete.

»Ich war vorige Woche in einem kleinen Theater, dass tatsächlich hier in New York die Physiker von Dürrenmatt aufgeführt hat. Es hat kein Republikaner bemerkt. Vermutlich, weil die Presse nichts berichtet hat. Gegen Ende sagt dort jemand sinngemäß:

»*Ein Gedanke, der einmal gedacht wurde, kann nicht mehr zurückgenommen werden*«.

So ist das mit der Atomkraft und mit den Finanzprodukten. Beide suchen sich ihren Markt, ob wir wollen oder nicht.«

Der Freund schaute Rosen bewundernd an, Philipp dachte an das Mädchen in Frankfurt. Sie würde vielleicht sagen, dass die Weisheit dieses Satzes für Finanzprodukte etwas zu gewaltig sei, dass der »Gedanke« eines Finanzprodukts keine grundlegende Bedeutung für die Menschheit habe, sodass man ihn auch »zurücknehmen« könne. Philipp traute sich aber nicht, diese Argumentation zu übernehmen und Rosen zu widersprechen. Stattdessen stimmte er zu, als müsse er sich noch immer gegen Vorwürfe des Mädchens wehren.

»Die ganze Diskussion trifft nicht den Kern des Problems. Die aktuelle Krise haben nicht die Händler ausgelöst. Sie machen die Geschäfte, die Erfolg versprechen, und sind nicht schuld, dass die Leute teure Häuser gekauft haben, die sie am Ende nicht bezahlen konnten, und die Staaten Kredite aufgenommen haben, die noch die Urenkel belasten werden.«

Rosen nickte höflich, relativierte aber die Aussage Philipps.

»Die Regierungen könnten schon versuchen, bestimmte Geschäfte stärker zu regulieren. Solange sich aber die führenden Wirtschaftsnationen nicht einig sind, wird sich nichts ändern. Die Banken ziehen dann dorthin, wo die Geschäfte möglich sind. In jedem Fall lassen sich künftige Krisen nicht ausschließen. Neue Ideen bringen auch neue Krisen. Ihr dürft auch nicht vergessen, dass die Menschheit schon immer im Wettbewerb gelebt hat. Es gibt stets Gewinner und Verlierer. Auch das wird sich nicht ändern. Den sozialen Ausgleich zwischen beiden muss der Staat mit Hilfe der Steuereinnahmen vornehmen. Wenn es überhaupt keine Verlierer, sondern nur noch Gewinner geben soll, muss man den Wettbewerb abschaffen, indem man den Menschen verändert. Diese Experimente sind bisher immer gescheitert und ich glaube nicht, dass sie je funktionieren werden.«

Catherine, die die letzten Worte Rosens gehört hatte, gesellte sich zu ihnen. Es war nach Mitternacht und die meisten Gäste waren schon heimgegangen.

»Wer ist der Klügste im ganzen Land?«, fragte sie in die Runde und deutete dann auf Rosen. Dabei strich sie Philipp zärtlich über die Schulter.

»Wir haben gerade die Welt neu geordnet. Wie klug das ist, wird sich zeigen«, antwortetet ihr Rosen und deutete eine leichte Verbeugung an, ohne sich gegen das Kompliment zu wehren.

»Ist in eurer geordneten Welt auch noch Platz für eine Heuschrecke wie mich oder werden mich die Europäer einfach zertreten?«

»Heuschrecken sind so nützliche Tiere wie andere auch«, antwortete Rosen. »Nur wenn sie in Massen auftreten, bereiten sie Probleme. Die Deutschen werden alles regulieren wollen, aber mit den anderen Europäern wie immer nur eine kleine Lösung zustande bringen. Das meiste werden die Briten verhindern. Aber auch Paris und Frankfurt haben als Finanzplätze zahlreiche Fürsprecher, die sie weiterhin schützen werden.«

Catherine war mit der Unentschiedenheit Rosens nicht zufrieden. Er beleuchtete die Probleme von allen Seiten, wollte sich aber nicht festlegen. Sie vermutete, dass er manchmal mit dem europäischen Sozialismus kokettierte, allerdings auch wusste, wie bequem er sich im Kapitalismus eingerichtet hatte.

»Dass sich in den USA nichts ändern wird und das bewährte Geschäftsmodell bleibt, war mir immer klar. Wir suchen nicht Sicherheit und Ordnung, sondern Erfolg und Gewinn. Aber welche Meinung vertrittst du eigentlich, wenn du mal nicht ironisch lächelst und den Spagat versuchst. Bist du eher Kontinentaleuropäer oder Amerikaner?«, fragte Catherine und blickte ihren Freund und Geschäftspartner herausfordernd an.

»Ich suche noch«, antwortete er und war dabei vielleicht ehrlich.

»Mit der amerikanischen Methode habe ich mein Geld verdient und meine persönliche Freiheit erkämpft. Tief im Inneren sitzen meine europäische Werte: Sozialstaat und Regulierung statt Charity. Den berühmten Mittelweg, der alle Probleme löst, habe ich noch nicht gefunden«.

»Ein schöner Abschluss«, meinte Rosens Freund und fragte Philipp:

»Willst du dich wirklich diesem Turbokapitalismus hier aussetzen? In der City ist es ganz schön hart. Die Presse berichtet nur über die hohen Boni der Investmentbanker, nicht über das Fußvolk. Viele Banker haben aufgrund der Krise die Kündigung erhalten.«

Philipp war durch die Diskussion irritiert. New York war ihm nach seiner privaten und geschäftlichen Katastrophe als das Mekka seines Glaubens an Fortschritt und Freiheit erschienen. Er wollte sich diesen Traum nicht zerstören lassen, weder durch Occupy noch die chamäleonartigen Anschauungen Rosens.

»Es immer gut, wenn man Freunde hat«, antwortete Catherine für Philipp und legte ihren rechten Arm um ihn. Rosen empfand dies als Signal zum Aufbruch.

Als letzter Gast war Catherines Bruder gegangen und hatte sich nach einiger Überwindung auch von Philipp freundlich verabschiedet. Als die Tür ins Schloss fiel, zog Catherine Philipp an sich. Er umarmte und küsste sie. Noch nie hatte er sich einer Frau so nahe gefühlt.

Es war noch immer Nacht. Catherine war aus dem Bad zurückgekommen und hatte sich quer auf das Bett gelegt, um Philipp zu betrachten. Sie waren beide nackt, ohne sich dessen bewusst zu sein. Catherine schaute Philipp in die Augen und fragte:

»Warum gefalle ich dir?«

Ein überraschter Blick, der sich sofort wieder einen Fixpunkt an der Decke suchte, traf sie. Catherine stützte das Kinn auf ihre Hände und wartete geduldig. Eine andere Frau hätte die zögerliche Antwort misstrauisch gestimmt.

Philipp drehte ihr sein Gesicht zu.

»Erinnerst du dich, als wir hier zusammen beim Italiener essen waren? Ich glaube, das war der Augenblick, in dem ich mich verliebt habe, ohne es zu merken. Dein selbstbewusstes Auftreten, das jederzeitige Beherrschen der Situation, auch als ich nervös wie ein kleiner Junge den Stuhl umgeworfen habe, hat mich gefesselt. Was für eine Frau, habe ich mir gedacht. Die anschließende Nacht mit dir war so, wie ich es mir immer erträumt habe. Auch deine Erfolge im Job haben mich von

Anfang an fasziniert. Ich glaube, alle diese kleinen Funken haben dann ein Feuer entfacht.«

Philipp überlegte eine Zeit, während Catherine ihn intensiv betrachtete.

»Als ich dann wieder in Deutschland war, habe ich dich nie vergessen, obwohl ich manchmal das Gefühl hatte, in der Finanzkrise auch persönlich unterzugehen. Nur der Gedanke an Amerika und an dich hat mich über Wasser gehalten«.

Catherine spürte, dass Philipp unter ihrem Einfluss mehr aus seinem Innenleben preisgegeben hatte, als er sonst je tun würde. Sie war jetzt sicher, eine gute Wahl getroffen zu haben.

»Hat dir mein Porträt gefallen? Es ist von einem der derzeit besten jungen Künstler hier in New York. Ich schenke es dir. Wir hätten auch hier in der Wohnung noch einen freien Platz, wenn du möchtest.«

Philipp lachte befreit und nahm Catherine in seine Arme. Er wusste nun, dass sie ihn liebte.

Nach wenigen Stunden Schlaf schlug Philipp die weiße Zudecke zurück. Das leise Rauschen der Metropole hatte ihn geweckt. Hundegebell aus dem Central Park erinnerte ihn daran, dass er neben Catherine lag. Er musste sich unbedingt Laufschuhe kaufen. Der neue Tag würde gut beginnen. Hier bauen die Menschen in den Himmel, dachte er.

Nachwort

Personen, Unternehmen und Banken in diesem Buch sind rein fiktiv. Falls dem informierten Leser trotzdem die eine oder andere Szene bekannt vorkommen sollte, ist dies der Tatsache geschuldet, dass im Leben viele Dinge mehrfach geschehen.

Bankgeschäfte sind sehr komplex. Vieles ist unvollständig oder sehr pointiert dargestellt, um den Leser nicht zu langweilen. Ich habe sicher auch Fehler gemacht, die mir hoffentlich verziehen werden. Es war nicht meine Absicht, Ursachen und Folgen der Finanzmarktkrise zu erklären, erst Recht nicht, einzelnen Personen Schuld zuzuweisen oder sie freisprechen. Mich interessierte das Verhalten verantwortlicher Personen, die unter dem selbst verursachten Druck des persönlichen Ehrgeizes, der überraschenden Ermittlungen der Staatsanwaltschaft und der sensationsgierigen öffentlichen Meinung während der Finanzmarktkrise standen.

So vielfältig und widersprüchlich wie Menschen sind auch Finanzmarktprobleme und die Versuche, sie zu vermeiden oder zu lösen. Wir verfügen über Hunderte von Rezepten, aber die Krankheiten können wir nur vorübergehend oder unzureichend heilen. Das zeigt auch ein Blick in die Literatur der Vergangenheit. Wer wissen möchte, wie die Menschen früher Bankgeschäfte betrieben oder unter ihnen gelitten haben, der kann zu Emile Zolas »*Das Geld*« oder Lion Feuchtwangers »*Jud* Süß« greifen. Der Leser möge mich bitte nicht an diesen Vertretern der Weltliteratur messen. Er wird aber erfahren, dass sich Menschen und existentielle Probleme nur wenig geändert haben. Fortschreitende Technik und weltweite Kommunikation erhöhen lediglich die Risiken und Schäden, die viele erleiden. Pfeil und Bogen, Gewehrkugel und Atombombe markieren einen Fortschritt, der sich in ähnlicher Weise im Bankgeschäft zeigt. Es ist Aufgabe jedes Gemeinwesens, die Auswüchse zu begrenzen, ohne die Freiheit über Gebühr einzuschränken. Die Vergangenheit zeigt, dass dieser Weg steinig und selten erfolgreich beschritten wird. Bei mir überwiegt die Skepsis: Recht, Anstand und wirtschaftliche Vernunft stimmten schon in der Vergangenheit selten überein. Was berechtigt uns zu der Hoffnung, dass dies in Zukunft anders sein könnte?

Ohne professionelle Hilfe wäre das Manuskript so nicht entstanden. Ich danke allen, die mich als dilettierenden Schreiber kritisch begleitet und zahlreiche Verbesserungen vorgeschlagen haben. Ich danke besonders meiner geliebten Frau und Gefährtin, die sich nach Jahrzehnten an der Seite eines beruflich stark beanspruchten Mannes auf den Ruhestand gefreut hatte. Sie hat auch das Entstehen dieses Romans mit liebevoller Geduld ertragen und gefördert. Unserer Tochter danke ich herzlich für das überaus passende Aquarell, das die fehlende Standfestigkeit des Menschwerks so plastisch zum Ausdruck bringt.

Im März 2014
Hubert Sühr

Egon F. Freiheit

Die Erbin, die Sünde, der Schwur

Im Handel erhältlich ab 13.05.2014
Taschenbuch, 342 Seiten
ISBN: 978-3-944262-19-6

Eine turbulente Lovestory um eine junge Frau, die verhängnisvolle Geheimnisse erbt und auf der Suche nach ihrer Vergangenheit in urkomische aber auch gefährliche und dramatische Abenteuer gerät. Es ist zugleich eine heiter-fröhliche Verwechslungsgeschichte voll starker Gefühle und sinnlichem Verlangen. Und der bewundernswerten Kraft, zu der nur eine entschlossene Frau fähig ist, die in der Gefahr über sich hinauswächst.

Eine Story im Bankenmilieu: um Geld und Betrug, um Leidenschaft und Eifersucht, um kalte Berechnung und um wahre Liebe in Zeiten trickreicher und skrupelloser Finanzhaie.

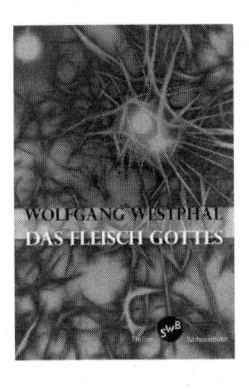

Dr. Wolfgang Westphal

Das Fleisch Gottes

Im Handel erhältlich ab März 2014
Taschenbuch, 380 Seiten
ISBN: 978-3-944264-01-1

2013: In Bremen geschehen eine Reihe von Morden, die nur deshalb nicht als solche wahrgenommen werden, weil sie wie Suizide oder ganz normale Todesfälle aussehen. Alle diese Delikte weisen dieselben Besonderheiten auf: Die Täter erinnern sich nicht an ihre Taten, und die Menschen, die einen Suizid begangen haben, hatten nicht gewusst, dass sie manipuliert und zu ihren Handlungen gezwungen worden waren. Für all diese Scheußlichkeiten ist der bekannte und erfolgreiche Psychiater Dr. Arnulf von Conradi verantwortlich. Dieser Mann wird aber nicht von Mordgier getrieben. Ihm geht es ausschließlich um das Verursachen und den perfekten Ablauf dieser Aktionen, verfolgen er und Gleichgesinnte doch ganz besondere Ziele.

swB Krimi

Valeska Réon

Das falsche Spiegelbild

1. Auflage 2013
Taschenbuch, 370 Seiten
auch als eBook erhältlich
ISBN: 978-3-942661-34-8

Wer ist die Frau, die sich Melanie Kimber nennt, wirklich? Ist sie tatsächlich so harmlos wie es scheint oder ist sie vielleicht doch eine schizophrene Kindsmörderin? Nach einem Sturz von der Tower Bridge hat sie ihr Gedächtnis verloren und weiß nichts mehr über ihre Vergangenheit. Sicher ist lediglich, dass die schweren Kopfverletzungen einen völlig anderen Menschen aus ihr gemacht haben. In ihrem neuen Leben in London zwar gut angekommen, bleibt immer die Angst davor, wann die Vergangenheit sie wieder einholen wird. Was hat es mit ihren immer wiederkehrenden Albträumen auf sich? Woher kennt sie der fremde Mann im Zeitungsladen? Was hat Ralf Müller in London verloren? Und welche Rolle spielt die Dortmunder Malerin Leila Clark in diesem vertrackten Puzzle? Erst in einem Rückblick erfahren wir, was wirklich geschehen ist. Doch am Ende wird sie mit der Frage konfrontiert: Wie weit machen wir unser Leben – und wie weit wird unser Leben gemacht? Und wie viele Lebensentwürfe kann das Schicksal für uns vorsehen?

Iris T. Simian

Liberare
Wert der Freiheit

1. Auflage 2013
Taschenbuch, 318 Seiten
auch als eBook erhältlich
ISBN: 978-3-944264-12-7

Alicia Schulze versucht die schwere körperliche Misshandlung durch den Ritzer allein zu bewältigen – ein »Psychoheini« kommt nicht in Frage. In dieser Lebenskrise lernt sie den Buchhändler Henning Schwarz kennen, dem sie nichts von ihrem Schicksal erzählt. In seiner Gegenwart gelingt es ihr, von den schrecklichen Erlebnissen Abstand zu gewinnen und Kraft zu schöpfen. Nur ahnt sie nicht, dass weit mehr hinter diesem Buchhändler steckt und der Ritzer, der hinter Gittern sitzt, nicht im Geringsten daran denkt, die Liebe seines Lebens aufzugeben.

Ebenfalls bei Südwestbuch® erschienen ist der erste Teil:
Vivere – Ihr Sein, sein Leben, ein Lenen lang, 978-3-942661-83-6